COLLECTION SÉRIE NOIRE

Créée par Marcel Duhamel

BENOÎT MINVILLE

RURAL NOIR

nrf

GALLIMARD

Suivez l'actualité de la Série Noire sur les réseaux sociaux :
https://www.facebook.com/gallimard.serie.noire
https://twitter.com/La_Serie_Noire

À mes parents, à mon frère, à ma femme.

Prologue

L'intro au tapping de « Thunderstruck » d'AC/DC chatouille nos entrailles et monte en nous.

Ce soir on est les rois. Cette nuit d'été est à nous. On se rabâche cet hymne depuis des semaines et à chaque fois c'est la plus grande découverte de l'histoire de la musique. Notre vieille grange nous protège de l'orage de fin du monde qui rôde. On transpire la joie, le rock'n'roll et l'amitié. On est plus grands que King Kong, plus heureux qu'une colonie de milliardaires, plus sauvages qu'une horde de hors-la-loi.

Les vacances sont là, attendues avec plus de ferveur que le premier baiser que je traque depuis peu.

Les vacances dans notre chez-nous ; un été à parcourir notre paradis tout vert. Un quotidien à réinventer. La vraie joie d'exister et de grandir ensemble.

Nous quatre.

Je les regarde, mes potes, si fier de les connaître.

On n'entend même pas l'eau qui dévale des nuages ni le tonnerre qu'on aura oublié demain matin, trop occupés à rire, accompagnés de nos quelques trésors pour honorer l'été : deux canettes de bière, piquées à mon père. Une clope aussi. Merde, presque quatorze ans après tout. Et de la bouffe, on a pillé nos frigos de tout ce qui est gras et peut se manger entre deux tranches de pain.

Et cette musique envoûtante : quand ce ne sera plus AC/DC, y aura bien Black Sabbath ou Led Zep pour assurer le coup.

Je les regarde, mes potes :

Chris, mon petit frère, les genoux esquintés par sa dernière gamelle à vélo, imite si mal Angus Young qu'on se pissera bientôt dessus, il se dandine et Vlad l'attire vers lui en passant son bras autour de son cou. Vlad, c'est mon meilleur pote. Il a déjà ouvert la deuxième bière. Il se marre, n'arrête pas de triturer sa boucle d'oreille. Julie l'a percée à l'épingle de nourrice.

Il rigole, planté dans son débardeur cradingue, pogote avec Chris.

Ses yeux sont parfois perdus dans ceux de Julie. Devant les marques de sa dernière baston au collège, elle l'interpelle :

— Qu'est-ce qui t'est encore arrivé, à toi ?

Il lui adresse un clin d'œil, vide une lampée bien sentie et rote.

La belle fait la moue, boit son Coca et lui répond en rotant encore plus fort.

Pas facile d'être la seule fille du groupe… Pour elle, si.

— Mouais… Comme dit ma mère, les garçons seront toujours des garçons…

Je souris. J'attends avec impatience qu'on aille à la rivière, histoire de voir à quel point elle a changé.

Julie se met à danser, ses grandes dents blanches mordent une cigarette éteinte.

Et moi, je suis avec eux. C'est ça la « vie en grand ».

J'adore les regarder, des fois je passerais des heures à observer le caractère de cochon de mon petit frère se frotter à l'ironie cinglante de Vlad.

On se marre comme des loutres dans la chaleur étouffante de notre repaire. Nos vieux sont loin, on a eu notre habituel couvre-feu mais on l'ignore. Tout notre QG vibre au son de l'alchimie de notre amitié et de cette musique.

— On fait quoi demain, les mecs ? demande Julie.

— Vélo, baignade, pêche, on s'en fout, on fait ce qu'on veut, l'été est à nous, scande Vlad.

Tout ce qu'il fait déjà quand il ne va pas en cours. En plus de jouer les caïds contre d'autres bandes.

— Profiter ! reprend-il. Si Rom veut mettre sa langue dans la grosse bouche de ma cousine, qu'il se fasse plaisir. Si on veut faire des siestes jusqu'au soir adossés à des bottes de paille, on le fera. Je vous le dis, le gang : on est libres.

Je grimace. Julie éclate de rire. Chris est ailleurs.

Il a raison : c'est maintenant qu'on va vivre. Ensemble.

*

Tout était né dans les jours qui suivirent cette parade de sourires grisés par l'alcool et l'amitié.

L'innocence serait fauchée durant cet été-là.

Présent…

Romain allait bientôt arriver à l'arrêt de bus de Tamnay-en-Bazois.

Les paysages familiers avaient défilé depuis la gare de Nevers sur cette route empruntée mille fois.

Paysages ruraux baignés dans le calme de la fin d'après-midi.

Dix ans qu'il était parti.

Il fut tout de suite assailli de souvenirs.

Il balança son sac sur son épaule, respira profondément.

Le car reprit sa marche. En ligne de mire, il eut cette vision de la commune figée dans le calme. Le bourg fendu en deux par l'asphalte s'étendait des deux côtés de la départementale et se mêlait à la nature.

Rien n'avait changé :

À côté de la vieille gare de treillage, la sellerie abandonnée était gagnée par la rouille et son toit en ardoise menaçait de s'effondrer. Deux poteries construites dans d'anciens corps de ferme étaient ouvertes. Une seule voiture était garée sur les places de stationnement. Il traversa la voie de chemin de fer désaffectée qui leur avait si souvent servi à partir en virée et à rentrer chez eux, à son frère et lui. Plus bas, le lavoir était toujours fleuri, à quelques mètres de l'auberge des parents de Vlad, aujourd'hui fermée.

Il remarqua qu'un café sur les trois existants avait survécu.

Monopole des gosiers et de l'animation locale. Un écriteau « Bienvenue » avec sa peinture écaillée invitait à pousser la porte et à affronter les regards des enracinés.

À deux pas, le cellier encore en activité, celui où il allait toujours chercher le vin de table du père, tout en s'octroyant une ou deux gorgées.

Un tracteur passa à ses côtés et, dans un réflexe conditionné, il le salua d'une main levée. Il se savait déjà sous le regard de quelques habitants cachés derrière leurs rideaux. Impossible pour eux de reconnaître dans cet homme aux cheveux ras, vêtu de jean des pieds à la tête, le jeune Romain « de Mouligny », le gamin qui vivait sourire aux lèvres dès qu'il n'était pas obligé de rester assis dans une salle de classe.

Avant de retrouver son frère, il décida d'arpenter le village. Il découvrit les points de chute du gang : la petite place du marché entourée de bâtisses baignées dans le calme, avec sa cabine téléphonique. De là, il avança le long de la rivière, mains dans les poches. Le niveau était bas, de quoi passer des heures la ligne dans l'eau sans la moindre touche. Un hiver de grand froid, ils s'étaient amusés à patiner dessus.

Le clapotis était reposant. Un vol de tourterelles quitta un bosquet derrière lequel s'élançait un champ occupé par un troupeau de charolais.

Pas mal de panneaux « À vendre », des volets clos.

Il eut alors ce sentiment de se sentir à nouveau chez lui.

On était fin octobre et une armada de nuages barricadait le ciel.

Il passa devant la bifurcation de la route où un panneau annonçait : « Mouligny, 0,9 km », le lieu-dit témoin de son enfance et de sa jeunesse, et continua pour remonter la route principale.

Il pensa à Chris, ce petit frère casse-cou, devenu très jeune fana de commando, de tir et d'images des élites militaires, en froid avec une certaine autorité. Pas vraiment turbulent mais peu intéressé par quoi que ce soit, il inquiétait leurs parents qui se demandaient quelle voie il allait pouvoir prendre.

Ils étaient morts dans un accident de la route par une nuit de verglas.

Romain, vingt ans à peine, avait alors tout abandonné trois mois après, quitté la France, et laissé son cadet pas encore majeur avec les responsabilités et son chagrin.

Le jour de ses dix-huit ans, Chris avait fait son choix : il s'était engagé dans l'armée. Fier de servir sous les drapeaux.

Ne plus jouer à la guerre, mais la faire.

Il avait été mobilisé en première ligne.

Après qu'il l'eut appris, et pendant toutes ces années de distance, Romain avait vécu avec la peur de le perdre lui aussi. Mais jamais il n'était revenu.

Depuis sa jeune retraite, Chris s'était reconverti en potier local. L'atelier était situé à côté de l'ancienne gare.

Le bruit des graviers devait l'avoir averti de l'arrivée d'un visiteur.

La petite clochette tinta et rappela à Romain celle de l'épicerie où les mains fourchaient souvent vers le bac à bonbons.

Personne pour accueillir le frère prodigue expatrié quand il découvrit une pièce rustique où trônaient des poteries.

Chris avait repris le flammé morvandiau, Romain fut impressionné par la qualité de son travail.

Une porte menait à un atelier.

Il était là. De dos. Concentré sur sa tâche. Romain fendit sa bouche d'un rictus amusé.

— Bonjour ! Je viens de trouver une paire de testicules rangée dans l'entrée, je voulais savoir si c'était à vous ?

Chris se dressa. Son large dos put enfin se libérer de la concentration imposée par l'exercice.

Romain enfonça le clou :

— Hé, Demi Moore ! T'inquiète pas : à continuer de tripoter de l'argile comme ça, tu vas finir par le retrouver, Patrick Swayze.

Il se retourna, le visage éclairé par son sourire le plus sincère.

— Putain, venant d'un mec qui nous bassinait pour regarder *Dirty Dancing* et qui mettait ça sur le dos de Julie, ça me fait bien rire.

Le même : grand, robuste, petit frère, mais il fallait le savoir. Chris avait simplement deux rides de moins et beaucoup d'heures de musculation en plus.

Sa coupe réglementaire de l'armée était loin, et sa brosse enfantine davantage.

De longs cheveux noirs et raides encadraient son visage marqué et camouflé derrière une barbe drue.

Ses yeux bleus perçants rappelèrent à son frère leur complicité.

Il portait une chemise à carreaux rouges et noirs en flanelle et un jean sali par l'argile.

L'accolade fut brève mais intense. Trop rare.

— Bienvenue chez nous.

— Tu m'as manqué, petit frère.

— Pourquoi tu ne m'as pas prévenu ? J'aurais changé les draps de ton lit, un de mes chiens passe sa vie à chier dedans.

— *Surprise.* J'ai mis personne au courant, je voulais voir si tu te souviendrais de ma tronche.

— Toujours aussi drôle à ce que je vois.

Il prit deux bières d'un pack déjà entamé près de son bureau. Ils trinquèrent les yeux dans les yeux.

Bière tiède à dix-huit heures. Retour immédiat à l'adolescence.

— Les affaires, ça roule ?

Chris vida sa bière.

— Je me plains pas. Ça me suffit. Avec la départementale, y a un peu de passage, je fais deux cuissons par semaine. J'entretiens la maison, j'ai toujours le potager, le poulailler, et comme j'aime les œufs et le poulet… J'ai pas besoin de carte Pass. Et toi alors ? Dix ans… T'as trouvé ce que tu cherchais ?

— Commence pas.

— Y a pas prescription pourtant…

— Tu sais très bien pourquoi je suis parti. J'en suis pas plus fier qu'avant.

Chris s'essuya le menton d'un revers de manche.

— Les parents sont morts, t'as jamais été foutu de te satisfaire de ce que t'avais. Tu nous as plantés. Je continue ?

— Moi aussi je suis content de te revoir.

Chris renifla, avala une gorgée et lâcha sur un ton lapidaire :

— Alors, tu l'as visité le monde ?

— Je te raconterai.

— Et pourquoi tu reviens ?

— J'étais au Portugal. J'arrivais plus à joindre les deux bouts. Et j'avais envie de revenir en France, ici, chez nous…

Il changea subitement de ton, demanda :

— Et comment vont les autres ?

L'évocation du gang les fit sourire. Ils sortirent et Chris ferma son échoppe.

— Écoute, dans l'ensemble ça roule. Je vois beaucoup Julie, Vlad un peu moins.

Ils remontèrent l'allée qui longeait la gare de treillage et arrivèrent au vieux pick-up de Chris, couleur boue. Le père lui avait offert le Nissan d'occasion pour ses seize ans en lui promettant qu'il lui donnerait les clés le jour de sa majorité s'il décrochait son bac pro.

— Julie, ça va ?

— Elle est passée chef de service à l'hôpital de Decize.

— Ça ne m'étonne pas…

Ils claquèrent les portières en chœur, Chris s'alluma une cigarette.

S'ils avaient tous été des gamins faciles, l'adolescence, elle, les avait parfois amenés sur des chemins de traverse mais jamais bien loin, grâce aux coups de semonce du père, craint et respecté, et aux regards accusateurs de la mère. « *Tout se sait chez nous, tenez-vous à carreau.* » Fratrie unie.

— Et toi, toutes ces… guerres ? Je pensais à toi tous les jours.

— Merci. Fallait bien que quelqu'un s'y colle.

— Pourquoi t'as pas prolongé ?

Mâchoire comprimée sur le filtre, mains nouées au volant.

Retour au silence.

Ils prirent l'embranchement à l'angle du cellier, roulèrent au pas devant l'église de leurs baptêmes, puis la vieille école depuis longtemps reconvertie en salle des fêtes. Le champ de foire à côté de la mairie.

Il repensa à leurs parties interminables, mais aussi à l'internat, pour essayer de ne pas tripler la seconde, aux rares sorties, l'isolement dans leur campagne. De longs après-midi à ne rien faire.

Ils passèrent devant le cimetière, partagèrent un regard.

— J'irai demain matin…

Chris approuva. Ils entrèrent dans Mouligny : vingt-cinq habitants une fois l'été terminé.

Le vieil Armand, patriarche local, était toujours là où l'on avait l'habitude de le voir. Marié au portail de sa vieille maison familiale, il guettait les rares passages d'un regard plissé.

Les frères levèrent la main, il répondit.

Chris se gara contre la haie, avant de sortir Romain lui demanda :

— Et Vlad, alors ?

Chris recracha sa fumée lentement.

Si l'amitié était celle des âmes, les choix étaient ceux des hommes.

Ils le savaient, s'en étaient fait des œillères. Mais c'était leur pote, le « Captain » du gang.

— Ça fait un petit moment que je l'ai pas vu, genre un mois. Il a la bougeotte, il est très pris par ses affaires. De temps en temps il reste à l'auberge, il l'a gardée tu sais. Il ouvre un peu les volets. Sinon il zone à Châtillon ou crèche à Nevers. Il a pas changé, tu vois ce que je veux dire ? Vlad c'est Vlad, point barre. Je crois bien qu'il dort à l'auberge depuis quelques jours, on pourra tous se voir.

Romain ressentit une joie profonde.

Mais il connaissait son frère et comprit qu'il était sur la retenue, incapable de se confier. Il n'alla pas plus loin avec ses questions.

— J'ai hâte de la revoir, la Julie.

Chris referma sa portière doucement, le regard posé sur son reflet. Une courte absence.

— Oui… ça c'est l'autre truc dont je voulais te parler. Elle sera là Julie, et même à la maison.

— Super !

— Ouais, parce que en fait, on est ensemble depuis deux ans, elle habite avec moi, ici… Et elle est enceinte… de moi évidemment. Bon retour chez nous, grand frère.

*

Le choc passé, il y eut la joie.

Cette image un peu folle de son frère et de sa meilleure amie.

Le petit Chris et la belle Julie. Un revirement dans l'histoire du gang.

Ils échangèrent une nouvelle accolade sur le perron.

Julie avait été le modèle pour leur découverte de la féminité tout au long de leurs jeunes années, elle était devenue celle qu'ils protégeaient, pour mieux la désirer en cachette.

Romain fut soulagé de voir qu'elle avançait avec l'un d'eux. Chris était un bon compagnon et ferait un bon père.

— Vous l'appelez Lemmy. Et c'est moi qui m'occupe de son éducation musicale.

— Essaye même pas pour les prénoms, j'ai renoncé, tu la connais…

Chris l'accompagna dans sa visite de la maison familiale.

S'il n'avait pas touché à la chambre de leurs parents, il avait apporté une déco sobre dans d'autres pièces. L'accordéon du grand-père dominait la machine à coudre à pédale de la grand-mère près de

19

la cheminée massive. Le carrelage salopé par les pattes des épagneuls était le même qu'à l'époque : de mauvais goût.

Sa chambre était à l'identique. Pareille au jour où il était parti avec son sac à dos.

Il fut réellement heureux de retrouver ses bouquins, ses BD, ses CD. Comme on retrouve un vieux copain et des tas de souvenirs communs. Il resta dans la pièce. Invoqua l'insouciance du gamin devant son mur de photos du gang, des potes, des gars croisés un été.

Il tomba, au même endroit, sur un vieux torchon de cul froissé, des paquets de clopes, des feuilles à rouler.

Ils s'attablèrent sous une lumière pâle avec la vue spectrale du jardin sous un rideau de pluie.

Romain esquissa un sourire en goûtant un sancerre débouché par Chris.

Lui déambulait entre la cuisine et le salon avec une bouteille de Pelforth dans une main et de la charcuterie dans l'autre.

Il perpétuait le mythe de l'hospitalité de leurs parents, capables d'improviser des tablées sur un coup de tête et d'en faire profiter tout le hameau.

— Toi et Julie… J'arrive pas à y croire.

— Ça s'est fait le plus naturellement du monde.

Il lui expliqua : après sa relation tumultueuse avec Vlad, elle avait rencontré un médecin. Romain était en haute mer et n'avait pas pu assister au mariage. Peu de temps après, le mari se révéla être un coureur de petites infirmières. Divorce et grand bruit, Julie avait toujours eu du tempérament.

Le fameux soir arriva lors d'une perm de Chris, soir d'hiver, promiscuité et solitude des petits villages, ils avaient sauté le pas.

— Si je ne m'abuse, fit Romain en posant une tranche de saucisson entre deux morceaux de pain avant de mordre dedans, elle a quasi un an de plus que Vlad et moi, et comme j'ai deux ans de plus que toi, ça fait d'elle une cougar…

Romain s'était souvent imaginé vivre une idylle avec sa meilleure amie, mais le jour où Vlad et elle avaient franchi cette frontière, lors de cet été-là, tout le gang avait respecté la voie de l'histoire.

Chris avait attendu son heure.

— C'est bien, ce que t'as fait de la maison. Les parents seraient fiers.

— Merci.

— Vous vous en sortez?

— Pas de crédit pour la maison, mais les bagnoles et le coût de la vie font le reste. On a le potager. J'ai des plans pour la viande. On baisse pas la tête; et on peut pas se le permettre.

Le bruit de la pluie les invita à quelques secondes de silence pour apprécier le moment.

Chris était assis dans son fauteuil, ses yeux fendaient son visage encore bruni par l'été.

— À part quelques cartes postales, j'ai jamais vraiment bien su ce que t'avais fait.

— Ce matin-là : soit je prenais mon sac, soit je me foutais en l'air. Alors j'ai pris mon sac. J'ai zoné de ville en ville. Et trois semaines après, je suis parti pêcher en mer du Nord. C'était rude, mais ça m'empêchait de réfléchir. J'ai enquillé les mois sans comprendre. Après je me suis posé et j'ai bossé sur un port en Finlande.

— Ça t'a vraiment fait disjoncter, la mort des parents. Personne n'a jamais compris pourquoi à tel point. On s'est tous les deux pris ça dans la gueule. Mais toi, t'as explosé en vol… Je peux pas te croire quand tu me dis que tu te serais foutu en l'air. Pas nous, Romain. Une dépression je veux bien, mais t'aurais jamais fait ça. J'étais là putain, pourquoi tu m'as tourné le dos?

Le vin aux tempes et sous le palais, Romain repensa au départ. Fermer la porte de chez soi pour la dernière fois. Le cerveau en miettes. La détermination face à la honte de tout quitter sans laisser de mot.

— Ça a été le point de non-retour. J'allais pas bien. Je savais pas quoi faire de ma vie. Le matin, papa m'a dit bonne journée, qu'ils rentreraient tard parce qu'ils allaient dîner chez son frère à Fourchambault. Maman m'a demandé de faire une machine, de ne pas oublier. Tu passais la nuit chez ta gonzesse. Quand j'ai ouvert la porte sur le gendarme… j'ai su. J'ai même pas pensé qu'il pouvait s'agir d'autre chose. Et je me suis rappelé que j'avais oublié de mettre la machine en route, comme elle me l'avait demandé.

— Tout ça je le comprends. Je l'ai vécu. Avec deux ans de moins. Deux ans de moments que j'ai pas vécus avec eux. L'oublie pas. La douleur se promène encore, tu sais. Mais jamais je t'aurais abandonné. Ou alors, y avait autre chose et tu m'en as jamais parlé. J'ai eu le temps d'y penser moi aussi. Qu'est-ce que tu caches, Rom ?

— C'est pas le moment… Je suis heureux d'être là.

Chris l'encouragea à lui parler de sa vie pendant ces dix ans.

— Après le Nord, j'ai cherché des climats plus doux. Je suis parti en Italie, vendanges, boulots saisonniers, métalo aussi pendant une période. Je me suis fiancé, ça a rien donné. Le temps a filé. Depuis deux ans comme je t'ai dit, j'avais atterri au Portugal.

— Tu comptes rester ?… Cette fois.

L'alcool embrumait légèrement le frère mis sur le gril.

— Ouais, j'aimerais vraiment m'installer.

— Rom, j'suis ravi de te revoir, mais tu veux trouver du boulot chez nous ? Tu te souviens où on habite au fait ?

— J'ai enchaîné tout ce qui se fait comme boulots physiques et mal payés, je suis déterminé.

— Rom, y a même plus d'usines à fermer chez nous. On a bien du courage, ah ça… Mais y a pas de boulot, pas de projets à long terme. Y nous ont même retiré la F1 à Magny-Cours. Y en a qui préfèrent liquider les derniers hôtels, regarder mourir les petits commerces, en faire des logements sociaux et toucher les subventions. D'autres se battent, mais dans le vide. Pourquoi on parlerait de nous alors qu'y a plus important à montrer à la télé ?

— J'ai eu l'impression de passer dans une ville fantôme quand on a traversé Châtillon.

22

— C'est pathétique, y a plus rien, comment tu fais venir un artisan ici, toi? C'est même plus une question de politique, c'est une question de survie. Mais tout le monde s'en fout. La campagne, c'est joli pendant le Tour de France et l'été. Sur la Côte.

Romain haussa les épaules, amena la discussion ailleurs :

— Et la Julie, elle rentre quand?

— Elle devrait pas tarder. Elle fait pas mal d'heures en ce moment.

Julie arriva à l'instant où Chris remettait une bûche dans la cheminée.

Il ne l'avait pas revue depuis son départ il y avait dix ans. La fille du gang.

Elle rayonnait toujours de la même beauté. Ses cheveux mouillés et son sourire renforcèrent sa sensualité naturelle.

La connexion avec Julie reprit tout de suite, inconscients liés, sourires complices; il fut soulagé car aucun sentiment ambigu ne vint chavirer son ventre.

Amitié. Rien d'autre.

Longtemps, il avait voué un culte étrange à Vlad, son grand amour, l'heureux élu jalousé par une bonne partie des mecs du coin.

Et le temps avait joué son rôle.

Il avait eu des aventures, des baises inutiles mais consenties, partagé de chouettes bouts de route, mais son incapacité à s'ancrer quelque part et à oser regarder plus loin avait toujours été un moteur de ruptures.

— T'as pas changé.

— Toi non plus.

Il la félicita et les trois amis partagèrent un beau moment d'émotion silencieux et des regards attendris devant le ventre rond de la future maman.

Elle embrassa son homme, il l'entoura de ses bras.

Nouvelle réalité.

— Dure journée? lui demanda Chris en leur resservant un verre.

Il mélangeait bière et rouge sans le moindre remords.

— Manque d'effectifs, un accident de la route et la cohue habituelle ajoutés à beaucoup de fatigue.

Chris lui offrit le creux réconfortant de son épaule et elle se lova contre lui.

— J'te fais une omelette ?

— Julie, je sais pas si tu as goûté le jambon que Chris fait sécher au grenier, mais il est vraiment top.

Elle fronça les sourcils devant la provocation. Ils eurent cette impression de ne s'être jamais quittés, l'alchimie reprenait. Le rire montait.

— Tu veux une tranche ?

— Allez, Romain, ne commence pas.

— Mais si, c'est du bon *crochon*…

— T'es un naze, Romain, rétorqua Julie en grimaçant.

Crochon était un des drames de l'enfance de Julie ; son « cochon préféré », son « ami cochon », celui avec lequel elle se baladait, jouait, comme d'autres le faisaient avec leur chien.

Et un jour, son père décida que Crochon devait servir la cause des hommes, et le repas du dimanche. On lui camoufla vaguement la vérité mais elle fit rapidement le rapprochement entre son absence et le boudin encore chaud.

Un soir, elle s'était confiée à Vlad, qui avait mis le reste des gars au parfum. Ils en avaient ri pendant trois jours.

Julie regarda Chris tendrement, il s'affaira à lui préparer une omelette.

— C'est fou d'être là, ensemble, à nouveau.

À les voir capables d'occulter dix ans de vie, Romain prit soudain toute la mesure de leur amitié, et de sa désertion.

Partir à vingt ans.

Julie avait toujours pensé que, en plus d'avoir été incapable de gérer la mort accidentelle de ses parents, il avait aussi fui la réalité de leur monde rural. Inadapté et furieux de devoir se résoudre à quitter sa terre natale afin de trouver du boulot, il avait laissé le magma gronder en lui et tout envoyé paître en même temps. S'arracher à ses racines volontairement, le cœur envahi de douleur, pour s'obliger à ne pas sombrer. Elle l'avait détesté pour ça, mais avait appris à comprendre.

— C'est comme si on s'était pas vus depuis trois jours.

— Dix piges… Ça défile putain.

— Vous croyez qu'on a beaucoup vieilli? lança Julie.

— Laisse-toi le temps, répondit Romain en désignant son ventre.

— Regardez-vous, vous êtes toujours aussi beaux, robustes…

— … Potier.

La plaisanterie arracha un rire à Chris.

— Et vous vous souvenez de ce qu'on se disait?

— À quel propos? demanda Julie. On en a passé, des nuits blanches à papoter, les gars.

— Rien ne peut arrêter le gang. Le gang c'est pour la vie…

Julie sourit, Chris dit :

— Rom, j'te rappelle qu'on n'avait pas validé cet hymne. C'était ton slogan, pas le nôtre.

— Nan, Vlad était fan. Il voulait qu'on s'en fasse des tee-shirts, après avoir vu un reportage sur un clan de motards. On devait avoir treize, quatorze ans.

Vlad. L'éternel insoumis leur avait déclaré un jour : « *Vous inquiétez pas, qui dit qu'il y a un mur tant que je garde les yeux fermés?* » Il en avait fait son dogme.

À de rares exceptions, les adultes avaient une autre façon de le juger : Vlad, c'était le gars des mauvais choix, le vaurien. Un casse-tête pour sa mère dépassée, un garnement à redresser pour son père et sa ceinture les soirs où il levait trop le coude, empêtré dans ses soucis financiers.

Leur meilleur pote. L'allié de Romain. Ils avaient toujours été «Captain Vlad» et «Général Rom». Celui à qui on trouvait toujours des excuses et à propos duquel tous s'étaient passablement voilé la

25

face. Il avait glissé, ils étaient tous responsables de n'avoir rien fait pour éviter cela. Lui le premier.

— Alors comme ça, vous…

Chris posa la bouteille bien attaquée et serra Julie contre lui.

— On croise pas beaucoup de monde chez nous, tu le sais bien. J'en connais un par exemple qui a écumé une famille de cinq sœurs avant de trouver sa femme.

— Qui ça?

— Le J.R. de Biches. Tiens, il est gendarme maintenant.

J.R., Jean-René, un prénom inépuisable comme source de moqueries. Il avait été un bon copain et un membre honoraire du gang, mais il n'avait jamais pu intégrer le noyau originel à cause de son père qu'il devait aider aux champs.

— Gendarme? C'était pas le dernier à rouler du deux feuilles et à courir la gueuse si je me trompe pas. Tout fout le camp…

Elle sourit.

— Chris a été très présent au moment de mon divorce, Vlad était le nez dans ses histoires, on en a tous bavé, heureusement c'est derrière nous.

— Je suis vraiment content pour vous. Et Vlad, comment il l'a pris? Tout le monde vous imaginait finir ensemble. Enfin, vous m'avez compris…

— Ça fait déjà deux ans que je suis avec ton frère, tu sais. Et avec Vlad, ça fait six ans qu'on a rompu. On a tourné la page et on est restés amis, aussi proches qu'avant, mais chacun a tracé sa route. Et toi alors? Pendant ces *dix ans*?

Les deux frères avaient noté le ton appuyé. Elle poursuivit :

— Comme je n'avais des nouvelles que par l'intermédiaire de ton frère, et vu que c'est toujours compliqué pour avoir des informations cohérentes, tu peux me dire ce que tu as réellement fait pendant ces années?

— J'ai bossé dans la com, l'événementiel, et fait un peu de finance.

Leurs regards perplexes l'amusèrent.

Il lui fit le même exposé qu'à son frère, et termina en disant :

— Je sais, j'aurais dû écouter M. Prijent en quatrième et faire ce putain de CAP plutôt que de rien branler au lycée. Et toi alors, infirmière, hein ? La classe… Normal en fait, tu passais ton temps à faire des pansements aux genoux de Chris et au visage de Vlad.

— C'est usant le désert médical. Je pense à devenir libérale si la situation continue à dégénérer. Ce ne sera pas plus reposant, ça j'en ai bien conscience, mais j'ai trop l'impression de ramer à l'envers.

— Et pendant ce temps-là, Chris, toi t'étais parti protéger Areva en Afrique.

Julie sourit, les mains en coupe autour de sa tasse, et Chris offrit un doigt d'honneur à son frère, complice.

Chris ouvrit les portes-fenêtres pour fumer, un léger courant d'air s'immisça dans la salle.

— Et Vlad, ça va ?

Un silence chargé s'imposa dans le salon. Chris détourna les yeux et se cacha derrière un épais nuage de fumée relâché trop tôt. Julie s'y colla.

— Tu sais, Vlad a fait ses choix. C'est toujours le même, mais il a continué ses petites combines, sauf qu'elles sont devenues moins petites, et beaucoup plus graves. Notre plus grande faiblesse, ça a été de ne jamais chercher à l'arrêter. Ça a failli mal tourner plusieurs fois. Nous, on a vécu ça de loin, sans vraiment comprendre tout ce qui se nouait ni ce qu'il faisait réellement. Il a jamais su s'arrêter. Avec nous, il est dans le déni total, presque persuadé que ce qu'il fait n'est pas si méchant, en tout cas c'est l'image qu'il veut donner.

— Il est dans quoi, au juste ? Quand je suis parti, il glandouillait, dealait un peu de shit, gobait un ou deux acides, traînait avec les autres fins de race. Il a fait quoi pendant dix ans ?

— J'ai pas forcément envie d'en parler, pas tout de suite. J'ai envie de profiter de ton retour. Après notre rupture il est vraiment parti en vrille, on est toujours restés amis, mais y a eu une période bien noire.

— Il bosse dans quoi?

— Ça, tu vas vraiment aimer, je crois… Il s'est associé avec Cédric.

Le silence était revenu. Chris guetta sa réaction.

— Asso… C'est une putain de blague? Ce mec est toujours en vie?

— Rom!

— Qu'est-ce que j'ai dit?

— Mets-toi dans la tête que depuis que tu es parti, ils passent leur temps ensemble. Comprends aussi qu'on a tous réagi comme on pouvait…

Chris savait manier le reproche, ce qui était enfoui devrait remonter à un moment ou à un autre.

— Ils ont repris le garage du vieux Fassier, poursuivit-il en lui reservant une tasse de café, celui du haut du bourg de Tamnay, tu remets?

— Quand même. Avec Châtillon c'était eux qui avaient le mélange le moins cher de tout le coin pour nos meules.

— Ouais, eh bien quand il a mis la clé sous la porte, ils l'ont racheté. Franchement, c'était même courageux, y a un garage Citroën qui a ouvert à la sortie de Châtillon, nous on défend les locaux mais c'est parfois compliqué pour l'artisanat…

— C'est pas tout, fit Julie, presque désolée. Vlad a racheté un des cafés de Châtillon il y a un an, Le Petit Bazois, mais il n'y est jamais, il bouge beaucoup, on dit qu'il aurait aussi permis au petit restau Le Pré vert de ne pas fermer. On dit beaucoup de choses en fait, mais lui n'est pas très causant là-dessus. Quand on se voit, on fait comme si de rien n'était. Comme si c'était avant…

Julie avait parlé sans timbre, sans rancœur – aucune blessure ne subsistait de leurs folles années d'amour passionné qui les avaient amenés de la petite adolescence jusqu'à l'âge adulte.

Chris déclara :

— Mais c'est plus comme avant. C'est pas faute d'avoir parlé avec lui des tonnes et des tonnes de fois, crois-moi, Rom. Mais il est toujours impossible à canaliser ou à mettre dans un moule. Je sais ce que c'est, si je ne m'étais pas engagé, j'aurais peut-être fait les mêmes conneries.

— Mais nan, Chris, dis pas ça.

— C'est facile pour toi. Tu crois que c'était facile de se retrouver seul trois mois après la mort des parents ? Faut bien qu'y en ait qui s'engagent. On n'est pas tous des lâches.

Le ton agressif de Chris crispa Romain. Il fuyait le conflit, les mots trop hauts. Julie, compatissante envers son homme, avait aussi attendu ce jour où le « Général » reviendrait se justifier de ses actes.

— Doucement, Chris. Je suis pas là pour qu'on se déchire.

— Je t'ai accueilli les bras ouverts, même après tout ce temps sans avoir la moindre nouvelle. Je me disais : « Est-ce qu'il a trouvé quelqu'un ? Est-ce qu'il a des mômes ? » J'ai droit à la colère.

Romain leur servit un nouveau verre.

— Je sais.

— Putain, tu réponds à moitié à mes questions. Sur ton départ, sur ton retour…

— Non. Je t'ai expliqué.

— Ça me va pas. Je suis sûr que tu caches des trucs. T'as pas pu tout foutre en l'air au moment où j'avais le plus besoin de toi sans qu'il n'y ait autre chose au fond de ton crâne.

Julie tenta de calmer la discussion d'un de ses sourires apaisants, fraternels. La tension entre les frères pourrait se tarir mais le besoin d'en découdre reviendrait tôt ou tard. Le poids des années.

Chris se massa le front, les épaules parcourues de frissons.

Devant l'inquiétude de Romain, il lui expliqua être sujet à des maux de tête très fréquents depuis son retour ; il sortit une plaquette de médicaments et avala deux cachets. Julie paraissait aussi désolée qu'inquiète. Chris n'était pas du genre à aimer qu'on s'apitoie sur son sort, alors il passa dans la cuisine pour faire la vaisselle.

— Et si on allait le voir, là, tout de suite ? dit Julie.

Chris revint dans la pièce, torchon dans les mains.

— Maintenant ? Il est déjà tard.

Julie ne semblait pas y voir d'inconvénient. Enfin les retrouvailles.

— Mais ouais, c'est le moment. On va à Tamnay, on débarque à l'auberge. Il nous paye un coup.

Julie avait l'air amusée, leurs yeux tombèrent sur une vieille photo du gang à cheval sur des Peugeot 103 SP.

Les doigts en V, bouilles insolentes.

Nouvel échange de regards entre les frères.

Soir 3 débutait, une pluie fine crépitait sur le toit. Ils se levèrent en chœur.

Les visages sous des capuches, ils empruntèrent la petite route éclairée par les lampadaires municipaux. Le bourg était calme.

— Tu lui as énormément manqué. Pour lui aussi, ton départ et l'absence ont été difficiles à vivre, déclara Julie.

— On en parlait beaucoup au début, dit Chris. Ça l'a vachement travaillé, et puis après il a été obligé de vivre avec. Comme nous tous.

Il envoya à son frère une tape affectueuse dans le dos.

Galvanisé par les souvenirs, Romain ressentit une vraie excitation à l'idée de revoir son meilleur ami.

C'est en descendant le chemin pour aller vers la départementale qu'ils comprirent que quelque chose n'allait pas. Au loin, des lumières bariolées crevaient le brouillard humide, des gyrophares inondant la nuit.

Des porches étaient allumés, des habitants sur le pas de leurs portes, emmitouflés dans des robes de chambre. On parlait de perron à perron.

Une sueur âcre plaqua le tee-shirt de Romain à son dos.

— C'est quoi ce bordel ? maugréa Chris.

Deux voitures de gendarmerie étaient stationnées devant l'auberge et les occupants faisaient des allées et venues à l'intérieur.

Romain accéléra, Chris ressentit une vilaine douleur entre les yeux. Une agitation jamais vue régnait dans le haut du village. C'est Julie qui héla un des uniformes.

— Qu'est-ce qui se passe ?

Un jeune visage fermé, manifestement agacé, la cueillit.

— Ne restez pas là.

Chris, sur les talons de sa compagne :

— On est des amis du proprio. Qu'est-ce qui se passe ?

— Je vais vous demander de bien vouloir quitter les lieux et de ne pas rester ici.

Romain essayait de comprendre ce qui se tramait à l'intérieur. On s'affairait dans un remue-ménage pas possible.

Un nouveau gendarme sortit de chez Vlad, les traits tirés.

Romain reconnut tout de suite J.R. Le copain d'enfance. Chris lui envoya un grand signe de la main.

Il resta paralysé une seconde, avant d'avancer vers eux, la tête rentrée dans sa parka.

— Salut, J.R., qu'est-ce qui se passe vingt dieux ? Où est Vlad ?

Ils échangèrent une poignée de main.

— Vlad a… Vlad a été retrouvé inconscient dans un pré derrière Frasnay, roué de coups. Il… il est entre la vie et la mort. Emmené à Nevers.

Chacun prit la nouvelle comme un lourd et lent coup dans l'estomac.

Julie amena ses mains à sa bouche.

— Je suis désolé.

Romain fixait un point invisible. Il ne pouvait y avoir pire annonce. Après la glissade, la chute.

— On sait ce qui s'est passé ? demanda Julie.

— C'est le vieux Jacquemin qui l'a retrouvé en allant donner à boire à ses bêtes, il baignait dans une flaque, il est pas passé loin de se noyer. Il est dans le coma… et dans un sale état. Celui ou ceux qui ont fait ça n'y sont pas allés de main morte. On perquisitionne du coup. Fallait bien que ça arrive un jour.

Personne pour le contredire. Chris blottit le visage de Julie au creux de son épaule.

Romain échangea un long regard avec J.R., chamboulé par la tristesse et la colère.

C'était un garçon massif, travaillé au fourrage et au champ, généreux.

Grand bosseur et surtout très attiré par les filles, on lui prêtait une réputation de cavaleur de bals populaires. Il était sorti un été ou deux avec une cousine de Julie ; le gaillard rendait jaloux Romain quand il le voyait revenir bras dessus bras dessous avec une fille de la grotte d'Arfon, le lieu connu pour accueillir les émois physiques plus ou moins longs de la jeunesse.

Toutes ces réminiscences se fracassaient sur lui.

— Mais qui a pu lui faire un truc pareil ? Dans quoi il traîne, le Vlad ? demanda Romain.

Il n'obtint qu'un silence gênant, bientôt rompu par son frère :

— On va à Nevers. On va chercher le pick-up et on y va.

J.R. regarda les trois amis s'éloigner, malgré tout heureux de savoir que Romain était revenu dans la région.

*

Ils quittèrent les urgences de Nevers aux alentours d'une heure, le corps et l'esprit rongés par la fatigue.

Ils l'avaient aperçu au moment où les urgentistes affairés prenaient le pas sur les pompiers pour son transport au bloc. Figé, le cœur sur les lèvres, Romain avait bien vu cette poche noirâtre à la place de son œil gauche, reconnu sous la chair tuméfiée les traits de son frère de cœur, une oreille sous un épais bandage de fortune taché de sang, la bouche explosée.

On l'opérait car sa rate avait éclaté sous les coups.

Grâce à son statut, Julie avait réussi à glaner des informations.

Il avait de nombreuses fractures. Il perdrait probablement l'usage de son œil. Sa mâchoire avait été brisée en deux points. Un lynchage en bonne et due forme.

Ils gagnèrent un banc. Un vent frais glaça les corps choqués. Les mots de Chris claquèrent.

— On rentre à Tamnay, on se pose et après on essaye de dormir. Y a rien à faire de plus pour le moment.

Romain tentait de garder le contrôle de ses nerfs. Julie se pelotonna contre son homme, des larmes coulèrent le long de ses joues. Lui laissa naviguer sa rage jusque dans ses yeux.

— Putain, c'est un cauchemar! fit Romain, la gorge serrée, avant de s'emporter d'une voix tranchante. Putain, mais alors c'est quoi ce bordel?! Chris, si vous savez quelque chose, si vous avez une idée de pourquoi notre pote s'est fait massacrer, dites-le-moi.

Chris frotta son visage vigoureusement. Les épaules remuées de légers spasmes.

Il répondit en hochant la tête.

— On rentre à la maison, je nous fais du café et on cause. La nuit va être longue.

Personne n'ouvrit la bouche pendant la demi-heure qui les ramena chez eux.

Passé…

C'est une de mes vues préférées : l'océan de chocolat chaud qui se déverse en moi depuis mon bol fétiche et dont je déguste chaque gorgée.

Quelques longues secondes plus tard, je finis mon œuvre. Repu. Une moustache de lait chocolaté sous le nez, dans mon duvet.

Premier matin des vacances.

Un programme long comme un livre d'histoire.

Et dans ma liste de choses à faire : je dois oublier le collège, les cours, les profs.

Vraiment pas un problème.

Je regarde par les portes-fenêtres et me verrais bien passer la journée sous mon pommier avec un Stephen King.

Les autres risquent de pas aimer.

Mon frère déboule avec un bandana noué façon pirate gros dur, tant mieux, ça évite à mes yeux de voir son espèce de nuque longue moche mendiée au coiffeur.

— Putain, Rom, le camion passe à Châtillon demain, faut trop qu'on y aille, y a les couteaux et les lampes sans pile.

Je le regarde consulter nerveusement le catalogue de la quincaillerie ambulante qui arpente nos villages. Ma mère arrive avec une tasse de lait pour mon frère.

— Bois ton lait, Chris, s'il te plaît.

— Man, y a le camion demain à Châtillon.

— On verra. Votre père a beaucoup de travail avec la préparation de la brocante, vous savez comment il est dès qu'un événement ramène du monde, il veut que Tamnay soit à la hauteur. Moi je dois aller en courses à Nevers. Le gros plein à Carrefour.

— Man !

— Et il va faire chaud aujourd'hui donc casquette, bandana, tout sauf noir, Chris, et crème tous azimuts. D'accord ?

— OK.

Mon frère laisse traîner son insolence. Moi, je reste silencieux. Ma mère secoue la tête et Chris délaisse son lait pour son catalogue.

Tant mieux si les parents ont du boulot. La mère de Julie n'en a plus, elle.

Mon père est cantonnier, il entretient toute la commune de Tamnay-en-Bazois, à savoir : nous Mouligny, Vouavre, là où y a une bande de cons qu'on peut pas blairer, Champeau et puis Tamnay aussi, bien sûr.

C'est lui qui rend notre village plus beau à mes yeux qu'une plage bondée de Méditerranée ou même qu'une montagne toute blanche.

On en est fiers de notre Nièvre. Là où ma mère nous a donné la vie à moi et à mon frère, même si je le vanne en lui disant qu'il vient d'une famille de consanguins.

Notre bled est au pied du Morvan et il y a ici plus de nature que n'importe où ailleurs dans la région.

On entend en même temps un bruit de pas sur les gravillons. Julie apparaît : mon frère sourit connement, et moi aussi.

— Salut, les gars. Bien dormi ?

Elle fait comme chez elle. Normal. Elle prend la tasse de Chris et jette un œil sur le catalogue qu'il tente de dissimuler.

— Le camion ? C'est que d'la camelote.

Mon frère est un vil coyote :

— Je sais. C'est ce que je disais à Rom, il veut une nouvelle canne à pêche depuis qu'il a pété sa ligne l'autre jour comme un naze.

Je m'étire, sans même essayer de riposter.

Ma mère revient, les bras chargés du panier à linge, avec mes slips bien en vue, évidemment.

— Tiens, salut, Julie. Tu veux un verre de lait et un gâteau ? Ah, bravo, Chris, bel effort pour ton petit déj, je vais repenser à ton idée de camion.

— Je veux bien, Claire.

Julie adore appeler ma mère par son prénom. Entre filles. Chris a l'air gêné. Julie termine sa deuxième ration de lait comme si elle n'avait pas mangé depuis six mois.

Je demande :

— On fait quoi aujourd'hui ?

Julie lève les yeux au ciel et s'attarde sur la couverture de mon livre. Je souris.

— J'sais pas. Eh, j'vous ai pas dit pour mes frangins, c'est trop la honte.

Elle a toute notre attention.

— Mes frères et les gars de Vouavre ont picolé hier derrière l'église à Tamnay. Le Pec était encore plus rond que d'habitude, à un moment il est parti chier, et comme il était vraiment beurré, il s'est endormi, avec la merde au cul. C'est un de mes frangins qui a dû lui enlever en s'aidant d'un bocal.

Dégueu. Mon frère garde la bouche entrouverte. Je pouffe.

Les frères de Julie sont pas mal surveillés par tous les parents dans le coin, sauf les leurs. Ils bossent aux champs mais collectionnent aussi les conneries. Dans des bocaux.

— On fait quoi aujourd'hui alors, Rom ?

— Foot ! proclame mon frère. Foot sur le champ de foire et console !

Julie gémit :

— Oh nan. Pas vos jeux vidéo, j'en ai marre.

J'y vais de mon avis :

— Il va faire super beau, autant rester dehors, Chris, avec le cagnard faut éviter les balades à vélo sinon on va clamser. Nan, on peut aller pique-niquer à Fleury pour faire trempette. Et puis ce soir, si tu veux, Julie, on te laisse regarder *Dirty Dancing*, pour une fois.

— Oh non, Rom, pas ce film avec l'autre naze. Ce soir on mate un Chuck Norris avec des Viets et tout, crache mon frère.

— Plutôt crever ouais. Et c'est pas pour moi, c'est pour Julie, tu nous emmerdes tout le temps avec tes films de guerre, là.

Ma mauvaise foi fonctionne… presque.

On se tait un moment.

Julie grignote un Pépito. Chris salive sur son catalogue. Je regarde les rayons du soleil traverser les portes-fenêtres.

Une voix criarde résonne d'un bout à l'autre de ma maison :

— Rhooo, les mecs, les mecs!

Ça y est, enfin il arrive. Vlad débarque en sueur. Son vélo est souvent à plat. Il passe un temps fou à regonfler ses pneus ou à courir à côté au lieu de pédaler.

Sa pommette blessée par une baston est toujours bien rouge, ses cheveux en bataille tiennent grâce à sa crasse et à la poussière.

Vlad fait le tour de la table, secoue les cheveux de mon frère, me claque la main et baise le front de Julie avant de se vautrer dans le fauteuil de mon père.

— Ah là là, les mecs…

— Quoi? demande mon frère, soudain plus intéressé par Vlad que par les couteaux de chasse.

— Vous avez pas appris?

— Pour le caca du Pec?

Rires.

— T'es con, Rom. Nan, y a une colo à Fleury, avec des tas de gonzesses. Faut qu'on y aille! Demandez à vos vieux si on peut camper là-bas.

— Y voudront jamais. J'suis trop petit, dit Chris.

— Et puis t'as peur des loups.

— Y a pas d'loups chez nous, Vlad.

— Que tu crois… Et qui c'est qu'a arraché une patte au chien du Jambier?

— Le tracteur du vieux Jambier.

Je dis ça pour éviter que mon petit frère ne refasse une fixette sur les loups et me gâche mes nuits d'été.

— Les mecs, y aura des meufs, des Parisiennes en plus, maquillées, jamais mis les pieds dans la boue.

Julie fait la tronche, je la connais. Elle est agacée par l'argument brandi par Vlad pour nous amener dans notre repaire habituel.

— Allez-y, moi vous savez très bien que mon père ne me laissera jamais, fait Julie.

Seule fille d'une fratrie, elle entend souvent répondre non à tout ce qu'elle demande lorsque ça sort de l'ordinaire.

— Mais on s'en fout, scande Vlad à haute voix. On fait comme d'hab, on fait quand même.

— T'es chiant, Vlad.

Julie est contrariée.

Ma mère passe à nouveau près de nous, son bandeau sur la tête, son tee-shirt Lee Cooper descend sur ses épaules bronzées. Trop belle, ma mère.

— Je vais à Nevers, les enfants. Soyez sages. À toute.

— À toute!

Une jolie chorale enjouée.

— Vous faites quoi aujourd'hui alors? demande-t-elle en fouillant dans son sac.

Les trois tournent leurs yeux vers moi.

Lourde responsabilité. Comme toujours.

— Bah… on va à Fleury.

Julie boude. Chris hausse les épaules et Vlad me fait le plus beau sourire du monde.

*

On est parés. En file indienne. Les mains accrochées à nos guidons tels des gangsters à leurs sulfateuses. Je tourne ma main sur le caoutchouc et j'imagine qu'un puissant moteur vrombit de plaisir. On a tous nos casques de walkman. C'est notre tradition quand on part en vadrouille. Un truc dont j'ai eu l'idée pour fédérer le gang. On doit tous vivre la même bande-son pour l'envolée, comme si c'était un film.

J'ai choisi « Overkill » de Motörhead. La batterie braque mon cerveau et je m'élance comme cette guitare basse tonitruante. Mes cuisses déjà mises à rude épreuve. Je suis en tête et roule à tout berzingue. Je secoue la tête et ressens la musique, mais je suis sûr que je suis le seul à communier avec ce morceau de tarés : ouais, malgré ma proposition, je sais qu'ils ne m'ont finalement pas suivi.

Les traîtres : Vlad écoute son espèce de punk à tous les coups, Julie doit être dans une de ses compiles mielleuses genre Bryan Adams ou pire, Jean-Jacques Goldman. Mon frère a cassé son walkman la dernière fois et met son casque sur ses oreilles pour faire comme nous, pour le fun.

Je m'en fous. J'imagine que le monde entier résonne de ma musique. Le vent roule sur moi. Le soleil nous aguiche. On est libres, à un rythme d'enfer, et on ne prend que les petites routes : ma mère nous interdit les départementales.

On connaît les chemins mieux que le bon Dieu qui a planté des forêts compactes entre les champs remplis de tournesols crâneurs et les prés habités par les charolaises. Une série de côtes à nous rompre le bide mais toujours suivies de descentes où y nous prend de croire qu'on vole. Tous ces paysages dont on se lassera jamais, aussi bien détrempés, fleuris, ou verts à rendre fou un troupeau, même secs et jaunis quand le soleil s'en mêle.

Ma mère ne nous laisse jamais sortir l'année, jamais. Mais quand l'été arrive : on fait ce qu'on veut. Comme si les habitués des faits divers de notre coin partaient s'aérer dans le Sud début juillet.

Et elle va même jusqu'à nous préparer des festins.

Et sa tarte aux pommes… j'en salive.

Je laisse ma place à Vlad, à cause de ses pneus mal gonflés il est en danseuse et ses mollets de coq sont bandés au maximum.

Je jette un coup d'œil derrière, finie la musique, on redevient vigilants, on fait bien, un camion de boulanger nous double sans freiner. Les tournées sont vastes, les mecs roulent vite. Mon frère rejoint Vlad et ils font la course pour me dépasser. Ils s'amusent à slalomer dans le vide. Julie les regarde.

Mon père clame que Vlad est une «graine de voyou», maman pense qu'il «manque de repères».

Moi j'dis que c'est mon pote et qu'il le sera pour toujours. Même si c'est vrai que son palmarès de bêtises est plus balaise que les médailles de foot de mon oncle. L'ailier de l'équipe du canton.

Ses parents tiennent une auberge qui ne marche pas du tout et Vlad est l'aîné d'une famille de cinq enfants.

Ses parents ont attendu sept ans après sa naissance pour en avoir un autre, et ensuite, apparemment, ils ont retrouvé la notice. Depuis, ils gagnent à chaque fois. Vlad en peut plus.

Là, il vient de rouler sur une limace et l'a étalée sur le goudron. Chris explose de rire. Je l'évite d'un coup de guidon. Derrière, Julie attaque et nous dépasse tous avant qu'on sorte de la forêt. C'est toujours à ce moment que le soleil nous matraque la figure. On amorce la descente et on prend de la vitesse. J'aurais envie de crier tellement je me sens bien.

C'est là qu'on le voit. Au loin.

Un garçon de notre âge. Son vélo est couché dans la trace. Il est devant un pré, face à un grand troupeau de vaches. Un pied sur la clôture en bois, il tient un flingue dans ses mains.

La descente est assez longue pour que j'aie bien le temps de vérifier que l'information qui percute mes yeux est la bonne : oui, un gars de notre âge braque un pistolet sur des vaches.

On arrive à sa portée. Gros coups de frein. Vlad est obligé d'y aller avec ses baskets déjà bien abîmées pour arrêter sa monture. Chris dérape dangereusement. Le mec tourne la tête vers nous mais reste planté là. On reprend tous notre souffle.

Vlad a l'air fasciné par le flingue ; j'en ai jamais vu mais je sais que c'est pas un vrai.

C'est pas possible, une arme comme les gros Magnum croisés dans tous nos films n'a rien à faire dans la Nièvre, et encore moins dans la main d'un garçon de quatorze ans.

J'aime pas du tout l'expression de son visage, détachée et absente, elle va parfaitement avec l'ensemble de sa sale gueule. Il a tout le tour du crâne rasé et, sur le dessus, ses cheveux gras tombent sur des yeux vitreux et inexpressifs. Il a les oreilles si décollées qu'il pourrait faire de la chute libre et s'en servir pour atterrir sans pépin.

— Eh ! Mais tu fais quoi là ?

Bien caché derrière Vlad, mon frère joue les durs mais sa voix tremble.

Il déteste l'idée qu'on puisse faire preuve de cruauté envers un animal. Il pleure à chaque fois que mon grand-père corrige ses chiens quand ils chassent les poules.

«Joe le bandit» nous toise, un à un. Il s'arrête un moment sur Julie et puis sur Vlad.

— J'tire des plombs sur des vaches, pourquoi ?

On n'a jamais vu ce gars, il a notre âge pourtant, et il a l'air vraiment con.

— T'es débile ? Ou alors t'es d'la famille aux Fauvé ? demande mon frère en faisant référence aux bouseux du coin dont mon père dit qu'ils se reproduisent entre eux pour continuer de peupler la région.

Pour mon frère, les Fauvé sont les parfaits croquemitaines. On s'en amuse pas mal avec Vlad.

L'autre balance la tête en arrière, ça doit vouloir dire non. Il tire deux plombs sur la grosse croupe d'une vache qui panique et mugit en s'enfuyant.

Je gueule :

— Putain mais arrête, t'es vraiment con ou quoi ? Laisse-les, elles t'ont rien fait.

— Ouais, c'est nul de faire ça, déclare Julie. Elles ont du lait, en plus y a des veaux, tu pourrais leur crever un œil.

Le gars baisse l'arme mais nous regarde toujours de son air le plus abruti, le même que celui du père Louis, bourré, quand il comprend pas pourquoi sa mobylette veut rien entendre alors qu'il a oublié de la démarrer.

— Et alors ?

— T'es qui en fait ? demande Vlad.

— M'appelle Cédric, mes vieux sont arrivés dans ce bled y a une semaine. Comme j'm'emmerde j'trouve des trucs à faire.

— Et tu viens d'où ? je lui demande.

— On vient d'Auxerre. Mes vieux ont perdu l'appart, là c'est cool on a une baraque.

Il renifle fort, crade et gratos. De la pure provocation pour garder la face.

Mon frère le montre du doigt.

— Eh, t'es pas chez toi ici. T'as pas le droit de faire ça. On pourrait très bien appeler les gendarmes. Si t'es venu dans notre coin pour faire le con… eh bah rentre chez toi.

La repartie de mon frère est entachée par sa trouille.

— *Cot-cot-cot.* J'ai du plomb pour tes poulets, trouduc.

Cédric lui a craché ça au visage en riant. On est pris au dépourvu et Vlad laisse échapper un rire.

Je balance mon vélo au sol et m'approche de l'autre débile qui cale son flingue à sa ceinture.

— Tu veux t'battre ?

Julie s'interpose.

— Arrête ça tout de suite, t'as compris, pauvre mec ? Rom arrête, ça ne sert à rien.

J'ai soudain vachement chaud. J'imagine des tas de scénarios où je lui colle des pains, mais à la place je reste figé. Vlad a croisé les bras sur son guidon et a ensuite posé sa tête dessus.

On dirait que ça l'amuse. Je suis presque vexé, j'aimerais que mon meilleur pote vienne à mon secours, mais non, c'est comme s'il savait que de toute façon ça va mal finir et qu'il profite de la montée d'adrénaline. La bagarre, lui, c'est son truc. Je rêve de le voir filer vers l'abruti pour l'obliger à bouffer du purin.

Cédric sort un paquet de clopes et en allume une, juste sous mes yeux.

— Vas-y, fous-moi une beigne et j'te saigne comme un porc. J'suis chez moi maintenant, qu'même que c'est mon vieux qui m'l'a dit. Alors j't'emmerde.

Vlad se redresse doucement. J'ai de drôles de fourmis dans le ventre et dans les couilles.

— Ttttt. Nan, Cédric, moi j'm'en fous que tu tires des vaches au plomb, au pire c'est drôle, au mieux tu vas t'en lasser quand un taureau t'aura chargé la tronche. Mais mon gars, un : tu l'insultes pas, et deux : t'es chez *moi* ici. Alors apprends d'abord à respecter ça, et après on verra.

Cédric balade son regard mauvais sur nous quatre. Soit il est fou, soit c'est un champion de boxe, en tout cas il ne montre aucune peur.

— C'est toi le chef, alors ? Si j'te casse la tête, j'prends ta place ? Mon vieux m'a toujours dit de frapper en premier et de faire mal. Dites, vous la sautez déjà votre copine ou vous lui mettez juste des doigts ?

Ses yeux puent, sa voix reste atone malgré ce qu'il débite.

Julie fulmine, je le pousse violemment. Sans réfléchir. Cédric trébuche en arrière, il vacille, se redresse et dégaine son arme ; Vlad tombe sur lui avant même que son vélo touche le sol. Mon frère a la bouche grande ouverte, la même qu'il a devant les films avec Belmondo.

Vlad s'est placé entre moi et le danger ambulant.

— Allez, vas-y, tire si t'es un homme! le provoque mon ami.

Je suis incapable de bouger. Julie a les mains sur la bouche.

— Z'êtes des gamins, lâche-t-il en recrachant la fumée de sa clope.

Il l'avale à ce que je vois.

— Tu sais pas qui je suis.

— Ah ouais, dis-moi alors.

— C'est chez *moi* ici, si tu veux faire le con tu me demandes l'autorisation, OK? Et elle, *elle*, t'y touches jamais, compris?

La voix de Vlad est flippante, ses yeux sont noirs, son visage reflète la menace et l'appel à la violence.

— Bah alors on se reverra…, fait Cédric en baissant son arme et en relevant son vélo.

Il l'enfourche, nous regarde avec ce même air étrange, sourit à Vlad et s'en va. Doucement.

*

On est à Fleury, à sept bornes de chez nous, notre QG, là où la rivière nous paraît moins crade pour aller piquer une tête et faire les cons dans la flotte pendant des heures. Mais aujourd'hui, seul Vlad a l'air d'humeur à s'éclater. Fleury est une berge recouverte d'herbe, bordée par le canal du Nivernais et par cette rivière qui vient clapoter dans un petit réservoir tout en pierre. Comme ça, on a le choix du bassin selon nos humeurs, soit on nage avec les cacas des Hollandais, soit avec ceux des vaches.

Le bras d'eau passe sous un pont, c'est là que Vlad fait des sauts toujours plus acrobatiques.

On a à peine touché au déj préparé par ma mère. Même Julie a le visage sur ses genoux et regarde au loin une moissonneuse-batteuse qui sillonne son champ.

Sur l'autre rive, comme Vlad nous l'a dit, une série de tentes et un groupe de colo occupé aux corvées.

Je fais semblant de ne pas m'y intéresser mais j'ai déjà repéré des filles super mignonnes.

Mon frère enrage et balance des cailloux pour tenter de battre son record de ricochets.

— C'est vraiment qu'un sale con, j'aurais trop dû lui péter sa gueule à ce mec.

Vlad revient, tout mouillé, et me prend par surprise pour un «câlin-trempette express». Je beugle et ça le fait rigoler.

— Je comprends pas, fait Julie.

On a tous remarqué son désarroi. Elle a toujours un mal fou à comprendre la connerie et l'entêtement des gens à la propager.

Vlad s'assoit. Tout maigre mais souriant, sa trombine insolente et irrésistible essaye de capter les yeux bleus de la fille du gang.

— Laisse, c'était pas si méchant, c'est un naze qui a voulu pisser sur notre herbe, il est pas aussi dingue que ça puisqu'il n'est pas allé au bout. Il avait pas prévu de se retrouver face à nous. C'est tout.

— Je suis pas d'accord, je vois vraiment pas l'intérêt de faire ça à ces pauvres bêtes.

— On va leur faire bien pire, tu crois qu'on leur joue du violon à l'abattoir?

Je tique :

— Ça a pas grand-chose à voir, Vlad, et tu le sais. Ce Cédric a vraiment pas l'air net.

Vlad hausse les épaules. Le soleil crame tout mon côté droit et je sens que je vais pas trop tarder à me baquer. Je revois le visage vide d'expression du Cédric, et repense surtout aux mots de Vlad. «C'est chez *moi*.» Je lui connaissais pas ce genre de délire.

On se retrouve tous dans l'eau. Sauf Julie. Elle prétexte un mal de crâne. Elle se repose sur l'herbe et nous regarde. Chris fait tout pour coller de près aux plongeons de Vlad.

Quelques adultes, vacanciers et locaux, lézardent sur des serviettes.

On fait le plus de bruit possible pour attirer l'attention des filles du camp de vacances, les gars nous regardent d'un sale œil, surtout Vlad qui en fait des tonnes.

Bientôt, l'après-midi donne au soleil une teinte plus orangée et on se prélasse sur les pierres chaudes près du canal. Soudain, mon frère, avec la moitié d'une banane dans la bouche, siffle entre ses dents :

— Oh, les mecs, regardez là-bas à côté du camp, le mutant est de sortie.

— Le Dalton… Planquez vos miches, les campeuses.

— Ouaip, que je reprends pour avoir tous les yeux sur moi.

Julie signe une moue de dégoût.

Le Dalton est un marginal venu s'installer dans le coin il y a un bout de temps. Il bosse de petits riens, aide parfois aux écluses sans qu'on lui demande, nettoie quelques chemins, fait du bois avec des soûlards comme lui, passe son temps au café à Châtillon. Il vit dans une vieille bâtisse en pierre toute vétuste avec son chien et ses poules.

On l'appelle le Dalton parce qu'il a un menton capable d'accueillir une escadrille de Mirage 2000. Il est grand et très massif, un ogre dégueulasse à la peau desséchée avec plus de rides que mon grand-père alors qu'il a à peine dans les quarante ans. On l'évite comme la peste, non seulement nos parents nous le demandent, mais en plus, pour une fois, ça nous dérange pas de les écouter.

C'est un *instable*. Il a déjà envoyé des bagarreurs à l'hosto lors de méchouis, fait quelques jours de mitard. Mon père dit qu'il est fou, comme tous les mongols, ce qui déplaît à ma mère. Quand il a trop bu, il peut être vraiment dangereux.

Y a quelques années, une gamine a disparu par chez nous, une histoire qui a plongé la région dans l'horreur et nous a empêchés de sortir pendant deux mois.

Tout le monde a fini par accuser le Dalton, y a eu la rumeur. Ça a failli se régler au fusil et à la fourche. Sauf que ce n'était pas lui. C'était un conducteur de car que tout le monde connaissait et appréciait. Alors on l'a toléré, plus ou moins. Y paraît que chaque cambrousse en a des comme lui.

On le voit commencer à tailler la bavette avec deux pauvres moniteurs, et son accent imbuvable et sa voix résonnent jusqu'à nous. Les regards se posent sur l'énergumène, on sent un vent de moqueries se répandre dans leur groupe. Des gars se foutent ouvertement de lui, les filles gloussent.

Nous, on se méfie : non seulement il a mauvaise réputation, mais en plus il a déjà eu affaire aux gendarmes.

Apparemment il ne remarque rien et, bras croisés et jambes posées de façon assez obscène, il semble parler feu de camp avec les moniteurs incapables d'en placer une. Un pot de colle que Vlad adore chambrer. Parfois le Dalton lui offre des bières, cela convient à mon pote qui débranche son cerveau durant les monologues illuminés de l'autre.

Julie ne l'aime vraiment pas. Un de ses frères a eu des problèmes avec lui, il lui revendait des cigarettes et des bouteilles de vin dont on est certains qu'il allait les voler dans les caves des villageois. Elle dit que le Dalton a un mauvais fond. Vlad dit que c'est un mec qui a simplement été bercé trop près du mur.

Le groupe de campeurs finit par se dépêtrer du piège et part en balade.

Vlad fait le beau, salue les filles comme un tombeur et reçoit une tape de Julie.

— Un peu de tenue !

Mon frère retourne à son *Onze Mondial*.

Le Dalton semble parler à un arbre, puis il nous salue de grands mouvements de mains mais ne vient pas nous voir. Il disparaît comme il est arrivé, vilain diable sorti de sa boîte.

Sauvés.

Le site se vide, bientôt il ne reste plus que nous, comme souvent. L'heure de rentrer approche.

Vlad et moi on se cause, on reparle un peu de Cédric, et puis Julie part aux toilettes, des baraques construites pour le confort des touristes lors des descentes du canal du Nivernais. Quand elle revient elle est livide. Vlad se dresse.

— Qu'est-ce qu'y a?

— Ça va?

— Les gars, dans une des toilettes, y avait le Dalton avec au moins quatre ou cinq sacs à main. Il les fouillait.

— Tu déconnes? fait Vlad, déjà parti.

— Il est plus là, laisse, il a vite déguerpi, il ne m'a pas vue, il a emmené les sacs…

— C'est sûrement ceux des campeuses, place mon frère en fin limier, la voix éprise d'excitation.

— Ils ne sont pas encore revenus. Faut les attendre et les avertir, et puis faudra aller aux gendarmes.

— Nan, lâche Vlad. Pas les condés. On n'a aucune preuve. Y a plus que nous ici, ça peut carrément nous retomber dessus.

Julie pose ses poings sur ses hanches.

— Mais enfin, Vlad, je l'ai vu. Pourquoi on irait chez les gendarmes pour un vol qu'on aurait commis? C'est stupide.

— Nan, ce serait futé même. On pique ce qui a de la valeur et on ramène le reste. Ni vu ni connu et sourires d'enfants de chœur.

Je vais dans le sens de mon pote.

— Imaginez, la bande qui dépouille le camp et qui accuse ensuite le mec bizarre du coin, y a une chance sur deux pour qu'on retrouve rien chez le Dalton, en plus on peut tout se prendre sur la tête et lui voudra nous faire la peau.

Devant les yeux exorbités de mon frère, je nuance.

— Enfin, il sera pas content qu'on l'ait balancé.

— Mais alors on fait quoi, les gars? demande Julie toute retournée.

Court silence. Vlad et moi on se comprend, on sait ce qu'il faut faire, mais pour lui il n'existe pas d'autres solutions. Il brûle déjà de foncer vers l'inconnu, de dynamiter son quotidien.

Ce salopard de Dalton vient de compliquer nos vacances.

— Faut récupérer les sacs qu'il a volés. Essayer de récupérer des trucs au moins, pour prouver que c'est pas nous. Faudra les ramener aux moniteurs, parce qu'on risque d'être suspectés quand ils découvriront le vol. On était les seuls jeunes… j'ai vraiment pas envie d'avoir des emmerdes à cause de ce trouduc.

— T'as dit quoi, Vlad? On va aller chez…

Je coupe mon frère pour être celui qui entérine la décision.

— Ouais. Demain matin à la première heure.

Présent...

— Vlad dirige un trafic de drogue dans le coin.

Les mots avaient eu le temps de macérer, de se gorger de sens.

Sous le faible halo de la vieille lampe à huile, ils s'alimentaient en caféine. Pleine nuit noire dehors, la pluie avait redoublé d'intensité.

Gamin, ils l'avaient vu griller crânement quelques clopes chapardées à son vieux, rien de méchant. Ado, c'était des joints. Il était ensuite passé au speed et aux acides, avait dressé l'inventaire des paradis artificiels. Des semaines, l'été, à parcourir les free party. Romain avait fini par ne plus trouver ça drôle et rock'n'roll. Il y avait eu de belles engueulades. Des visions différentes, une même amitié. Un cul-de-sac.

Il l'avait vu revendre un peu d'herbe après quelques allers-retours à Amsterdam.

Mais de là à...

Les mots bloquaient dans sa poitrine. *Dirige...*

Julie avait passé un pull sur ses épaules, Chris prit deux nouveaux comprimés au retour, le blanc de ses yeux virait au rouge.

— Vous vous souvenez de cet été-là ? Ce jour où on a rencontré Cédric ? Tout est parti de là. C'est ce mec qu'a fait glisser Vlad. C'est lui qui l'a éloigné de nous, c'est lui qui l'a fait basculer dans la drogue et le deal.

— J'aime pas Cédric, j'ai longtemps pensé comme toi, mais sérieux, Chris… Vlad a fait ses choix. Il est assez grand pour ça.

— Cédric est un cancer… C'est même à cause de lui si Julie et Vlad ont rompu. Même si j'm'en plains pas…

Restée silencieuse, Julie s'opposa :

— Non, Chris, Vlad et moi on s'est séparés parce qu'il me trompait. Il était incapable de faire des projets et j'en pouvais plus de le voir se défoncer. Il a toujours fui les responsabilités.

— Là-dessus, vous étiez pas potes pour rien, lança Chris à son frère d'un ton lapidaire.

Romain encaissa et ramena le sujet sur Vlad, ces révélations.

— Alors il s'est mis à vendre de la came…

— Tout s'est enchaîné. Souviens-toi, il a vite laissé tomber son contrat pro, il ne bossait pas, y a eu la fermeture de l'auberge, Julie est allée à Bourges pour l'école d'infirmières, les parents sont partis… si brutalement, moi je me suis engagé… et puis surtout ton départ.

— D'accord, il a pas géré, il a augmenté sa conso, mais de là à l'imaginer monter un réseau…

— On a toujours eu des œillères, coupa Julie. On a enterré le sujet, on a continué à être le gang sans voir ce qui se passait. À cette époque, c'est devenu affreusement plus sérieux et on a arrêté de refuser de regarder la vérité en face : il se passait des choses graves chez nous.

Chris s'interposa.

— À force de fermer les yeux, voilà où ça nous mène ce genre de merde, et ce que ça rameute. Ça se propage pire que de la mauvaise herbe. Je veux pas voir ça chez nous, surtout pas par la faute de mon meilleur ami…

— Y a toujours eu de la came dans les campagnes, mais je vois pas mon pote dedans jusqu'au cou.

Les poings posés sur la table, Chris déclara :

— Y bosse pas, il a un garage, un café, un restau… J'te fais un dessin? T'as bien vu ce qui vient de lui arriver, c'est pas à cause d'un tas de fumier qui gêne qu'on déchaîne autant de violence.

— Vous imaginez le bordel que ça va foutre dans le pays, les gendarmes sont plutôt habitués à courir après des chiens errants.

Julie fronça les sourcils.

— Sois pas cynique, Rom, je vois des saloperies tous les jours. Crois-moi, ils ne chôment pas les gendarmes. Tu te souviens de ce que c'est, les week-ends à la sortie des boîtes?

— On n'est pas à Saint-Denis…

— Arrête ça, on dirait votre père. – Elle balaya les visages d'un regard enflammé. – Tout le monde s'en fout là-haut. Y a toujours plus grave à gérer. On te promet des solutions. Et puis plus rien.

— Ils ont laissé mourir le monde ouvrier, ils font la même chose avec le monde agricole, déclara Chris, légèrement courbé. T'as des communautés de communes qui crèvent au détriment d'autres. Tout est devenu tellement complexe…

— Ça fait des années que je vois les problèmes remplir nos services, la précarité qui se nourrit de l'ennui, et qui tue. Chez nous, le service psychiatrique est complet. Y a un mur que personne ne veut voir.

Chris s'assombrit davantage. Habité par la haine.

— Connerie. Je jure que je vais retrouver celui qui a fait ça.

Il s'alluma une cigarette, descendit sa bière. Julie posa une main sur le bras de son homme, tendu, pétri de colère.

— Il trempe dans quelle embrouille?

Silence. Chris tapota le bout incandescent sur le goulot d'une bouteille restée sur la table.

— Herbe… et héroïne. C'est les merdes qu'on trouve chez nous. Comme à l'époque, en gros.

— Rien ne change… Héroïne, sérieux?

— J'en ai parlé une fois ou deux avec J.R. Ça nous arrive de nous croiser au café. Il passe une partie de son temps à faire souffler ses anciens copains dans le ballon et à courir après des cambrioleurs

52

mineurs, mais il fait vraiment la gueule au sujet de la dope. Ça ronge… Il t'en parlera peut-être.

Romain vida sa tasse, un goût amer dans la bouche.

— Ça me rend fou.

Julie acheva d'enfoncer l'aiguille nichée dans les reins de son ami.

— Vlad et Cédric… ils sont inséparables. C'est son ombre.

Chris braqua le bout de sa gauloise sur son frère.

— Rom, faut que tu comprennes : Vlad est le plus gros dealer de la région. Ça ferait peut-être rire les caïds, dans le Nord et dans le Sud, mais ici, ça nous fait plus rire du tout, surtout quand on voit les conséquences de leurs saloperies.

Des embrouilles et bastonnades liées à la drogue, les frères en avaient vu jusqu'au fond de leur cambrousse, là il s'agissait d'un lynchage barbare. Une mise à mort.

Il lut sur le visage de Romain les ravages de ses déclarations. Il continua sa démonstration :

— Il est loin, le temps des petits deals de shit qu'il faisait quand on était ados, pour se payer ses disques et son essence ; il s'est bien appuyé sur Cédric. Et il l'a payé au prix fort. Quand il va sortir de l'hosto, il risque de finir en taule si l'enquête va jusqu'au bout, avec toute la merde que ça va remuer.

— S'il s'en sort…

Sa voix abîmée par la fatigue fit traîner ces mots. Un silence pesant écrasa leurs épaules.

— C'est un cauchemar.

Romain laissa son front taper la table.

— Le pire, c'est que c'est le même, fit Julie. C'est notre Vlad, notre ami… Il y a cinq mois, quand ma mère a eu des soucis de santé, il a tout pris en charge. Il n'a rien voulu savoir, avec Chris ils se sont disputés. Ton frère l'a traité de petit truand, l'a accusé de nous cracher sa vanité et son argent à la gueule, de salir notre mémoire, et il a répondu…

Chris prit le relais :

— Il m'a dit : «Écoute, plus personne ne nous respecte, moi je le fais. Tout le monde se fout de ce qui se passe ici, moi pas. Je serai toujours un membre du gang et je prendrai soin des miens. Y a des gens qui veulent ce que j'ai à proposer, ça me permet de m'occuper des miens. Point barre.» Et après, ce con m'a offert son plus beau sourire et m'a dit que Captain Vlad était peut-être devenu Dark Vlador, mais que pour nous, ça ne devait rien changer. C'était presque une supplication. Je lui ai rendu son fric, on a utilisé ma solde et les économies de Julie. Ça le faisait vraiment souffrir de nous voir le juger.

— J'aimerais l'avoir devant moi pour lui dire ce que je pense de tout ça.

Chris précipita son mégot au fond de la bouteille.

— Il laisse un trône vacant et c'est un milieu de chiens enragés. Il est hors de question que j'en reste là, je vais retrouver le fils de pute qui a fait ça à mon meilleur ami, et je lui ferai la même chose…

Romain s'y attendait, Julie tint la main de Chris pour le calmer.

Les gars du gang avaient toujours pris soin les uns des autres. «On se serre les coudes dans nos villages», arguait leurs pères à tout bout de champ.

— J'imagine que les mecs qui tournent autour de lui et ceux avec qui ils étaient en affaires ne sont pas des péquenots de bals du samedi soir. Doit y avoir du lourd des tours de Nevers, ou les mêmes familles de cas socs bien de chez nous, du cinglé nourri à *Enquête exclusive*.

Chris se leva.

— Tu as vu ce qu'on lui a infligé.

Le retour au bercail laissait un arrière-goût de sang.

Ils finirent par se persuader qu'un peu de sommeil serait nécessaire pour affronter le lendemain, et c'est avec des yeux las qu'ils s'embrassèrent avant de gagner leurs chambres.

*

Romain avait réussi à arracher quatre heures de sommeil.

Il se leva l'esprit agité et se prépara pour aller courir. Capuche sur la tête, écouteurs dans les oreilles, Black Sabbath pour l'emmener ailleurs, loin de cette image insupportable de Vlad balancé entre la vie et la mort.

Julie déjeunait seule dans la cuisine, volets ouverts sur la grisaille.

Sa robe de chambre chutait maladroitement sur une épaule, laissant apercevoir une partie d'un sein généreux. Romain détourna le regard, Julie rabattit pudiquement le pan de coton sur elle.

— Il est en réa. Les opérations se sont bien finies, mais il est toujours dans le coma.

Il l'embrassa sur le front, elle lui sourit. On entendait des ronflements émerger de la chambre de Chris. Romain secoua la tête doucement en subtilisant un bout de son croissant à la belle avant d'entamer sa course.

Il fit la traversée du hameau sur un rythme soutenu.

La bruine se mélangea à la sueur, l'air frais mêlé à une odeur de feu de bois s'engouffrait dans ses poumons et il se concentra sur la musique et son souffle saccadé. Autour, chaque bâtisse, chaque champ était une évocation.

Et le calme, partout.

Il lui avait manqué, son coin.

Durant tout son parcours il ne croisa qu'une voiture, un tracteur, et força son dernier effort jusqu'à devoir poser les mains sur ses genoux une fois arrivé devant le portail.

Une bonne odeur de café l'accueillit.

Chris arriva dans sa chemise rouge et noir, les cheveux mouillés, tombant jusqu'aux pectoraux.

— T'as réussi à dormir ?

— Un peu. Et toi ?

— Pas vraiment, répondit Chris en haussant les épaules. Je veux voir J.R., savoir où ça en est.

— C'est trop tôt je pense. En attendant, faut que je bouge. Dis-moi, t'as besoin que j'aille en courses ? Le Maxi est ouvert ?

— Prend ce que tu trouves. Et aussi de la viande, ils ont un très bon boucher.

— Ça roule.

Julie arriva. Prête à prendre son service et à accompagner la vieillesse des petites bourgades.

— Tu veux un café ?

— Volontiers.

— Tu cours toujours, alors ?

— J'essaye.

— Je me rappelle, c'était toujours un prétexte pour passer à la maison.

— Tu me ravitaillais en flotte, on se posait derrière le puits pour papoter.

— La flotte, c'était dans nos jeunes années, après tu venais chercher ta bière d'apéro et tu te confiais sur tes peines de cœur, on se promenait dans le petit bois, en haut de Champeau.

— Vas-y, balance, fit Chris, torchon à la main. Que je comprenne pourquoi il pleurait la nuit.

— T'es con…

Romain respira profondément. Malgré les échanges pour exorciser la peine, la peur broyait leurs entrailles.

Julie partit pour avaler les quarante-cinq kilomètres qui séparaient le lieu-dit de Decize, Chris fit une cuisson dans son atelier. Romain resta seul.

Le passage au cimetière réveilla les émotions des premiers jours de deuil.

Ils n'étaient plus là, bienveillants et protecteurs, même dans l'adversité. Tout semblait si facile à l'époque.

Il se souvint de ce jour insupportable, son frère et lui main dans la main, plus vraiment enfants et pas encore adultes.

Ils vivaient en eux.

Il s'occupa de la tombe, arracha quelques mauvaises herbes, reposa des fleurs tombées au sol, fier de voir combien Chris en prenait soin.

Il huma les parfums de ce début d'automne, les mains jointes dans son recueillement. Autour de lui, le vent emportait des feuilles mortes.

Sa balade l'amena au bourg de Tamnay. Il reconnut certains visages, s'arrêta devant quelques portes pour bavasser, la présence des gendarmes devant l'auberge et la rumeur galopante étaient dans toutes les discussions. Il donna du sourire à quelques anciens regroupés sur un banc.

Certains le reconnurent :

— Oh mais c'est le petit Romain, vingt dieux qu't'as changé, rentres-y boire un coup.

— Ah ça, le p'tiot Chris c'est un bon gars, l'a repris la poterie, et y fait plein de choses pour le village. N'aurait ben b'soin d'lui au conseil municipal !

Une vieille dame toute tachée lui sourit encore davantage.

— Oh là là, vous étiez si gentils avec tous vos vélos, cette petite bande. Maintenant, les jeunes, y disent même plus bonjour, c'est qu'ils nous font peur. Et le Vlad là, si c'est-y vrai ce qu'on raconte…

Le village était resté immobile face au temps mais le constat s'imposa, les vieux étaient devenus très vieux et certaines maisons resteraient fermées même s'il allait sonner aux portes.

Il décida de s'éloigner et de prendre les chemins comme ils venaient. Enfant, il adorait s'aventurer dans la nature.

Au bout d'un moment il reconnut le passage, celui rebaptisé « le cul-de-sac de l'angoisse », tout près de la ferme des Fauvé.

Vrai clan de culs-terreux. Le vieux toit en tuile rouge se dessinait au milieu des arbres. Il s'arrêta à bonne distance des enclos où les nombreux chiens étaient embarqués dans un concert d'aboiements.

Il préféra garder ses distances.

Cette famille pourtant issue de la même terre que ses ancêtres ne s'était jamais intégrée, et son grand-père lui disait qu'à son époque elle posait déjà des soucis.

Leur patriarche, le père Clément, devait avoir dans les quatre-vingts ans s'il avait échappé au retour de bâton d'une vie d'alcoolique.

Il se souvint des expéditions «espions» où le gang avait été si souvent choqué par ses découvertes : des poules se pavanant dans la cuisine, des pots de chambre dans le salon, des jambons bizarres accrochés n'importe où, et à côté du puits : des collections de pneus, des carcasses de vieilles voitures.

Une voix à sa droite le fit sursauter :

— Qu'vous voulez?

Un homme d'une cinquantaine d'années, vêtu d'un pantalon de toile rabouté, d'un pull en laine décharné, la bouche dépeuplée sous des yeux agités, le regardait.

Derrière cet effondrement de l'humanité, il reconnut le fils Fauvé.

Le «jeune Albert». À l'époque, il arpentait le pays à mobylette à l'affût des sales coups. Adversaire préféré des frères de Julie dans les bagarres de bal.

Il avait traversé la haie et tenait un râteau.

— Salut, Albert. Je suis Romain, de Mouligny, tu me remets? Je suis venu voir mon frangin, et là je me balade.

Il resta silencieux.

Sa sœur Yolande arriva avec trois rottweilers tenus en laisse. Son visage porcin aux vaisseaux éclatés était effrayant, le reste de son corps lorgnait vers l'obésité.

Mal à l'aise, Romain garda les trois chiens à l'œil. Ils tiraient sur leurs colliers à pics avec force.

— Z'êtes pas chez vous ici.

— Ouh là, doucement! Je me balade juste, je viens pas en repérage pour vous cambrioler cette nuit.

Albert agrippa son râteau à deux mains.

— Quoi, voulez faire quoi? Quoi?

— Rien du tout, je me baladais et je suis arrivé ici. Je vais faire demi-tour et vous laisser…

— T'es Romain toi, le frère du potier, le Jésus. Vous étiez une petite bande dans le temps.

— C'est ça.

— Alors faut-y dire à votre ami, là, d'arrêter. Ça va trop loin c'qu'y fait.

— Je ne comprends pas bien.

— Votre ami làà, le Vladimir, faut qu'y arrête ; ça va mal finir.

— Ouais, reprit Albert. Y fait c'qui veut avec les bougnoules et les négros d'la ville, mais pas chez nous. Sinon on va s'occuper d'la racaille nous-mêmes, d'accord ?

Romain préféra ne pas relever.

Un des molosses s'élança. Romain recula brusquement. Yolande le retint d'une poigne phénoménale.

— Je dois y aller.

Yolande garda le front bien haut. À ses côtés, Albert pestait, le regard mauvais.

— C'est vrai c'qu'on vous dit : faut qu'y arrête, on veut pas de ça chez nous, n'a rien d'mandé nous, ça va vraiment mal finir, on l'a assez dit.

Romain prit congé sans quitter les bêtes des yeux. Toutes.

*

Chris souriait encore au moment où ils terminèrent la troisième assiette de chipolatas.

Le récit de cette rencontre avec la fange du coin l'amusait beaucoup, cigarette vissée au coin des lèvres, perdue dans sa barbe, une fourchette dans la main pour surveiller la cuisson.

Malgré le ciel menaçant, il avait fait griller de la viande et des patates, le tout arrosé de bières. Les deux frères avaient l'estomac lesté et la tête légèrement brumeuse.

— Ils m'ont fait flipper ces cons. Vraiment.

— Honnêtement, ils ne font pas grand-chose, à part être inutiles. Tu bloques trop sur l'image de croquemitaine. Albert traîne dans les cafés, ça cause de la crise, des étrangers, des champignons, et ça rentre s'emmerder chez soi ensuite. Comme avant, quoi…

— Tu te souviens de ce que papa disait d'eux ?

— On n'a plus treize ans.

— Mouais, je me demande si les gens savent qu'il y a encore des bestiaux qui vivent comme ça, de nos jours.

— Ils font rien de mal. Crois-moi, y a bien pire.

— Bon, à ton avis, qui a pu lui faire ça, à Vlad ?

Chris resta silencieux et revint avec deux cafés.

— Tant que ça ne foutait pas trop le bordel dans le coin je disais rien. Vlad vit dans son monde, il a fait ses choix mais ça reste mon pote. C'est ce qui va nous faire plonger dans sa merde.

Chris observa un long silence, les cheveux tombant sur le visage, en retrait.

— Je veux savoir qui lui a fait ça. Et régler les comptes.

Romain repensa à ces moments, à l'éloignement. Ça lui bousillait toujours l'orgueil.

Une injustice terrible d'avoir vu son meilleur pote prendre des distances avec lui.

Chris quitta la pièce et disparut dans le fond du jardin pour se défouler sur du bois.

*

Julie arriva peu après la tombée de la nuit, elle avait réussi à se libérer plus tôt.

Romain sirotait une bière avec France 3 région en fond sonore.

Il lui raconta sa rencontre avec les enfants Fauvé.

— Nous, on les voit presque jamais, et toi il fallait que tu leur tombes dessus.

— T'as des nouvelles ? demanda Romain.

— Pas génial. Même s'il se réveille il aura de lourdes séquelles. Honnêtement, le médecin a rarement vu un tel déchaînement de violence sur un homme. Il pense qu'ils étaient plusieurs pour en arriver à un tel résultat.

Romain gardait un regard sombre, au-dessus d'une bière difficile à avaler avec un estomac noué.

Toujours les mêmes mots à l'intérieur de son crâne : son meilleur pote trafiquait de la drogue dure.

Et maintenant aux portes de la mort. Sans l'avoir revu, ni comprendre pourquoi.

Un jour, clope aux lèvres, œil poché par une énième bagarre, la bouche entrouverte, il avait laissé échapper ces mots : «Je les emmerde, eux, leurs lois et leur système cannibale narcissique.»

Vlad.

— Putain. Je m'attendais pas à ce genre de retour.

— J'imagine.

Elle prit sa main. Ils laissèrent un instant le silence nourrir leur échange.

— Vous allez faire quoi, Romain ?

— Ce qui doit être fait. Vlad est comme notre deuxième frère. Je veux comprendre.

Ses yeux fuyaient ceux de Julie. Il ne voulait pas lui imposer sa noirceur.

Elle allait parler quand Chris arriva dans la salle.

— Rom, va falloir qu'on aille voir Cédric. Il doit savoir des choses, et je pense que de son côté aussi, ça va commencer à remuer. On vient de s'en prendre à son associé, le boss…

Romain comprima sa mâchoire.

— Ça m'enchante autant que toi mais on n'a pas le choix.

Julie s'adressa à lui :

— Calme-toi, Chris, ça ne sert à rien. J'aime pas te voir comme ça.

Sa voix avait un impact sur sa colère, Romain remarqua tout de même quelques légers tremblements récurrents.

On frappa à la porte.

C'était J.R., l'uniforme trempé. Adjudant-chef J.R. d'après les précisions de Chris, il voulait faire un point. Chris l'invita à dîner.

Le gendarme avait le blanc des yeux grouillant de dizaines de petits serpents rouges.

Chris, torchon sur l'épaule, posa une bière devant lui et l'accompagna d'une assiette de jambon cru et de galette aux griaudes.

— Ça donne quoi ? lui demanda Romain.

— Ça avance doucement, les équipes techniques ont travaillé dessus cet après-midi, mais à première vue il n'y a pas trop d'indices. Il a été balancé dans ce pré après un passage à tabac. Pas de témoin. On a aussi retrouvé sa voiture, sa Mercedes SLK… Elle était garée avec clé sur le contact, au fond d'un chemin de halage, tout près.

— On l'aurait trimballé avec sa propre caisse ?

— Possible. Bien sûr, on est sur la piste du règlement de comptes. On pense à d'anciens rivaux. *Le journal du Centre* a déjà fait une pleine page.

— Ça m'aurait étonné.

— Oh, ça va. Écoute, chez nous, c'est pas tous les jours qu'un habitant du coin se fait rouer de coups et finit laissé pour mort en pleine nature.

— Pourquoi tu dis chez *nous*, j'ai besoin d'une carte de séjour maintenant quand je suis sur tes terres ?

La provocation était aussi gratuite qu'inutile. Julie fronça les sourcils.

— Me lance pas sur le sujet, Rom, je suis crevé. Ça me tue ce qui est arrivé. Tout le pays est secoué.

Chris s'installa à table. Il avait cuisiné du foie de veau qu'ils accompagnèrent de pommes de terre. Appréciant le faux calme du repas.

Vlad les avait invités malgré lui dans son monde.

— Tu peux nous en dire un peu plus?

J.R. attendit d'avoir la bouche vide.

— Vlad deale de l'héroïne qu'il achète à des caïds de la banlieue parisienne. On pense que c'est un réseau du sud de Paris. On en avait démantelé un en Saône-et-Loire il y a trois ans qui opérait comme ça, et on sait que c'était également le modus de la famille qui dirigeait la revente sur ce secteur avant que Vlad et Cédric ne passent aux choses sérieuses, et ne prennent vraiment le contrôle, il y a plus ou moins deux ans. Les grossistes arrosent quelques régions limitrophes, ça leur permet de vendre sans se friter avec d'autres cités. Les coursiers amènent la drogue chez nous, et les locaux la coupent dans le coin, la revendent, se font des couilles en or. Que ce soit à Nevers, Decize ou dans les petits bleds. Et pour les fins de mois difficiles, ils refourguent de l'herbe. Ça, ils la font pousser en hydro ou ils font des allers-retours à Amsterdam. C'est classique, on le suspecte depuis pas mal de temps, mais ça fait vraiment deux ans qu'on a lancé une enquête, on joue au chat et à la souris, on n'a pas de preuves, pas d'effectifs pour ratisser la région et trouver ses planques. C'est artisanal, bien fait. Voilà.

Chris remplit son verre.

— Je vais retrouver celui ou ceux qui ont fait ça.

— *On* va retrouver…, ajouta Romain.

J.R. les regarda, dubitatif.

— Non mais vous n'êtes pas sérieux, là? Vous n'allez rien faire du tout!

Les deux frères affichaient la même détermination.

— T'as vu dans quel état est Vlad, putain! Tu crois que je vais attendre sans rien dire?

— Non, non! C'est illégal de se faire justice soi-même. Je serai intransigeant!

— Vlad va peut-être mourir, J.R. Je sais que ça le ramènera pas. Mais je suis pas revenu pour l'enterrer.

— Raison de plus, tu n'as pas vu toute cette merde se mettre en place. Vlad est pas un saint, putain.

— Mais c'est comme un frère. Et si demain quelqu'un s'en prenait à mon frère, ce serait comme s'il s'en prenait à moi. Y a des choses, ici, chez nous, faut pas y toucher. Raison ou pas raison.

J.R. essaya de ramener du calme dans la pièce : mains posées à plat, il s'adressa à Chris.

— T'es plus en uniforme, tu ne sais pas dans quel bordel tu mettrais les pieds. Pense à Julie, vous allez avoir un môme. Ça en vaut pas la peine!

Julie avait inconsciemment porté les mains à son ventre, geste protecteur devenu naturel et nécessaire. Elle se crispa.

— Pars pas sur ce sujet, lança Chris. Je sais ce que je fais. Je vais simplement m'occuper de ce que vous laissez pourrir depuis trop longtemps. Si ça pue chez nous, il suffit de chasser la charogne.

— Romain, raisonne ton frère. Je peux pas vous laisser dire ça et repartir. Non seulement vous allez vous mettre en danger, mais en plus vous allez entraver la justice.

J.R. pensait aux enquêtes, aux mois passés à collecter des informations, les arborescences des clients et des revendeurs, les montagnes d'heures, à rouler, perquisitionner, fouiller, tout ce travail de fourmi à la limite de la fracture physique et mentale.

Ce gâchis.

À voir ce qui naviguait dans les yeux de Chris, cela irait très loin.

— Vous n'avez pas idée de tout le reste. Pour l'instant, c'est calme là où ça deale, ça fait que vingt-quatre heures, mais vous pouvez être sûrs que tout le monde le sait déjà. Et ça va être un sacré bordel… Et y a aussi toute la filière derrière : le vrai danger. Vous n'allez rien faire. C'est notre boulot.

— Je te rappelle ce que j'ai fait pendant cinq ans?

Chris se leva et ajouta avant de quitter la pièce :

— Et je te rappelle aussi qu'on a tous un fusil chez nous?

Julie avait serré les dents. Elle pensait comme le gendarme, et méprisait la bêtise de cette idée de vengeance. Mais elle savait qu'il ne lui servirait à rien de prendre Chris de front : il était dominé par les mauvais sentiments. Alors, plutôt que de le confronter, elle le suivit et se colla à lui, pendant que ses mains plongeaient dans l'évier avec hargne.

Son oreille pour guetter les battements de son cœur, sa maternité pour lui confirmer à quel point elle avait besoin de lui.

Dans la salle, Romain demeura silencieux, hanté par le supplice de son meilleur ami.

Il avait fui en refusant d'être le gardien de son frère, il allait pouvoir expier cette culpabilité nichée dans ses entrailles, et se montrer digne de son rôle de Général du gang.

*

Après une nouvelle nuit sans sommeil réel, ils se rendirent à l'hôpital dans l'antichambre des soins intensifs. En soutien, conscients qu'il leur serait impossible de le voir, mais tous les trois avec ce besoin de lui communiquer leur présence. Fuyant les regards alourdis par l'atmosphère pesante.

Chris avait les bras croisés, une casquette sale vissée sur la tête. On apercevait clairement les mouvements de ses maxillaires qui exerçaient une terrible pression.

L'inquiétude grandissait. Julie lui caressait la main.

Le visage de Vlad leur manquait.

La porte menant aux chambres s'ouvrit. Une jeune femme avança dans la salle, Romain remarqua tout de suite ses yeux bleus, grands et perdus. Il la connaissait, c'était sûr, mais fut incapable de l'identifier. Elle était vêtue d'un bas de jogging et d'un pull démodé trop large.

Elle balaya la pièce du regard avec une moue timide, il surprit une lueur quand il arriva sur Chris et Julie. Elle paraissait gênée, triste, et laissa glisser ses yeux au sol avant de sortir.

— Elle me dit quelque chose.

— Tu la connais, répliqua Chris. C'est la petite Leduc. Laure, la sauvageonne.

Il se souvint de ses fameuses billes toutes rondes constamment en fuite, ses airs de fille d'un autre siècle. Elle habitait à l'extrémité du village et avait cinq ou six ans de moins, elle n'avait jamais vraiment traîné avec eux. Elle ne traînait avec personne en fait. Sa mère était morte très jeune. Son père était un alcoolo fini incapable de garder un boulot, porté sur la claque comme moyen de communication, le remords comme lendemain et la récidive comme solution. Leur père lui vouait une profonde aversion et avait souvent menacé d'appeler la DDASS pour placer la gamine en famille d'accueil.

Personne n'avait jamais rien fait finalement.

C'était une fille réservée et introvertie, mais avec des yeux capables d'avaler le monde.

— Elle vient voir son vieux, vous croyez?

— Son père est mort il y a quatre ans. C'est Vlad qu'elle est venue voir.

— Vlad?

— C'est sa compagne. Ils sont ensemble depuis un bail.

Vlad et la sauvageonne. Cela faisait une nouvelle de plus pour Romain.

— Mais depuis combien de temps est-ce…

— Ça fait six ans. C'est une des raisons de notre rupture, si tu vois ce que je veux…

— Il voit bien, lâcha Chris, jamais à l'aise quand il s'agissait d'imaginer une autre vie à Julie qu'avec lui.

Romain décida de rattraper Laure pour lui apporter son soutien et il la retrouva dehors, assise sur un banc, le regard vague, les cheveux agités par le vent.

— Salut.

Elle sursauta.

— Salut Romain.

— Tu te souviens.

— Bien sûr. Vlad parle sans arrêt de toi.

Cela réchauffa son cœur et lui donna envie d'y croire. Cette promesse faite à un pote de ne pas baisser les bras. Et de retrouver le fils de pute coupable du massacre.

— Alors toi et lui…

— Il est tout ce que j'ai… Mon Dieu, pourquoi on lui a fait ça?…

Il plongea dans ce bleu, cherchant à savoir si elle connaissait la vérité sur Vlad et ses revenus.

— Tu sais qui aurait pu?

Elle resta silencieuse.

— Je sais que Vlad trempait dans des trucs pas nets, Laure. Si tu sais quelque chose…

— Vlad m'a offert une vie décente. S'il… mon Dieu, je ne sais pas ce que je vais devenir. Je me fous de savoir si ce qu'il fait est bien ou mal. On était heureux, on n'embêtait personne.

Ses yeux commençaient à se gorger de larmes. Il s'assit à ses côtés et l'entoura d'un bras protecteur, comme un membre de la famille.

Chris et Julie arrivèrent. Les deux femmes échangèrent un long regard.

Laure passa une main sur ses yeux et s'éloigna, la tête enfoncée dans les épaules à cause du vent et de la pluie fine.

— Elle est bien choquée, la pauvre.

— Je peux la comprendre, fit Julie en serrant Chris contre elle.

— Elle travaille dans quoi au juste?

— Elle bosse au restaurant et fait quelques ménages.

— J'arrive toujours pas à intégrer que Vlad a un restau…

— Ouais, Le Pré vert, il a failli finir en liquidation judiciaire il y a cinq ans. Il l'a racheté, avec Cédric… Ils emploient un cuistot et c'est Laure qui s'occupe de la salle, y a même son vieil oncle qui lui file un coup de main pour le ménage après le service.

Julie conduisait vite, comme tout le monde ici. Elle le regardait par à-coups dans le rétro.

— Oui, il a évité la fermeture du restau, c'est loin d'être plein tous les soirs mais c'est moins pire qu'avant.

Facile de faire des raccourcis glaçants quant aux fonds qui avaient permis la sauvegarde de l'établissement.

— Lui et Cédric associés…

Il croisa les yeux de son frère dans le reflet de la vitre, un parfait mélange de honte et de rage contenue.

— Cédric est le gérant du café. Grâce à eux, il y a eu cinq emplois de sauvés, sinon la ville aurait sérieusement commencé à ressembler à un fantôme. Mais t'imagines bien avec quelle thune ils jouent aux grands hommes…

Ils retournèrent au hameau. Fatiguée, Julie s'éclipsa pour faire une sieste avant de prendre son service.

Les deux frères se rendirent au poulailler, les feuilles craquaient sous les pieds, le froid déjà âpre, et pendant que Chris s'occupait de nourrir les bêtes et récupérait quelques œufs, Romain sortit des bûches de la remise pour le soir.

— T'imagines ce qu'elle doit vivre la Laure ? Pauvre môme, fit Romain en poussant la brouette, alors que son frère en profitait pour réparer un pan de clôture abîmé par ses chiens.

— Va falloir que ça bouge, Rom, je vais pas pouvoir tourner en rond. On doit aller parler à Cédric. Il le faut.

Romain resta silencieux.

C'était le moment des retrouvailles.

Passé…

J'ai cogité toute la nuit à me demander pourquoi j'avais été dans le sens de Vlad, pourquoi je leur avais proposé un plan. Oui, en plus maintenant on avait un plan.

Aller chez le Dalton et récupérer les sacs volés aux campeuses.

Ma chambre est située juste sous les toits et je me suis retourné pendant des heures dans la moiteur de mes draps collants. Mon père passe son temps à dire que je ne suis jamais content. Peut-être, mais j'avais quand même crevé de chaud et c'était parti pour durer.

Ce matin, mes yeux se ferment d'eux-mêmes sur mon bouquin, même l'Overlook de *Shining* est incapable de me tenir éveillé.

Mon frère contrôle son sac à dos pour la troisième fois, on voit bien qu'il est plus excité que s'il passait l'après-midi à courir après une relique maudite.

Julie et Vlad arrivent vers dix heures. Tous alignés, on est prêts pour la première phase :

— Repérer l'ennemi et établir une surveillance.

Julie a attaché ses cheveux et même sa salopette n'arrive plus à cacher ses deux belles bosses qui me paraissent gigantesques.

Chris et Vlad continuaient à débattre sur Cédric :

« Gros con, sale con, pauvre con » pour l'un.

« Pas méchant, pas grave, un paumé » pour l'autre.

Je leur lance «Allez, on décolle» avec un roulement de bras fédérateur.

Pas de rituel musical, on est en mission. Notre rythme est bon, il fait déjà chaud et on fend l'air comme des flèches lâchées sur leur cible.

On traverse le bourg de Tamnay.

On passe devant mon père et m'sieur le maire. Ils fignolent les derniers détails pour la brocante de dimanche.

Musique, stands et marquage au sol. On se met tous à imiter une sirène stridente en hurlant.

Mon père a son geste habituel, il secoue l'air avec sa main comme une promesse de fessée, on y a droit à chaque fois qu'il cède à l'impatience, c'est-à-dire souvent.

— Et faites pas les fous, hein!

Je bombe le torse et accélère, Chris choisit ce moment pour doubler Julie, qui se retrouve à fermer la marche.

On embraye sur le sentier plus cahoteux où deux voitures ne peuvent même pas se croiser sans que l'une accepte de se pencher dans le fossé.

— On peut encore abandonner et aller à Fleury cet aprèm, les mecs, nous lance Chris.

Poule mouillée.

— Eh nan…

Il baisse les épaules et boude cinq secondes avant de se marrer quand Vlad descend son short et nous montre ses fesses toutes blanches. Même Julie rigole. Il en rajoute et se plaque une main dessus :

— Eh, c'est vrai que j'ai une tronche de cul, regardez, je suis Cédric et je tire sur des vaches parce que ma mère en est une!

On se bidonne encore plus.

— Vous voyez, c'est marrant en fait, crie-t-il tout fier, les cuisses sur le point de céder à cause de ses roues dégonflées.

— On arrive! fait Julie en montrant du doigt une petite bicoque délabrée au travers des haies touffues.

Elle rajoute :

— Faudra faire gaffe, son chien est une saleté. Un de mes frères s'est déjà fait gnaquer le mollet. Il pêchait à la rivière qu'est juste derrière, là-bas, et la saloperie a surgi et l'a attaqué.

Je blêmis.

— T'avais oublié de nous dire ça, non ?

— Bah il suffira de pas trop s'approcher. C'est ton plan non, Général ?

Mes nouvelles responsabilités pèsent lourd.

— On aurait dû prendre du sucre et le mélanger au sureau pour se débarrasser du clebs, fait Vlad.

— On ne va pas flinguer un chien, et en plus on n'est pas là pour pêcher. On a un voleur à voler.

— Tu parles. Si c'est lui et qu'il nous voit, on aura intérêt à pas perdre le rythme, dit Julie en passant une main sur son front.

Je lève la main. On s'arrête. Un chemin pas entretenu s'enfonce vers l'antre du Dalton. Heureusement, c'est plein de bosquets, de chênes épais derrière lesquels on peut se planquer facilement.

On a une bonne vue. On doit être à peu près à cinquante mètres, et pas de trace de sa meule pourrie. Les carreaux sont tellement crades que ma mère en ferait une attaque. Il y en a même plusieurs de cassés.

On laisse nos vélos dans le bas-côté, parés pour une retraite éclair. Mon frère est accroupi, il respire fort. On passe au chuchotage, à cause du mélange parano-trouille.

— J'ai envie de chier, lâche Vlad.

— T'es naze. Tu veux pas qu'on lui emprunte ses toilettes aussi, siffle Julie.

Je me marre et nos estomacs se resserrent quand Vlad balance un caillou sur la porte abîmée.

— Putain t'es malade !!

On se jette tous derrière un muret décrépi envahi de ronces et de mousse. Nos visages sont plus pâles que pendant nos dernières gastros.

Vlad est évidemment le seul à se pincer le nez pour ne pas éclater. Même Julie le regarde avec colère et incompréhension.

— Mais pourquoi t'as fait ça ?! Pourquoi t'as fait ça ?!

— J'ai failli me chier d'sus, Vlad !! Pour de vrai, pleurniche le frangin.

— C'est bon, les gars. C'est juste pour voir s'il est là… comme y a pas sa meule. Pour pas qu'on attende trois plombes pour rien.

— Mais c'est un barge, le Dalton ! S'y nous voit, y va nous tuer, grince mon frère.

Rien ne se passe. La porte reste close. Alors on souffle, et on attend.

On attend.

On attend. Vlad a trouvé un moyen de surveiller la bicoque sans se faire repérer si le Dalton guette par sa fenêtre.

On attend. On échange la position accroupie contre la phase assise et on s'adosse au muret.

Vlad est toujours concentré sur sa surveillance, il a l'air ailleurs pourtant, emporté par ses pensées comme ça lui arrive souvent. Julie n'arrête pas de le regarder, au bout d'un moment je vais même jusqu'à trouver ça louche.

On attend. Heureusement, l'ombre des chênes nous protège du soleil qui commence à devenir féroce.

Mon frère a la patience des pêcheurs. Vlad l'impatience des pêcheurs.

— Il fait quoi ce con ? À c't'heure-là, il va toujours se jeter un ballon au Bienvenue.

— Comment tu l'sais ? demande Julie.

— Parce que mon père râle et dit que s'il venait à notre auberge, on serait moins dans la mouise car il claque tout son RMI en deux jours. Enfin c'est c'qu'il dit.

Je m'interpose quand il fait sauter un nouveau projectile dans sa main.

— Eh, non, attends, r'garde!

C'est à ce moment que la porte s'ouvre sur l'énergumène, et qu'enfin il sort de sa tanière.

Il tient un sac-poubelle dans la main. Son chien lui file entre les jambes. Un sale roquet qui doit foutre la rage s'il vous chope. J'comprends pourquoi le frère de Julie est aussi barge.

Personne ne bouge plus un cil. Le clebs marche vers nous puis semble soudain très attiré par un coin d'herbe battu par le vent.

Le Dalton fume une gitane, immense dans son short rouge, son débardeur Renault qui tient tout seul grâce à la crasse, et sa tronche tout en longueur. Il bouge les mains bizarrement, les épaules aussi; la clope au bec, il se dirige vers sa réserve et en ressort avec un vélo. Rose.

On scrute ça les uns quasiment entassés sur les autres. Il enfourche son vélo rose, enfonce le sac dans le porte-bagages à lanières et s'éloigne. À l'opposé de là où on planque.

— Il a un vélo rose…, nous interpelle Chris. C'est pas très… normal, ça, un vélo rose.

— Et pourquoi pas? fait Julie.

— Bah, il est rose quoi. Ça fait pédé.

Je rebondis :

— Nan, ce qui est bizarre c'est que c'est un vélo de fille, c'est ça qu'est bizarre.

Vlad se redresse :

— Faut qu'on le suive, je veux savoir c'qu'il a dans le sac, je suis sûr que c'est pas des ordures, on décolle sinon on va déjà le perdre.

— Non, moi j'aime pas ça, le coup du vélo rose.

— Hé, Chris, c'est parce qu'il t'a piqué ton idée? lui balance Vlad.

Mon frère hausse les épaules et va ramasser son VTT.

— Je me demande juste à qui il peut bien être, ce vélo rose.

C'est Julie qui joue la provoc :

— Bah, à la fille qu'il retient dans sa cave.

Mon frère se plaque contre mon dos. Je le calme d'une main rassurante.

— Mais il a dû le piquer dans un jardin, ce vélo, c'est tout.

Je clos le débat et on enfourche nos vélos.

— Même s'il est pas pédé, en tout cas, rose c'est déjà bien la honte !

Vlad balance une pierre dans un fourré pour éloigner le roquet. Ça marche, la buse répond au leurre avec plus d'entrain que s'il y avait un de nos mollets à la clé.

On se lance à la poursuite du Dalton, très vigilants, à bonne distance. Vlad mène la danse. Ce chemin aboutit au haut de Tamnay. Devant nous l'ogre pédale tranquillement. Je pense qu'il va tourner au prochain virage… mais il poursuit tout droit.

— On continue.

En retrait, avec l'idée d'anticiper toute réaction du Dalton. Il tourne à droite à l'orée du bois et prend un petit chemin qui va nous chahuter les fesses.

— Allez, enlève ta selle, Vlad !

J'ai pas pu m'empêcher.

— Ha ha, très drôle.

— Pourquoi il doit enlever sa selle ? demande mon frère.

— Des trucs de mecs, tranche Julie.

Soudain, on comprend tous où se rend le Dalton.

Le cul-de-sac de l'angoisse.

L'endroit où on n'irait jamais seul, même pour un baiser de Julie : la ferme des Fauvé.

On s'arrête. Le Dalton jette son vélo au sol, marche au milieu d'une troupe de poules et balance un coup de pied à son comité d'accueil. Tout le gang est planqué derrière une palissade gangrenée de mauvaises herbes, impossible de savoir si on peut nous voir. Le coup de poker.

Notre enquête avance : l'idiot du village en balade chez le clan de dégénérés. Rien d'extraordinaire en soi, mais on vit nos plus grandes heures d'adrénaline.

Nos cerveaux marchent à cent à l'heure. On échange à voix basse.

Julie : «Je déteste cette famille, l'Albert a déjà bien beugné un de mes frères une fois. Je suis sûre qu'ils traînent dans les mêmes sales coups. »

Mon frère : « Ils ont beaucoup de chiens, eux ? »

Moi : «Vous ne pensez pas qu'il est allé leur montrer son vélo rose, tout simplement ? »

Vlad : «Je vais m'avancer pour aller voir. Restez là. »

Et il le fait. Il avance, courbé. Alors que le Dalton est entré sans frapper, Vlad se pose derrière une palanquée de cageots et de bordel à côté d'une carcasse de bagnole cachée par une bâche. Dans la cour, le break délabré des Fauvé est garé à côté d'un van esquinté. L'immatriculation n'est pas de chez nous. Mon frère serre mon tee-shirt. Une volée de poules et un dindon vont à la rencontre de Vlad. Il passe à côté d'un petit enclos sinistre qui emprisonne des marcassins et se cache derrière une haie.

— Il est fouuuu, gémit Chris.

Ils débarquent soudain tous à l'extérieur.

Le Dalton, un verre de rouge à la main, suivi du père Fauvé – le Clément –, dans sa salopette de travail. Après, je reconnais ses enfants : ils doivent avoir dix ans de plus que nous et attirent beaucoup de regards quand ils descendent en ville. Yolande, énorme, et lui, Albert, est plus moche qu'un cul vérolé. Ils se marrent. On dirait des amis qui profitent de l'apéro. Comme nos parents, mais avec des gueules de tueurs. C'est à ce moment que nos cœurs chavirent ensemble : ils sont rejoints sur le perron par un couple et un garçon de notre âge.

C'est Cédric. Les mains dans les poches. Vlad s'est raidi. On scrute ce sale con avec ses oreilles décollées et son air détaché de tout. L'homme du couple lui ressemble, encore plus pouilleux et inquiétant. Mal fagoté, avec une barbe hirsute et des fringues d'un autre temps. La femme est beaucoup plus jeune, vraiment jolie. Je sais pas donner d'âge aux gens, mais je dirais vingt-cinq ans, elle porte une grande robe à fleurs et elle n'a pas de chaussures. Ils sont en parfait décalage avec le monde. Le mien en tout cas.

Cédric bâille, fait errer ses yeux aux alentours, bâille encore, et ses yeux reviennent se fixer sur nous. Sur Vlad, en fait. Cédric se détache du groupe. Ça cause fort et tous en même temps, impossible de comprendre un mot. Il sourit et avance vers nous. Je voudrais croire qu'il ne nous voit pas, mais je sais que c'est fichu et que c'est Vlad qu'il regarde. Je brûle. Les autres ne respirent plus. Mon frère reste figé sur les adultes.

Cédric s'arrête face à la cachette de Vlad. L'instant dure une éternité. Il sourit.

Alors le pouilleux, son père sûrement, arrive à ses côtés et, sans explication, lui frappe l'arrière du crâne sèchement et lui désigne des cubis et des sacs de patates. Cédric n'a pas sursauté. Il sourit toujours à Vlad avec sa dent cassée. L'apogée de leur duel silencieux. Soudain, Cédric sort sa main droite de sa poche, ses doigts miment un pistolet, index et majeur bien dressés vers Vlad, et nous par la même occasion. Sa main tressaute, c'est le coup de feu. Il nous fait un clin d'œil et souffle sur son index. Ses parents n'ont rien vu et aident Yolande et Albert à charger des caisses de légumes dans le van antique. Vlad répond à Cédric à l'identique. Main dressée.

Nous, on prie pour pouvoir se téléporter jusqu'à Fleury. Cédric nous tourne le dos et va aider son père. La jolie femme, trop jeune pour être sa mère et trop jolie pour être de sa famille, donne trois autoradios au père Clément.

Yolande n'a pas l'air contente du tout et ça ne réussit pas trop à son visage. Elle braille dans son accent mais essuie des revers du patriarche et continue à charger le van. Albert regarde ses poules avec un drôle d'air, déconnecté de la réalité. Vlad dit qu'il a été fini à la gnôle.

76

Le Dalton passe une main sur les cheveux gras de Cédric et lui tend son sac-poubelle.

Le taré en sort deux sacs, trois portefeuilles, son visage reste impassible. Son père les lui arrache des mains et lui ordonne de mettre dans le coffre d'autres grands sacs dont les formes me rappellent des cuisses de biche. Saloperies de braconniers qui font leur marché.

Vlad revient vers nous, c'est inimaginable mais il a l'air heureux. Ses yeux s'animent d'une lueur inédite. Julie frissonne, elle pose sur Vlad un regard difficile à interpréter, celui qui revient souvent. On dirait que ses yeux brillent. Il y a l'amitié, je reconnais, mais il y a quelque chose en plus. Et ça me fait bizarre dans le ventre, car j'aimerais être couvé par ses deux jolies billes vertes toutes rondes. Mais au-delà de ça, comme moi, elle sait que Vlad est déjà pris dans le champ magnétique de ce garçon étrange.

*

C'est le jour de la brocante.

Mon père s'est levé aux aurores. Hier, au-dessus de ses côtelettes d'agneau, il était tout nerveux. On la joue discrets sans rien dire aux parents, on veut s'occuper nous-mêmes de cette histoire avec le Dalton, les vacanciers ont levé le camp, on les a même pas revus. Les gendarmes ont rôdé un peu, probablement avertis, mais faut dire que l'été, y a pas mal de jeunes plus âgés que nous à Fleury, ils viennent avec leurs meules, ou les caisses de leurs grands frères, pour se mettre toujours dans le même coin, picoler, fumer et piquer une tête. Alors pour les poulets, ça doit pas être facile de savoir qui a volé cinq sacs à main. Sauf à mettre toute la jeunesse du canton contre un mur.

Mais des fois, y a le fils du docteur Fouchard, alors pour éviter les scandales…

Aujourd'hui, j'ai jamais vu autant de monde dans le bourg. Des exposants sont venus de très loin, d'après ce que Julie nous a dit. Ils peuplent chaque trottoir et remontent jusqu'au bout des petites rues. Comme la départementale n'est pas coupée ça fait un sacré bordel, mais ça se déroule avec le sourire. Tout est prêt pour une chouette journée : le soleil bien haut, des torrents de badauds, une odeur de barbecue à se pâmer, des rires de partout, et nous au milieu, prêts à profiter de ce jour différent.

Mon père nous a donné un billet à chacun. Un petit, mais un billet quand même.

J'ai enfilé un polo et mis mon short le plus tendance.

Y a des tas de camionnettes qui vendent des spécialités du Morvan, le frère du maire prépare du boudin, je salive et mon nez se fait draguer de tous les côtés. Mon frère craque déjà son pécule pour une galette aux griaudes, il me tend un morceau, la pâte feuilletée fond littéralement sur ma langue, libère le lard, les arômes. Je ne me suis jamais senti aussi bien. On s'engueule quand je lui en redemande un bout.

Julie vend des fleurs avec un de ses frères, puni, et sa mère.

Sa bouche se tord et son sourire me rend léger.

Chris décide de rester avec elle, il veut jouer à l'apprenti marchand.

Il lui tend volontiers sa galette. Traître.

Devant le Bienvenue, on a sorti toutes les tables disponibles pour espérer faire enfin une journée décente. Ils appâtent les passants et font griller des saucisses sur un demi-tonneau.

Pour l'instant, c'est plutôt tous les soiffards habituels et autres péquenots qui règnent en maîtres plutôt que les vacanciers et les passants. De quoi faire râler mon paternel sur l'image de nos campagnes. Il est marrant mon père, à pester contre ceux qui passent leur vie à lever le coude : là je le vois, sur le champ de foire, tout fier, un ballon de rouge à la main et posté à côté de vieux en cravate, des officiels comme il dit.

Soudain je me crispe.

Dans la masse qui grouille à la buvette, je vois le Dalton et son short. Il est occupé à vider un Ricard et à imposer sa bouche édentée à des tôliers avinés.

Je trace la route au milieu des paquets de promeneurs mais lui jette des regards fugaces.

Lui ne m'a même pas remarqué.

Je reconnais un tas de gens, des habitants de Châtillon ou de Moulins-Engilbert, c'est toujours l'occasion de se retrouver. Mon père a beau assurer un boulot d'enfer, c'est une musique ringarde faite d'accordéons dans les haut-parleurs et quelques couples dansent.

Je vois enfin Vlad. Il a l'air dépité devant un monticule de saloperies proposées par ses parents à des prix misérables.

— Hey, Rom !

— Salut, Vlad, ça roule ?

— Suuuper. Mon vieux m'a collé ici. Un oncle est venu avec un camion et ils font un méchoui. Il cavale de partout et m'a donné la responsabilité du stand.

Mes narines reconnaissent en effet le fumet du mouton qui tourne. J'ai subitement très faim.

— Dur. Du coup tu peux pas venir ?

— Si si, déclare mon pote en me rejoignant.

Je me marre. Il alpague une de ses sœurs, occupée à tresser une poupée.

— Hey, j'me barre. Tu es nommée grande chef des ventes. Je te file la moitié de ce que tu vendras et papa doit rien savoir, OK ?

Sa sœur acquiesce. Il passe son bras autour de mon cou et m'embarque.

— Tu vois, c'est facile de contrôler les esprits faibles. L'appât du gain, un semblant de responsabilité et tu en fais ce que tu veux. Si j'avais mis une Barbie à la clé, j'aurais même pu l'obliger à ne rien vendre en dessous de 100 balles et elle aurait réussi.

On se faufile et on remonte la grande rue bondée pour aller se poser dans un coin plus calme.

On fait bien gaffe quand on longe les grandes tablées installées à côté de l'auberge, son père se démène comme un fou et déambule les bras chargés d'assiettes. Vlad pousse le vice jusqu'à piquer deux chipos et du pain qui attendaient sur la grille. On trinque avec nos sandwichs.

— J'ai vu le Dalton.

— Et moi j'ai failli vendre une machine à coudre pourrie à Yolande Fauvé. J'ai jamais vu quelqu'un avec des yeux aussi petits et reculés. J'pensais pas qu'ils viendraient se mêler aux gens normaux, les mutants.

— Ils s'habillent avec nos vieilles fringues.

— J'ai aussi vu la jolie nénette de l'autre jour, tu sais, ça doit être la mère de Cédric ou un truc comme ça.

— Sa mère ? Elle devait avoir à peine vingt-cinq ans. C'est crade si jamais c'est ça, vraiment crade. Nan, ça doit être la copine de son pouilleux de père. Elle faisait quoi ? Elle vendait les sacs à main qu'ils ont volés avec leur pote le Dalton ? Bande de nazes.

— Elle a foutu leur camion pourri à la sortie du stade de foot et vend des colliers et des bouquets de fleurs. Trop hippie, la meuf. Mais trop bonne, elle met pas de soutif.

— Comment tu sais ça, toi ?

Vlad me frictionne les cheveux.

— Faut que tu t'intéresses à la vraie vie, Général, sors de tes bouquins. Y a de belles choses dans la nature, dit-il en me montrant les fesses d'une fille très maquillée coincée dans un legging vraiment trop serré.

Il prend ensuite une bouchée de la taille d'un avant-bras.

J'y vais pas par quatre chemins, pas de ça entre nous.

— Tu sors plus avec la Vaness ?

— Nan, elle a pas voulu aller plus loin que le léchage de loches. J'ai quand même réussi à lui faire toucher popaul.

Je ressens un drôle de truc dans le bas-ventre. Il voit à ma tête que sa phrase a fait son petit effet.

— Mais non, j'rigole, elle est avec le Flanquin maintenant, pas de souci, elle avait une langue de veau. Et ça, c'est vrai.

— Et... avec Julie, c'est cool ?

— Julie ? Pourquoi tu me demandes ça, Rom ?

Il me tend un paquet de clopes. Je suis sûr qu'il le fait exprès, y a des yeux partout, des oreilles, des nez, tous les braves gens prêts à amener le cliché à nos parents.

Je sens mes joues cramer.

— Remballe, merde !

Il fait un sourire de lézard et s'exécute.

— Pourquoi tu parles de Julie ?

— Je trouve qu'elle te regarde... différemment.

— Sérieux ?

— Ouais.

— C'est comme ma sœur. Julie, c'est la fille du gang. C'est interdit. D'ailleurs, le premier qui lui fera du mal, j'le vide comme un goujon.

Ses lèvres rient, ses yeux non.

— Tu m'le dirais, Vlad, si toi et Julie...

Il pose une main sur mon torse, j'ai des auréoles d'archange sous les bras, chaud, soif.

— Hey, Rom, je te jure.

On échange un long regard. Il sait. Ça se sent dans chacun de mes mots que Julie me plaît, mais il me respecte et n'en rajoute pas, il fait semblant mais il sait de quoi je veux parler. Il est fort pour tout ressentir, Vlad. Mais il me sourit, et ça me va.

On passe près du lavoir, il y a beaucoup moins de monde, et le flot des gens se presse vers le bas du village. À ce moment-là on entend des voix, d'abord celle d'un jeune qui s'époumone :

— T'es qu'une grande gueule qui va se faire ramoner.

On tombe sur trois gars de Vouavre occupés à encercler le tireur de vaches.

Cédric, dos au lavoir, la dent cassée tout offerte, ne baisse pas la tête. Personne ne nous a encore vus. Les trois gars ont deux ans de plus que nous et jouent les brutes. Ils sont tellement cons, ces mecs…

— T'es une saloperie de merdeux. Tu nous as pris pour des baltringues, rends-nous notre fric.

Cédric a les yeux d'un mec sous médocs. Regard par en dessous qui se paume sous sa mèche dégueu.

— J'fais pas les réclamations.

Je sens la trouille monter en moi. Vlad vibre. Calme comme une bombe. Une envie de se déchaîner et de tout retourner.

— Alors on va te défoncer, sale fils de pute.

— Redis ça et j'te cogne.

Sa voix est calme et vide.

— J'ai dit sale fils de…

Cédric lui décoche un coup violent dans le menton.

Le temps s'arrête. Personne ne semblait s'attendre à ça. Déstabilisé, celui que je connais sous le surnom de l'Agneau (parce qu'il était adorable quand il était petit, soi-disant, le con) se tient la mâchoire et gémit.

Cédric lui en remet une, puis deux. Il vise le milieu du visage. Son poing fait des bruits flippants quand il rencontre son nez. Je ne me sens pas bien.

Un des potes de l'Agneau recule, Éric je crois. Le troisième, assez costaud, qu'on appelle le Pec, envoie son poing gauche sur le Cédric qui prend ça en pleine tempe. Le Pec le ceinture, Cédric reste calme. J'ai vraiment peur et tout bascule en moi quand Cédric cherche un truc dans le bas de son dos. Mais l'Agneau revient à la charge et profite du deux contre un pour cracher sa rancœur dans l'estomac de Cédric. Il tombe au sol.

À la merci des brutes. On voit clairement la crosse de son pétard à plombs dépasser de son jean.

Vlad bondit, il ramasse une pierre et la catapulte dans le crâne du Pec. Le bruit me fait mal. Vlad joue de l'effet de surprise, il enfonce sa tête dans le dos de l'Agneau et ils se retrouvent à terre. Éric, le plus en retrait des trois agresseurs, joue le lâche et me passe à côté en cavalant. Je ne sais pas pourquoi je le fais, mais je le fais : je laisse traîner mon pied.

Le crochet et la chute sont spectaculaires. Il couine et repart en pleurant. Vlad et l'Agneau essayent de s'envoyer des coups au visage. Cédric martèle les bras du Pec, derniers remparts avant qu'il ne lui démolisse vraiment la tête. De son côté, Vlad prend alors le dessus.

Il cogne une fois, puis deux, puis trois. C'est plus une bagarre, c'est de la violence gratuite.

Je lui crie :

— Arrête, Vlad!! VLAD!!

Il est ailleurs. Il se mord les lèvres. Ses narines sont énormes. Il tremble. Son poing frappe encore l'Agneau à l'arcade. Du sang jaillit. Je vais vomir.

Je lui attrape le bras quand il remonte et le tire très fort vers moi.

— Arrête, c'est bon, il a son compte!

Vlad se redresse en un bond et me fait face.

Ses yeux. Ce regard. J'ai soudain plus peur de lui que des autres. Mais quand il prend conscience que c'est moi, son visage se radoucit. Enfin. Une transformation. Je souffle et lui me sourit.

— Ouah, la baston d'enfer.

À côté, Cédric fait une clé de bras au Pec et tient son pistolet contre son oreille.

— Alors? On fait moins le malin, maintenant? Dégage, trou du cul, et la prochaine fois qu'tu me croises : tu baisses la tête, d'accord? *D'accord?*

Le Pec gémit et ravale ses larmes. Cédric a bien une tête de moins que lui. Même habitués à la castagne, jamais les gars de Vouavre n'auraient pu imaginer une telle violence et une telle débâcle. L'Agneau se redresse, difficilement, il en a pris plein la tronche. On va tous se faire engueuler comme jamais. Adieu l'été. Merci, sale con.

Vlad les vise du doigt :

— Hey au fait, balancez ce qui vient d'arriver et je vous retrouve.

Cédric pointe son flingue sur eux pour appuyer les paroles de mon ami.

— Z'avez compris ? Vous oubliez c'qui vient d'se passer ou j'vous plombe la tronche. Tamnay est à nous.

Il regarde Vlad. Ils échangent un regard et partagent l'instant. On se retrouve tous les trois. Cédric n'a d'yeux que pour Vlad. Je suis dans mon plus beau rôle de l'homme invisible.

— Merci, mec… j'te l'avais dit qu'on s'reverrait…, déclare-t-il en s'envoyant une clope dans le bec.

— Trois contre un, c'est juste que j'aime pas ça.

Vlad se masse le ventre ; Cédric, les mains sur les hanches, vérifie l'état de son corps chétif.

— Toi et moi, c'est pour la vie maintenant.

J'en crois pas mes oreilles. Il se prend pour qui, le taré ?

— C'est pas si simple, mec.

— Ça le sera. Toi et moi, on est pareils, on sait comment ça marche, et ce qu'on veut pas. Si c'est pas aujourd'hui – il me regarde et me nargue –, ce sera demain.

Vlad reste droit. Sur son visage, toujours ce nouveau regard.

Présent...

Châtillon était toujours la même petite ville endormie par le reflux du quotidien et la départementale qui la traversait de part en part.

Bourgade trop petite pour abriter un collège, c'était pourtant ici que le gang venait le plus en sortie quand il quittait le village, pour se retrouver dans le petit parc derrière la poste, zoner dans le camping, souvent bien vide, et regarder Vlad se frotter à la faune locale.

Aujourd'hui, beaucoup de volets clos, de devantures grises.

Chris gara son pick-up à côté du terrain de foot, il voulait d'abord faire quelques courses à Maximarché avant de rendre visite à Cédric.

Chris salua de la main les employés, Romain en reconnut certains, bientôt à la retraite.

Mains dans les poches, il regarda le colosse s'armer d'un pack de 16, d'une bouteille de whisky et de saloperies à grignoter.

En caisse, une vieille à cabas taillait le bout de gras et semblait dresser le bilan de sa vie.

Romain fut attiré par une langue étrangère, un couple d'une cinquantaine d'années et une fille aussi grande que blonde faisaient leurs emplettes.

Il y avait dix ans, au moment de son départ, un grand nombre de

Hollandais avaient commencé à venir s'installer dans la région désertée par les jeunes en mal de travail.

Chris lui expliqua en s'en grillant une à la sortie du Maxi que ce n'était ni tout blanc ni tout noir, comme toujours. Une partie participait à l'économie locale, les communes multipliaient les initiatives pour les accueillir et les intégrer, pendant qu'une autre ne jouait pas le jeu. Rachetant les maisons abandonnées une bouchée de pain pour vivre au calme, à l'écart. Ensemble.

Ils vidèrent chacun une bière. Chris goba un cacheton.

— Tu prends quoi ?

— T'occupe. C'est moins mauvais que ce que vend Vlad.

— C'est depuis ta démobilisation ?

Chris respira fortement par le nez, avala deux gorgées, laissa la question en suspens.

— Vlad a trompé Julie avec la petite. Ça a été très dur à l'époque, il a bien sombré, je le reconnaissais plus… Mais avec le temps, Julie a appris à pardonner, et bien sûr à tourner la page. Je suis pas dupe, je connais l'aura de notre pote, Vlad a été son grand amour et je sais lire en elle. On est bien. Ce que je veux, c'est son bonheur ; et le bébé qui arrive, c'est notre chance.

— Elle a l'air d'aller très bien, notre Julie. Elle est belle en future maman… Tu dois prendre soin d'elle, c'est pour ça qu'on a plutôt intérêt à y aller mollo avec tout ça, tu crois pas ?

— Ça a rien à voir, tu le sais, et tu le sens en toi, me dis pas le contraire.

Chris reprit le volant pour aller se garer juste en face du café.

À l'époque, Le Petit Bazois avait le rôle du repaire de rivaux, un endroit capable d'agiter la testostérone comme nulle part ailleurs.

— Cédric gravite souvent ici quand il n'est pas collé à Vlad et qu'ils ne sont pas en vadrouille je ne sais où. Le barman, c'est la Guibolle, tu sais : Éric, le mec de Vouavre.

Le surnom champêtre le plus ridicule de tous les temps.

C'était venu à l'adolescence, la Guibolle avait eu quelques aventures qui avaient fait naître le mythe.

C'était un type sec et faible.

— La Guibolle... C'est avec ce genre de traditions de surnoms à la con qu'une partie des gens continuent à nous regarder de haut comme des abrutis.

— Je les emmerde d'autant plus alors... Je suis sûr que Vlad et Cédric ont racheté le bar quand il était au bord du gouffre pour avoir un ancrage légal et pouvoir diriger leurs merdes derrière.

Romain retrouvait cet orgueil nourri à la génétique.

Leur père avait toujours aimé être celui qui aidait plutôt que celui qui était aidé, les frères avaient grandi avec cet adage.

Ils quittèrent le pick-up, Chris se colla une cigarette au coin de la bouche, lèvres légèrement retroussées pour indiquer l'humeur. Il rajusta sa casquette.

Romain tira le col de son blouson sur sa nuque. Côte à côte, dans une ville inanimée, ils descendirent la rue, mains dans les poches.

Sur un banc, un groupe de jeunes les reluquèrent, un joint tournait sans chercher à être discret. Les filles trop maquillées, habillées trop court, visages presque déjà vieux, gloussaient aux blagues de mecs en doudoune, jean, casquette, adossés à leurs meules. Chris et son look d'habitant du fin fond des forêts ne laissaient pas indifférent.

La devanture du Petit Bazois avait sa déco de Noël; jamais enlevée ou déjà installée. Romain soupira.

Chris poussa la porte et une dizaine d'yeux rouges et torves se braquèrent sur eux.

Pas un mot. La porte se referma dans un bruit agaçant. L'odeur frappa, la même qu'il y a dix ans.

Au bar, des piliers s'enfilaient des demis et des canons de rouge.

Romain reconnu le flipper *SOS fantômes 2*, la déco bloquée à 1978, les assiettes dans lesquelles se pavanait Mitterrand, le calendrier de la Poste. Et même Joe Dassin dans des enceintes grésillantes, chantant : « *Tagada tagada, voilà les Dalton* ».

Chris fit quelques pas, un début gentil mais assumé de provocation.

Derrière le bar, Éric la Guibolle les toisa, marqué par l'alcool, le cuir chevelu déserté sur le haut du front, son visage respirait les séquelles des conneries de ses années de jeunesse.

Ses yeux furent assaillis par la crainte de voir arriver dans son bouge autre chose que des âmes en peine.

Au comptoir, deux anciens sacrifièrent leur contemplation de la table pour regarder les deux intrus. Leurs nez dégorgeaient de vinasse, la même que celle qu'ils se mettaient dans la tête.

Un groupe de jeunes habillés en caricature du zonard de banlieue ou du punk à chien mit fin à ses discussions. Hautains jusqu'au bout de leurs regards enfumés.

Romain reconnut le dernier occupant du navire en perdition : Jules, dit l'Agneau, le troisième des «gars de Vouavre», habillé de jean délavé. «Un bon à rien», selon leur père.

Romain retrouvait ce royaume de l'ennui. Celui de nombreux dimanches après-midi.

Chris ressemblait à un gladiateur prêt à en découdre avec Rome tout entière.

— Tu me remets, Éric ? T'as bonne mine. Tu t'amuses toujours à foutre ton cousin mongolien à poil sur le bord de la route, ou t'as enfin compris que c'était pas drôle ? On vient voir Cédric.

Aucune réaction. Les deux vieux au bar devaient à peine comprendre ce qui se passait.

Éric les regarda en chien de faïence, les mains sous son comptoir occupées à envoyer un texto à son patron.

Chris inclina la tête en signe de désapprobation.

— Tout doux, les mecs. Qu'est-ce que vous faites ? demanda Jules. Éternel «Agneau» perdu.

— À ton avis ? Notre meilleur ami est à l'hosto à cause de toutes vos conneries, alors on prend les choses en main. On veut savoir qui a fait ça à Vlad, et ensuite on arrête avec ce bordel de «cartel des cambrousses». J'en ai ma claque de vos merdes.

Jules se dressa, avança front en avant, et Chris n'eut qu'à tourner la tête vers lui pour qu'il s'arrête net, le corps sujet aux petits tremblements d'un alcoolique notoire de trente-cinq ans, les yeux fuyants.

— Je vois pas du tout ce que tu veux dire, déclara Éric. Mais ici t'es pas chez toi.

La bande n'attendait qu'un ordre pour jouer les hooligans. On mâchait du chewing-gum la bouche ouverte, les yeux rouges planqués sous des casquettes plates ou constellées de vis, selon les goûts musicaux. Les poings serrés sur les bouteilles de bière. Un mot, un seul, et la violence se déverserait. Éric n'était pas fou à ce point.

Sa voix subissait les oscillations dues à sa trouille et à son accent bien trempé.

La porte s'ouvrit derrière eux. C'était lui. Cédric.

Même après des années, Romain ressentit un certain malaise dès qu'il passa près de lui.

Rien n'avait changé, ni son visage ni son allure.

Ce regard, détaché de tout, mi-clos.

Il les considéra un instant. Sa mèche balayait toujours son visage côté gauche, et le reste de son crâne était rasé.

Sa dégaine tout entière était taillée pour dire : «Ne me la fais pas à l'envers.»

Ce n'était pas son corps planqué sous son bombers qui pouvait impressionner, mais bien ses yeux et ce qui y rôdait.

Un trou noir qui continuait d'attirer les univers à lui.

Ils échangèrent un demi-sourire, malgré tout. Même après les années, toujours à se disputer l'amitié du grand Vlad. Et s'ils se retrouvaient encore aujourd'hui, c'était à cause de lui.

Coins reculés, petits villages, on en venait à connaître son pire ennemi autant que son frère.

Cédric était accompagné. Un monstre. Un tank plus large que

haut dont la tête massive surplombait un cou épais. Un faciès à casser des os, et à aimer ça.

La brute reluqua Chris, renifla en passant devant lui et s'assit face à eux.

Éric la Guibolle sortit de sa niche et déposa à sa table un petit bol rempli de pistaches.

Le monstre au visage carré s'attela à son rôle de garde du corps et plongea sa main dans le récipient.

Cédric alluma une cigarette.

— Salut, les gars. Content d'vous revoir.

Sa voix toujours calme et dénuée d'émotions.

Romain décida de calmer le jeu et de passer au dialogue plutôt qu'à la déclaration de haine.

— On vient parler de Vlad.

— J'reviens d'Nevers. Son état a pas bougé.

— Il va peut-être pas s'en sortir. Et c'est à cause de vos histoires.

Chris laissa son frère contrôler l'échange. Il avait engagé un duel invisible avec le monstre qui gobait des pistaches à la chaîne. Romain remarqua alors les nombreuses cicatrices qui se baladaient sur sa peau.

— C'est dommage d'pas t'voir plus souvent, fit Cédric. Ça fait un bout de temps. Les choses ont un peu changé depuis que t'as tout laissé tomber.

— Si ce qu'on dit est vrai…

— On entreprend. On s'occupe. T'sais bien, à la campagne, y a pas grand-chose à faire.

Cédric garda le menton haut, suivi par toute la troupe de jeunes qui n'attendaient qu'un mot pour y aller des poings et des bouteilles. Une meute de petites frappes perdues derrière un gourou.

— T'as même pas l'air étonné. On dirait que ça te passe au-dessus. C'est toi le chef maintenant.

— Tu t'trompes. Vlad, c'est mon meilleur pote. J'vais r'trouver celui qu'a fait ça.

— Justement, on vient pour ça. Si tu sais qui a pu le faire, balance. Faut bien que quelqu'un nettoie vos merdes.

— Et après ? Tu joues les durs ? Vlad et moi, on est comme deux frangins, et on s'occupe d'notre coin. C'est tout.

Romain préféra garder sa rancœur au fond de sa gorge, Cédric ajouta :

— Mon meilleur ami, qu'est aussi mon associé, est mal en point, on a beaucoup de boulot en ce moment, et des échéances qu'arrivent. J'vais pas pouvoir continuer à causer longtemps. Je dois aller voir la Laure, voir comment qu'elle va.

— T'es un vrai enfoiré. T'as toujours été doué de ce côté-là, je te le concède.

— Ravi de te r'voir, j'te dis, fit Cédric en levant sa lèvre sur sa dent fendue. J'sais pas si ça vous arrive de croiser le J.R., votre copain en bleu. Dites-lui que quand j'vais trouver celui qu'a fait ça, ça risque d'être assez méchant.

Chris prit enfin la parole. Sa voix grave calma les ardeurs de deux jeunes aux crânes rasés et survêtements Tacchini.

— Cédric, mets-nous au parfum. Je vais pas avoir la patience, et comme je suis limité comme garçon, je risque de m'en prendre à celui qui l'a foutu dans ces embrouilles.

— T'es vraiment en colère alors.

Une provocation saluée d'un rictus.

— T'as rien vu.

— C'est à cause de l'histoire des 8 000 balles que Vlad t'a refilées pour ouvrir ton boui-boui ?

— Je vais te casser les bras, Cédric, et les jeter dehors pour que ton molosse leur coure après. Je vais te faire vraiment mal.

Cédric tira sur sa cigarette, aucune trace de peur ni d'orgueil. À peine un sourire sinistre.

Romain ne connaissait pas cette histoire, mais déjà son frère était près de son point de non-retour.

Cédric écrasa sa clope et indiqua d'une main à Éric où il devait leur servir à boire. Une table, à l'écart des oreilles.

Romain échangea un regard avec Chris, son frère garda les poings fermés le long du corps. Cédric tira une chaise, juste derrière le monstre.

Romain prit place, mal à l'aise, le dos moite.

— Bon, les gars, vous et moi, on s'parle sans rien s'cacher, OK? J'sais ce que ça doit vous faire d'voir Vlad dans cet état, pour moi c'est pareil. Vous êtes sûrement au courant de nos petites affaires? Vous mêlez pas de ça. Vlad, c'est mon pote. Faut qu'on arrête de jouer aux chouineuses, genre «C'est à cause de toi, c'est mon ami, nan, c'est l'mien»… Là, c'est grave… On était sur un truc, très important, et j'sais pas si c'est directement lié, mais ça va foutre un sacré bordel…

Chris serra les dents et ne cilla pas quand Éric posa trois bières fraîches agrémentées d'une chiffonnade de jambon.

— Alors j'vais régler tout ça. Avec mon Kozanowski.

Romain fronça les sourcils, intrigué. Chris vida son verre d'un trait, se mettant de la mousse dans la barbe.

Cédric présenta d'une main assurée le monstre gobeur de pistaches.

— C'est un ami qu'j'ai rencontré en Europe de l'Est, lors d'une virée. Ça va t'faire marrer, Chris, Koza est un ancien militaire. Mais un vrai lui, enfin j'dis pas ça pour toi, hein. Il en a vu de la saloperie, Kosovo, tout ça… Il est aussi garagiste, j'lui ai trouvé du boulot, dans son pays c'est la crise. Il bosse à la pompe, avec le Pec, et il veille sur moi, comme un grand frère. Paraît qu'j'fais un métier dangereux.

Chris grimaça.

— Et tu le nourris de pistaches? demanda Romain.

— Toi et ta grande bouche. Tu m'as manqué en fait. C'est qu'on en a des trucs en commun hein, dis? On n'a pas grandi ensemble pour rien…

Romain sentit ses membres se raidir.

Cédric renifla.

— Vlad parle souvent d'toi. J'crois qu'il a jamais digéré ton départ. Ça l'a travaillé longtemps. Tu vois, heureusement qu'j'étais là pour veiller sur lui.

Comme un coup dans le foie.

Il reprit :

— J'vais pas vous retenir. On s'reverra autour d'son lit dès qu'il s'ra sorti des soins intensifs. On sait tous qu'c'est un dur, y va s'en r'mettre.

Il paraissait sincère, mais Romain perçut dans le fond de ses yeux un abîme de mauvaises intentions.

— Je crois que t'as pas bien compris, je vais pas lâcher l'affaire. Selon toi, qui a mis Vlad dans cet état-là ?

— À ton avis ? Des dingues. Des mecs dangereux… Faut en avoir pour oser s'attaquer au Vlad, à nous. Faut vraiment pas avoir peur de c'qui va suivre. On fait nos petites affaires en paix depuis un bail. Y a parfois des mots avec des Gitans, des Turcs qui géraient le business avant, des récalcitrants, mais Vlad savait se poser en patron. Moi, va falloir que j'me rencarde pour savoir d'où est parti le premier coup.

Chris posa ses mains sur la table.

— Alors t'oublieras pas de nous en toucher un mot… Et dis-toi que vos conneries, c'est fini.

Cédric s'illustra de sa voix blanche :

— Mais t'es qui pour m'parler comme ça, Chris ? Tu t'prends pour Charles Bronson ?

— J'm'en bats les couilles de ce que vous faites, tant que ça vient pas dans mon jardin, j'm'en cogne de ce qui est bien ou pas bien, par contre, Julie est enceinte, et je veux pas de ça dans mon pays…

— *Je* veille sur notre pays, c'est *mon* rôle. – Ses mots s'envolèrent dans son nuage de fumée. – J'veille sur lui et sur nos affaires. Et faut pas trop m'pousser, j'suis un gars simple, vous le savez bien.

Romain se leva. Les jeunes gardèrent l'attitude la plus provocante possible quand ils leur passèrent devant. Chris se retourna, les jugea d'un regard écrasant et brandit son majeur à Kozanowski.

— Quand tu veux, pédale.

Le monstre barra son front d'une vilaine ride menaçante. Chris sourit.

Cédric calma son homme de main d'une tape amicale sur l'épaule et les raccompagna.

— Allez, les gars, amusez-vous bien et prenez soin de Julie.

— Prononce pas son nom.

Chris ne riait plus. Romain enchaîna :

— C'était maladroit, ça. Viens nous voir dès que t'as appris quelque chose.

— C'est mon affaire.

— Non, dit Chris en lançant son plus mauvais regard. Et si ça n'avance pas ou si Vlad ne s'en remet pas, je vous désignerai comme coupables de ce qui a lentement amené mon pote sur son lit d'hôpital.

En regagnant la voiture, Chris resta crispé. La voix de Romain fut sèche :

— Il a pas changé… T'as vu le regard quand il a parlé de ce qu'il comptait faire au coupable ? C'est con à dire, mais Vlad a toujours été son seul et unique ami. Ce mec est un dingue, un fils de marginaux, de dealers déglingués, et tout ce que tu veux, mais il l'a voulue l'amitié de Vlad, il l'a eue et il tuerait pour lui, je suis sûr. C'est gerbant à reconnaître, mais je suis sûr qu'il va remuer ciel et terre pour trouver le coupable. On a le même but…

L'intérieur du pick-up leur parut terriblement silencieux.

— Ça faisait un moment que je redoutais ce jour où on viendrait toquer à la porte pour m'annoncer un drame. Pendant que toi, tu étais loin. J'ai vu tout ça grossir, j'ai vu la tournure que ça prenait. Quand t'es réapparu y a deux jours, ça m'a troué le bide : notre meilleur pote deale de l'héro, ramène ce monde de merde chez nous et investit son fric dans des bouclards aux portes de la faillite, et il les

sauve. Sans lui et ce connard de Cédric, la ville serait finie, quasiment.

— Et de quoi il parlait tout à l'heure à propos de ta poterie?

Une ombre passa sur son visage.

— J'ai eu des problèmes au début, pas facile de lancer un projet
comme celui-ci, on n'est pas dans la plus grande zone touristique du
pays. Je revenais au bercail, lui n'en était jamais parti; j'avais des économies grâce à mes soldes, mais les banques ont été très frileuses.
Vlad m'a prêté de l'argent pour le matos. Il m'a dit que c'était l'héritage de sa grand-mère. J'ai percuté qu'après, quand les rumeurs sont
devenues sérieuses, et j'ai compris qu'il ne vendait plus seulement du
shit de temps en temps. Julie m'a annoncé qu'il s'était mis à vendre
de l'héro. Je me suis frité avec lui, comme pour les frais d'hosto de la
mère de Julie. Ça l'a conforté dans son rôle d'incompris. Je lui dois
encore du fric, il ne veut rien savoir et m'a dit avoir fait une croix
dessus. Un cadeau d'ami, qu'il m'a dit. Putain d'argent de la drogue.
Je ne veux plus en parler. Maintenant on rentre, j'ai une cuisson cet
après-midi et toi tu vas nourrir les lapins et les poules pendant ce
temps-là.

— Hein?

— Tu crois quoi? Que tu vas te tourner les pouces et retrouver
toutes tes ex?

*

Chris servit des ris de veau qu'il avait mitonnés une bonne partie
de l'après-midi.

Une petite bruine, faite pour effriter le moral, s'était installée au
retour de Julie.

Après une longue douche, elle alluma un feu dans la cheminée et
resta un moment les yeux perdus dans l'éclat des flammes. Romain
la rejoignit, ils échangèrent un sourire.

Chris cala sa masse dans son fauteuil, un verre de whisky-Coca à la main, parsemée de blessures, les ongles sales.

Un air serein dû à l'alcool, la chaleur suave sur laquelle on se concentre pour ne pas penser à autre chose.

Ils dînèrent en essayant de balayer la morosité ambiante, mais au bout de quelques instants la discussion glissa sur Vlad, et l'agression. Les gendarmes tournaient dans le canton, la peur succédait à la rumeur. Qui avait lynché l'enfant du pays ? Ils ne détaillèrent pas à Julie l'entrevue avec Cédric.

Elle laissa les deux frères à leurs rôles de protecteurs, bien consciente de ce qui se tramait.

Ce type avait toujours été une énigme pour elle.

Insondable, étrange gamin perdu à qui elle trouvait toutes les excuses, mais qu'elle avait appris aussi à haïr par moments. C'était plus facile de le détester plutôt que d'ouvrir les yeux sur les décisions que prenait leur ami. Mais Vlad lui avait offert son amitié.

Ils décidèrent finalement de ne plus parler de Cédric, de trafic de drogue ni de règlement de comptes.

Vlad et la tonne de souvenirs de ses frasques étaient toujours des sujets qui leur procuraient la même énergie dans le ventre et les yeux.

— Et cette fois où il avait piqué le scoot du Pec et qu'il avait fait un aller simple dans le canal ! fit Julie.

— Pas mal, en effet, pas mal. Il en a accumulé des comme ça. Hey, quel est le truc le plus dingue qui soit arrivé ici depuis mon départ ?

Romain avait toujours adoré ces petits riens capables de devenir des mythes, les mêmes dont son père se servait comme exemples pour leur prouver, déjà à l'époque, que tout partait à vau-l'eau.

— Je crois que j'ai : on a eu un candidat FN à Tamnay aux dernières municipales.

— T'es sérieuse ?

— C'était un type descendu de Paris, débarqué on ne sait pourquoi. D'abord sympa, un peu châtelain chez les mécréants, mais sympa. Toujours visible lors des grands repas et des fêtes. Et vlan, du jour au lendemain, le con change, il se rend compte que les chiens aboient, que le fumier ça ne sent pas bon et que les tracteurs ont un moteur. De fil en aiguille, il a essayé de liguer une partie du village contre nous. Il s'est servi de ce qui se dit à la télé, de deux, trois cambriolages et de faits divers, et il a bien failli passer. On a eu la trouille un moment. J'en ai pleuré quand on était entre les deux tours.

— J'imagine. Les parents ont dû halluciner de là-haut.

Romain lâcha un rot. Sans vergogne. Julie lui frappa l'épaule.

— Il est où maintenant le con ?

— Il a quitté les mécréants, déclara Chris en se resservant un verre. Mais j'ai mieux, je crois : il y a cinq ou six ans, imagine, en plein décembre, de la neige jusqu'aux genoux, Albert Fauvé s'engueule avec sa sœur pour une histoire de pain, et il va jusqu'à Nevers pour acheter sa baguette. Il est parti à neuf heures du mat et est arrivé à dix-sept heures.

Ils restèrent un instant accrochés aux lèvres de Chris.

— Le couillon avait oublié qu'on était le jour de Noël. Fermé.

— Ah ouais quand même...

Julie applaudit, avant d'ajouter :

— Je crois que j'ai encore mieux, une cousine m'a raconté : à Bernay, le Gilbert, il part un matin en courses, revient et s'aperçoit que le barbecue a disparu. Loin de s'alarmer, lui et sa femme pensent d'abord à un membre de la famille venu emprunter l'engin sans prévenir. Le lendemain : le barbecue est à nouveau à sa place, avec un mot : « Excusez-nous, nous nous sommes trompés d'adresse, des amis nous avaient proposé de nous prêter le leur, nous sommes réellement désolés. » Avec une enveloppe qui contient deux places de concert pour aller voir je sais plus qui à Dijon. « Pour nous faire pardonner. » Le couple est aux anges et se fait son week-end concert. À leur retour : leur maison est vide. C'est le troisième en six mois dans la région.

Après ça, Romain alla se poser sur le perron. Écouter la nuit. Le pâle halo des lampadaires berçait la nature. La pluie avait cessé.

Le bruit des arbres se débarrassant de l'eau et le calme apaisant donnaient un vrai sens à ce foyer. Tout était tranquille, le faible éclairage enveloppait les chaumières d'une lumière douce.

Loin de tout, si près de ce qu'il lui fallait.

Julie vint le rejoindre avec un pull de Chris sur les épaules.

— Rom rêveur?

— Je respire.

— T'es chez toi ici.

— Je vais trouver une solution, vous avez besoin de calme, avec le bébé qui arrive et… Vlad.

— Prends ton temps, Romain, c'est ta maison.

Leurs bouches se plissèrent en chœur.

Julie hésita, elle voulait lui parler de Chris, de son état, mais resta silencieuse.

Romain comprit sa retenue et ne lui en tint pas rigueur. Après tout ce temps passé, c'était probablement l'ordre logique des choses.

Et pourtant, la regarder, c'était replonger dans cette vie qui lui manquait tellement. La sincérité de cette amitié, à la fois si naïve et définitive. Elle était la beauté au milieu du cauchemar.

Comment lui parler? Et si c'était un étranger qu'elle avait sous les yeux et pas ce garçon, ce frère avec qui elle avait grandi?

Le vent obligea Julie à rentrer les épaules, ils échangèrent un sourire dans ce silence pudique.

Elle se demanda ce qu'il pouvait bien penser. La voir elle, la fille du gang, en couple avec son petit frère.

Ils se ressemblaient tant dans cet orgueil démesuré caché derrière la gentillesse, à moins que ce ne soit l'inverse.

Ses mecs, quoi. Comment lui dire pour Chris? Son stress post-traumatique torve et terrible ramené de là-bas et qui doucement rampait en lui. La maladie perverse et tueuse de sommeil, capable de faire grossir les silences et l'éloignement. Elle plissa les yeux, Romain avait toujours été doué pour deviner les arrière-pensées. C'était le Général après tout. L'image des quatre mômes au bord de l'eau anima un sourire ému.

— Parle-lui. Parle à ton frère. Explique-lui ces dix années, fais-le parler de lui, de ce qu'il a vécu.

— J'ai essayé.

— J'ai besoin que tu m'aides…

— Tu le connais. On est meilleurs à s'engueuler pour savoir quel est le plus réussi des «Rocky» que pour aborder nos vrais problèmes…

— Vous êtes insupportables. Ça a toujours été comme ça. Aujourd'hui, on ne peut plus se le permettre. Romain. Je te le demande. Parle à ton frère.

Gêné, il détourna le regard.

*

Les deux frères partirent marcher dans la nuit et le crachin.

Ils flânèrent calmement à travers Mouligny endormi avec l'idée de rallier le bourg et de se poser sur le pont. Lieu de regroupement historique pour des débats enflammés et des fous rires.

La route était faiblement éclairée, Romain se rendit compte que cela faisait longtemps qu'il n'avait pas vu la vraie nuit, noire et absolue.

Chris mâchouillait le filtre de sa tige, mains dans les poches, le treillis rabattu sur ses oreilles.

— Bon. Tu m'as encore pas vraiment dit ce que tu comptes faire.

— Par rapport à Vlad?

— Non. Je parle de toi, Rom. Tu es là, tu es revenu. Tu m'as parlé de trouver du «boulot», mais tu veux faire quoi? J'ai du mal à comprendre.

Romain laissa glisser une seconde de silence avant de lui répondre.

— C'est la merde partout : ça avance, ça ronge tout. Alors je reviens où je me sens en sécurité.

Le pas lent, ils entrèrent dans Tamnay. Chris regardait droit devant lui et écoutait.

— J'espère moins galérer qu'en ville. Je vais cultiver un peu, ça limitera mes dépenses. Et je vais pas squatter, t'inquiète pas, tu pourras bientôt te balader à nouveau à poil chez toi. Je pensais retaper la maison de tonton avec les quelques économies qui me restent et y aller, en attendant.

— Tu blagues, là ?

— Pourquoi ?

— *Notre* maison a cinq chambres.

— Quand je suis parti, j'ai renoncé à ma part de l'héritage, tu le sais. C'est *votre* maison, à toi et à Julie.

— Tu me gaves. Cette maison est aussi *ta* maison, alors range tes discours et fais pas chier.

— Chris… Je vais pas t'imposer mes choix…

Il le coupa :

— Alors ne m'impose pas non plus ta connerie. Si tu pouvais imaginer le nombre de fois où j'ai espéré que tu reviennes ; et il faut que le monde ne tourne plus rond pour que tu t'aperçoives que ton frère te manque et que lui aussi, il a besoin de toi. Bravo, Général. Alors tu fourres ta brosse à dents dans ton vieux verre et dès demain je te montre comment on tue un porc.

— Je suis vraiment désolé d'être parti comme ça, après… enfin tu vois, et de pas avoir été présent pendant que tu étais dans l'armée.

— Le sois pas. Fais les choses, ou ne les fais pas. Mais n'essaye pas…

Regard complice.

Tamnay dormait. Devant l'auberge de Vlad, ils ressentirent la même impression de gâchis.

Chris l'arrêta net d'une main sur le torse, les yeux vers l'auberge. On discernait des faisceaux lumineux à l'intérieur. Des visiteurs.

Il eut un mouvement de la tête vers l'entrée. La lumière venait des anciennes chambres du bas. Il traversa la route et poussa la porte. La salle était plongée dans le noir, l'agitation avait lieu dans la cuisine.

Chris respirait comme un fauve avant l'attaque, Romain sur ses talons. Il contrôlait sa peur et la transformait en énergie. Les yeux s'habituèrent vite à l'obscurité.

L'un des intrus arriva à la porte.

Chris avança. Ses bottes claquèrent sur le carrelage. Il alluma la lumière de la cuisine et la scène se figea.

Trois hommes cagoulés pris en flag se fixèrent. Survêtement et jean, attitudes agressives et allures de petites frappes amateurs, donc dangereux.

Ils avaient mis la pièce sens dessus dessous.

— Salut, les filles, lâcha Chris en arborant un sourire sadique.

Une surprise de taille que de tomber nez à nez avec un homme comme lui.

Une seule issue possible.

— Dites, les mecs, la dernière fois que je suis venu voir le propriétaire des lieux, qui se trouve être mon meilleur ami, je n'ai aucun souvenir d'avoir vu trois trous du cul cagoulés dans sa cuisine. Vos mères savent que vous vous fourrez le cul ici ?

Absence de réponse. Chris bomba le torse. Enfin une réaction :

— Dégage, Jésus, dégage et tu finiras pas sur le carreau.

Un accent de cité mélangé à celui du coin.

— Vous cherchez quoi, au juste ? C'est vous qu'avez démoli notre pote ?

— Va te faire enculer !

— C'est là que je vous casse la tête alors, les gars ?

Deux cambrioleurs se ruèrent sur lui. Les pieds soudés au sol, appuis parfaits, il put honorer cet excès de zèle en libérant son allonge incroyable. Son poing fracassa le nez du premier. Chris encaissa un coup dans les flancs et esquiva le retour. Il agrippa l'ar-

101

rière du crâne du type en survêtement vert et envoya son visage craquer horriblement contre le mur carrelé.

Le mec en jean détala par un couloir menant vers l'extérieur.

Le premier assaillant, au nez cassé, attrapa Chris et hurla. Le second titubait et gémissait.

Chris cria :

— ROM, CHOPE-MOI L'AUTRE CON !

Il recula le visage deux fois pour éviter les coups de son adversaire hargneux et ses cheveux volèrent au-dessus de sa tête quand il abattit puissamment son front sur la cagoule. Hurlement étouffé de sa victime.

Sans réfléchir, Romain prit l'autre en chasse.

Le type dévalait la grande rue. La nuit était froide, l'humidité s'engouffrait dans les corps.

Les lampadaires permettaient d'y voir un peu, les pieds frappaient la chaussée.

Derrière, il entendit des cris et des plaintes. Chris laissait exploser sa rage.

Romain entra en apnée, accéléra. Il courait vite et allait bientôt rattraper le cambrioleur au moment où il arriva au champ de foire. Romain connaissait le terrain, mais pas lui manifestement.

Il dérapa à l'amorce du virage, et s'affala. Jouer de l'effet de surprise. Romain lui balança son pied au visage. L'autre le bloqua et l'entraîna au sol. Romain se dégagea mais l'homme cagoulé se rua à nouveau sur lui, l'obligeant à laisser son instinct prendre le dessus. Il mit en pratique un vieux truc ressassé par son frère à l'adolescence, son talon frappa le genou de son adversaire, de façon nette et sèche, mais il prit un coup dans la tempe, un dans le plexus et une espèce de kick dans la hanche. Il valdingua à terre, par chance l'autre fut paralysé par la douleur. Romain lui fonça dessus. On avait beau être en pleine nuit, les lumières dansaient, il avait la vague sensation d'avoir un liquide chaud dans la bouche.

Ses poings visèrent le visage, l'autre les para avec ses avant-bras.

Gêné par sa cagoule, il ne vit pas l'un des crochets arriver. Sonné, il réussit pourtant à lui bloquer les poignets.

Il avait de la force, Romain se retrouva coincé.

— J'vais te buter, fils de…

Il disparut. Littéralement. Percuté par un bolide lancé à pleine vitesse. Chris.

Il venait de lui administrer un placage digne de l'hémisphère Sud, puis le propulsa dans un monde de douleur en deux grands coups au visage, et lui arracha sa cagoule.

C'était un Noir d'une vingtaine d'années, il cracha du sang et deux incisives. Tellement K-O qu'il était incapable de se débattre.

Romain souffla un grand coup.

Peu importe ce que ces mecs cherchaient. Les sales affaires de Vlad avaient glissé jusqu'à eux définitivement. Son frère releva l'éclopé.

Il le prit par le cou et le secoua. Fort.

— Tes potes sont trop éclatés pour répondre à ma question : qu'est-ce que vous cherchiez ?

— Va… te… faire niquer, fils de pute.

Au sol, assis contre un arbre, les genoux repliés, Romain baissa la tête. Conscient de ce qui allait arriver. Son frère lui bourra les côtes d'un poing méchant, de ceux qui laissaient des traces autant à l'intérieur qu'à l'extérieur.

Le village se pressait sur les perrons. Au loin : la sirène des gendarmes.

— Je t'ai demandé : VOUS CHERCHIEZ QUOI ? QUI A ENVOYÉ MON AMI À L'HOSTO ? QUI ?

Pas de réponse.

— Je répéterai pas, mec, c'est de la légitime défense, je vais encore te cogner, et encore, et encore…

— Naaan…

— Alors ?

— On vient d'Nevers ! Lâche-moi, j'suis en conditionnelle.

— Pas mon problème. Tu cherchais quoi avec tes deux potes?

— De la thune. Beaucoup de thune. Le Vlador, il a un rencard avec ceux de Paris bientôt.

— *Et?*

— … Comme il est HS… on voulait faire le deal, reprendre le flambeau… T'sais pas qui on est… Laisse-moi partir, ou tu vas te foutre vraiment dans la merde…

Il cracha au visage de Chris. Ce dernier lui explosa le nez d'un coup de tête. La voiture éclairée s'arrêta, et J.R. en bondit avec deux collègues au moment où Chris envoya son genou dans l'entrejambe du jeune imprudent. Il glissa au sol, dans un long râle. J.R. n'avait pas l'air content du tout.

Passé…

Aujourd'hui, c'est Vlad et moi. Une journée à courir notre campagne.

Mon frère est puni, il a acheté un couteau de chasse un poil sauvage pour son âge et ma mère est tombée dessus. Il a piqué une crise mais la mère est pire que le mur du cimetière, quand elle veut.

Infranchissable et effrayante.

Julie aide sa tante fleuriste, y a une foire aux fleurs bientôt. Comme ses frangins préfèrent battre le bitume de village en village en meule à la recherche de jupes en jean, c'est elle qui s'y colle.

On est partis tôt, on trace à travers les champs et les bosquets sans se préoccuper des clôtures et des frontières, partout c'est chez nous.

Vlad porte son célèbre tee-shirt « Nirvana » trop grand, coupé aux manches. Sur son visage bruni par le beau temps de ces dernières semaines, une envie insatiable de marcher toute la journée.

Là, je me pose un peu, tape dans ma gourde de longues gorgées fraîches, lui vient de grimper sur une botte de paille et il fait la vigie.

On croit parcourir des milliers de kilomètres mais malgré tout, on n'est pas dupes, on s'aventure toujours à peu près dans les mêmes recoins. Ce qui compte c'est d'être ensemble.

Un jour peut-être, on partira à l'inconnu. Voir le vrai monde.

Devant le pré du père Louis, il me balance un «Chiche qu'on va toucher les couilles du taureau!».

La bête fait la taille des immeubles de Nevers, j'ai pas vraiment envie de lui prouver mon amitié comme ça, mais je rigole quand même.

Vers onze heures, on se pose près d'une grosse haie feuillue, à l'ombre, une petite route communale pas loin pour garder un lien avec la civilisation.

On bouffe les sandwichs au sauciflard et au fromage de ma mère et les deux morceaux immenses de tarte aux pommes de la mère de Vlad. Le tout accompagné d'une bière savamment subtilisée par le Captain.

On rote, on rit, l'alcool nous rend légers, on a chacun un brin d'herbe dans la bouche, les mains derrière la tête façon Lucky Luke.

Le bruit des grillons, des buses, le vent vaporeux lèche nos jambes.

— On va à la rivière retrouver les mecs?

— J.R., Lulu et les autres?

— Ouais.

L'idée a pas trop l'air de plaire à Vlad; très exclusif, mon meilleur ami, et j'aime ça. Je dois avouer que ça m'arrive d'en jouer. Ils sont pas mal à graviter autour de notre gang, mais Vlad fait payer très cher le droit d'entrée.

— Nan. Ça me dit rien. On va pêcher dans l'Aron?

— On n'a pas nos gaules.

— On s'en fout, on pêche à la main, comme dans ton bouquin, là, dont tu m'avais causé.

Jack London.

— Ça peut être marrant.

Il a le regard posé sur le seul nuage ridicule plaqué dans le ciel.

— Tu savais que les seins des filles ont le goût de sel?

Il a sorti ça comme ça. Juste avant de bâiller.

Je pense de suite à Julie, à son maillot de bain. Aux deux formes fabuleuses camouflées sous ses tee-shirts Décathlon. J'ai honte.

— Pourquoi tu me dis ça?

— T'es beau mec, Rom, faut que tu vives ça, c'est maintenant. On n'est plus des gamins.

Je suis super pudique, ça me gêne qu'il me parle comme ça. J'ai l'habitude de le faire avec Chris, du coup j'aime pas être à cette place.

— C'est bon, j'connais.

— Ah ouais? Avec qui? La fille Fauvé, t'as encore le droit d'aller porter plainte.

Je pouffe.

— T'es con. Nan… je…

— Hey, c'est bon. Moi j'suis pas Casanova, juste j'ai eu la chance de fourrer ma langue dans la bouche de Virginie au collège et ça a pas été trop dur d'aller un peu plus loin. Tu sais, son père, c'est le boucher de Moulins, le gros moustachu, y m'débiterait si y savait ce que j'ai fait avec ce doigt.

Vlad me le colle sous le nez et ricane. Je vire au rouge. Il m'énerve. Je pense à Julie. Aux regards qu'elle pose sur lui, à l'aura de mon pote, parfait acteur dans le rôle de celui qui ne voit rien.

Il semble ignorer quel effet il fait aux filles, aux gars, leur jalousie de pas être comme lui.

— T'es vraiment naze, Vlad!

J'aime pas qu'il me fasse ces sales blagues dont il abreuve souvent les autres. Je ne suis pas les autres. Et puis j'comprends plus rien, il me lance des prénoms de filles différents tous les jours, me raconte de vrais faux exploits dont j'ignorais tout. J'aime pas quand il me cache des choses.

— Ça va, j'déconne…

Son œil de goupil perçoit ma moue vexée.

Il se redresse, masse ses reins comme un vieux, me tend une main, me relève.

D'abord silencieux, on reprend notre périple, le soleil frappe dur et collerait nos roues de vélo au goudron.

On se pose un moment au bord d'un petit bras de rivière, tout près d'un passage à niveau que le dernier train a dû traverser il y a dix ans.

Vlad se baigne jusqu'aux genoux, il est parfait dans son rôle de pêcheur karatéka quand il frappe l'eau après quelques fausses incantations au dieu de l'eau douce.

Il se trempe, me fait marrer, je balance des cailloux à côté pour lui en mettre partout.

On larve un peu à l'ombre avant de repartir mains dans les poches, côte à côte, bientôt l'heure de faire demi-tour. Mon père a besoin de moi pour je sais plus quoi. Ma vieille Flik Flak joue les trouble-fêtes.

J'ai un truc dans la tête depuis son histoire de seins et de sel.

— Ça va toi avec Julie ?

Ma question se veut le plus neutre possible.

— Bah… ouais, pourquoi ? T'as un problème avec Julie toi ?

— Nan…

J'ai répondu avec le filet de voix d'un pauvre gland.

Merde, je m'y attendais pas à son retour. C'est un rusé le Vlad, son œillade le prouve…

Je me démonte pas :

— Tu la trouves pas… différente… avec toi, ces derniers temps ?

J'essaye d'embobiner le roi des manipulateurs en lui tirant les vers du nez avec un bulldozer. Mes gros sabots sont ceux d'un géant, grillé à mille lieues.

— Qu'est-ce que tu veux m'dire, Général ?

— Nan, j'me disais, imagine que j'tente le coup avec elle, comme ça hein, juste pour voir, ça te soûlerait ?

Vlad s'arrête.

— Ouah, Rom avec Julie, le scoop de la mort. C'est toi qui vas amener le gang à sa perte, lance-t-il avec le visage ouvert sur un grand sourire.

— T'es con… C'est juste une question.

— Mais nan, mon pote, vas-y. J'serais trop heureux si toi et la Julie…

Il me tend son doigt. Je vire vermeil cette fois. Une drôle de sensation dans le froc. Les yeux perçants de Vlad me lâchent plus.

On s'arrête sur un muret envahi de ronces. Rien ne vient déranger le ciel bleu. Un petit vent nous empêche de cramer.

— J'suis sérieux, Rom. Tente le coup si t'es croque d'elle, je savais pas, c'est tout. Mais ton frère t'en voudra, lui, t'as vu comment il la regarde ? J'suis sûr qu'il fait durer ses douches à cause d'elle !

Il me fait un clin d'œil.

Mon frangin est un bébé, enfin, un petit, les mots de Vlad font leur effet. Dans tous les scénarios où Julie tombe amoureuse de moi et m'offre mon premier et plus beau baiser, mon frère ne joue aucun rôle. Vlad par contre, soit il ignore vraiment les regards de Julie, ceux à cause desquels je retarde ma déclaration, soit il joue. Et ça m'emmerde de pas savoir.

Je sais que Julie nous aime. Mais de quelle façon ? C'est tellement compliqué.

Reste plus qu'à savoir si je vais me prendre le râteau du siècle.

À ce moment-là, on voit une silhouette se dessiner à l'horizon, au bout de la route qui gondole.

Un garçon de notre âge. Il avance sur le bas-côté. Je le reconnais immédiatement.

Vlad gonfle les épaules. Son visage a pris un éclat singulier.

L'autre marche doucement, il tient des sacs Maximarché.

On se regarde tous les trois sans rien dire, il arrive enfin à notre niveau.

— Salut, balance Vlad.

— Salut, répond Cédric.

Il m'ignore.

— Tu fais quoi là ?

— J'ramène les courses pour le père.

— À pinces ?

— Ouais. Et toi?

J'ai les poings tremblants, ce type me débecte, Vlad devrait l'envoyer chier, lui et sa suffisance. Je repense aux coups, aux menaces, à mon pote pris dans la spirale. Je crois que je hais ce mec.

— On zone, on se balade.

— Chez vous, hein?

— Ouais, chez nous.

— Ça t'dit d'venir tirer au flingue sur des canettes un d'ces quatre?

— Sûr!

Vlad a même pas hésité. Pas une seconde. J'ai l'impression que s'il lui avait demandé de monter sur Paris à dos d'âne il aurait dégainé son «Sûr» aussi rapidement.

— Cool...

— J'en ai un deuxième, un 45, argenté.

Il sort ses cigarettes, toujours pour en mettre plein la vue, il en tend une à Vlad, qui accepte.

On reste là, à se regarder, ils tirent sur leurs clopes. Je remarque la crosse de son flingue à la ceinture de son short, un vieux jean mal coupé.

Une camionnette approche, celle du père de Cédric, de la tôle et des pneus. Même le lion à l'avant manque à l'appel.

C'est la jeune femme qui en sort, elle est vraiment belle, une bretelle de sa longue robe à fleurs tombe sur un bras, là où ses cheveux viennent se perdre.

On remarque tout de suite qu'elle ne porte pas de soutien-gorge, mes reins me picotent, ça s'agite en bas. Vlad propose un beau sourire, crache sa fumée du coin de la bouche, les yeux plissés à cause du soleil.

Elle nous sourit, elle aussi; Cédric reste de marbre, le front en sueur. Seuls ses yeux trahissent sa beauté, elle semble fatiguée, un peu éteinte.

— T'es là, petit homme. J'ai mis un temps fou à te trouver.

— Le père m'avait envoyé en courses.

— T'es pas bien d'y être allé à pied ?

Cédric hausse les épaules.

Elle se penche vers nous, on lorgne sur l'endroit où ses seins se rejoignent, je repense au sel. J'imagine à quoi pourraient ressembler ses tétons. Je ne vois que ses seins, ceux que je dévore des yeux dans les magazines que me refile Vlad.

— Salut. Vous êtes des copains ?

Je réponds pas, Vlad secoue la tête en souriant. Cédric reste lointain, absent. Elle gonfle sa poitrine. Je reste bloqué sur ses seins, lourds.

Elle lui passe une main dans les cheveux, dans le cou, mais pas comme ma mère me fait.

Plutôt comme elle fait à mon père quand je détourne les yeux, et, comme la Perrine fait au grand frère de Julie, juste avant qu'ils partent main dans la main vers la grotte d'Arfon, elle lui caresse le cou d'un doigt. Elle dégage un air étrange, en fait, on dirait qu'elle est défoncée.

Les frangins de Julie ont la même tronche quand ils fument avec leurs potes dans le parc, derrière le collège.

— Ton père est en ville… On rentre, mon petit homme ?

Cédric dégage sa lèvre de sa dent fêlée, ses yeux fondent sur moi. Il est malsain. La fille pue un truc louche.

Elle lui prend les sacs, nous offre un charmant sourire, mais je reste figé, Vlad n'a pas l'air non plus trop dans son assiette.

Ils montent dans l'épave. Cédric fait un pistolet avec sa main, vise Vlad quand elle démarre, et sourit encore.

Je ne suis pas sûr, mais je crois voir le sale mec se pencher vers l'impudique et l'embrasser.

On reste là, à bouffer la fumée noire, sans trop comprendre ce qui vient de se dérouler sous nos yeux. Vlad jette son mégot. Toujours ce regard.

Présent...

J.R. arborait son visage des mauvais jours.

Il avait laissé leur amitié peser dans la balance et permis aux frères de dormir quelques heures avant de prendre leurs dépositions. Sommeil raté, une triste habitude depuis le retour de Romain.

Ce dernier avait avalé deux cachets, s'était couvert de Synthol, et Julie lui avait massé un flanc douloureux avant de s'embarquer pour son service, inquiète par la tournure des événements.

Maintenant, posé sur une chaise, son corps continuait de le tirailler.

La gendarmerie de Châtillon était silencieuse. Aux murs : des photos avec les sourires de l'équipe de foot communale dont leur ami faisait partie. Il y avait aussi un sublime cliché aérien du bourg, des coupures de presse tirées du *Journal du Centre*, des dessins de mômes, un poster d'une gendarmette censé rameuter du monde pour la maison mère. De quoi s'occuper pendant que les doigts de J.R. frappaient nerveusement le clavier.

— Vingt dieux, j'vous y avais dit pourtant de pas vous en mêler.

Chris bâilla sans prendre la peine de mettre sa main devant sa bouche.

J.R. secoua la tête, un de ses collègues leur apporta deux tasses de café, avec le sourire.

— Vous êtes pas possibles.

— Tu peux me rappeler ce qu'on a fait à part mettre en déroute des cambrioleurs ?

J.R. touilla son café lentement avant de lui répondre.

— Les trois gars que vous avez cueillis sont bien connus de nos services dans le coin, ils habitent Nevers pour deux d'entre eux et Forges pour le troisième. De la petite délinquance récidiviste. Le problème c'est qu'on va pas pouvoir les retenir longtemps. Ils ont déclaré être entrés dans une maison abandonnée, sans la moindre arrière-pensée…

— Avec des cagoules et des lampes ?

— Note que s'ils pensaient qu'elle était abandonnée, c'est normal qu'ils aient eu des lampes avec eux, on faisait pareil, ironisa Chris devant J.R. dont les tempes se teintaient de rouge.

— Vous allez arrêter. On sait très bien ce qui s'est passé, mais je ne vois pas comment je vais les retenir. Ces trois abrutis sont suspectés de faire partie du réseau de Vlad. Ils dealaient déjà pour la famille qui dirigeait le business avant Vlad et Cédric. Ils ont changé de patrons mais pas d'activités. Ce sont des petites mains qui se rebellent apparemment. Je vous l'avais pas dit ? Dès que la tête pensante est mise à l'écart, les hyènes se disputent la charogne. Je ne veux pas voir tout ce bordel chez nous, alors n'en rajoutez pas. S'il vous plaît !

— Celui avec qui Chris a pas mal dansé nous a parlé d'une entrevue avec des types, les grossistes sûrement. Vlad a un rendez-vous dans peu de temps, les trois Rois mages nous l'ont dit : ils cherchaient de l'argent et pensaient le trouver dans l'auberge.

— On a tout passé au crible mais rien trouvé, ni dope, ni argent, rien…

— Vlad le planque probablement ailleurs. Ou alors celui qui l'a lynché lui a volé le fric au passage.

Chris opina du chef, bras croisés, et ajouta :

— Ou c'est Cédric qui a la thune. Reste plus qu'à perquisitionner chez lui. Bon petit fils de pute, il a l'argent, le trône. Le malheur de son pote fait son bonheur…

Romain haussa les épaules.

— Moi je suis persuadé qu'il n'a pas l'argent et que tout tombe au pire moment pour lui. Ça représente quoi comme somme à ton avis, J.R. ?

— Oh, vu ce qu'on a déjà saisi dans le coin une ou deux fois, ce qui a permis au passage à Vlad de prendre le monopole, je dirais entre 30 000 et 50 000 euros, une livraison d'un kilo, avant qu'il ne la coupe derrière. C'est du très lourd pour chez nous. Vous comprenez pourquoi ça va s'agiter. Pourquoi on veut pas de ça. J'ai pas d'effectifs, moi ! Alors vous me laissez bosser !

Romain pensa aux trois types, déjà rebaptisés « Rois mages » dans toutes les têtes.

Leur comportement allait arriver aux oreilles de Cédric et cette tentative de sédition aurait de lourdes conséquences. Piller la demeure du boss après qu'on l'a passé à tabac. Cédric n'allait pas aimer.

Romain, la tête dans les mains, abasourdi.

— Comment Vlad a pu sombrer dans ce merdier…

— Souvenez-vous de ce que je vous ai dit sur la manière dont ils ont pris le contrôle ici. Vous croyez toujours que votre ami d'enfance est un honnête citoyen ? Qu'il est pas dangereux lui aussi ? Je vais vous dire : avant, tout était contrôlé depuis Nevers, Decize et une ou deux familles de tarés, je vous fais pas un dessin ; eh bien le Cédric, on raconte qu'il aurait débarqué avec Vlad et son molosse, là, l'ancien militaire reconverti en garagiste. Nous on n'a pas les plombiers polonais ici, on a les garagistes serbes. Eh bah, tous les trois, ils auraient simplement décapité la famille la plus influente, et pris sa place.

Romain écoutait, la bouche sèche.

— À l'heure actuelle, on est toujours sans nouvelles de trois membres de ladite famille, nada, envolée, et comme par hasard, quelque temps après, Vlad et Cédric rachetaient Le Pré vert, puis le garage l'année d'après. Au début on a eu des pics de violence, même dans des coins reculés. Ça a rameuté les infos une fois ou deux, le préfet est venu, et puis ça s'est calmé, Vlad avait assis son emprise et bâti ses équipes. Depuis, on en chie, la zone reste vaste de Nevers à ici, on sait plus ou moins qui consomme, comme toujours, mais les preuves manquent pour faire tomber les têtes.

Chris s'étira, ses jambes disparurent sous le bureau ; à côté, un gendarme bedonnant et un jeune musclé sec semblaient pendus aux lèvres de J.R.

Le plus âgé ajouta :

— Tout ça, c'est juste des soupçons, des racontars, des trucs glanés de quelqu'un qui connaît quelqu'un, rien de tangible, vous pensez bien, un trafic de drogue dans le coin, pour beaucoup c'est pas possible, et pour d'autres… bah, y faut avouer que c'est plus simple si ça nous vient de la ville.

— Si ça vient des bougnoules, c'est ça ? Classique et facile, les mecs…, le provoqua Romain.

— C'est bon ! le sanctionna J.R. T'as toujours eu le chic pour tout simplifier. C'est tellement plus drôle, hein ?

C'était violent, irréel, Romain se murait dans le cynisme.

— Tu peux pas leur enlever ça, au moins, ils luttent contre le chômage.

— Ça aurait pu me faire rire, à un autre endroit, avec d'autres personnes, dit Chris qui n'appréciait pas le trait d'humour. Ici, ça me fait gerber d'avoir à admettre que mon meilleur ami, celui avec qui j'ai passé les meilleurs moments de ma vie, nourrit des familles, honnêtes ou pas, avec ce putain d'argent.

Il contracta ses poings, sa mâchoire oscilla de droite à gauche.

Romain repensa à l'état dans lequel il avait mis les Rois mages.

— On en chie vraiment avec la drogue… On a perdu des potes, c'est un putain de génocide ce qui se passe sur nos routes. Ça circule aussi bien en ville qu'en village, héroïne, kéta, ecstasys, méthadone, cannabis et herbe qu'ils vont chercher en Hollande et celle qu'ils font pousser sur place. Voyez le menu…

— De la locale, c'était ton truc ça quand on avait seize, dix-sept ans.

J.R. balança son regard sur ses deux collègues, occupés à faire semblant de travailler.

— Ça va, Romain, c'est bon… je veux pas qu'il vous arrive quelque chose, les gars. Cédric est instable avec sa gueule à caler les roues d'un corbillard, ne lui tournez pas autour et restez vigilants. Maintenant, on sait qu'il va y avoir bientôt une rencontre. Ça c'est *notre* boulot. J'ai pas envie que tu fasses encore des tiennes, Chris, je ne serai pas là pour te protéger. Ne fais pas comme la dernière fois…

J.R. se fit un plaisir d'éclairer l'étonnement de Romain.

— Ah! J'imagine qu'il ne t'a pas tout raconté!

— De quoi il parle?

Chris regardait ses ongles noirs, ses phalanges abîmées par le travail et, loin d'esquiver la conversation, ses yeux perçants heurtèrent ceux de son frère.

— Je vais te le dire, moi : y a deux ans à peu près, une petite bande semait la pagaille dans le coin, plus ingérables que dangereux au début, et puis quand le Perrin en a eu marre de les voir saccager ses terres, il a voulu sévir. Résultat : une de ses granges a brûlé. Et ton frère, il a réglé le problème, et ça aurait pu mal tourner.

— C'est-à-dire? Chris?

— Fais pas chier, je leur ai botté le cul. J'en ai envoyé un à l'hosto, ça a calmé tout le monde. J.R. m'a couvert.

Le gendarme s'était avancé au-dessus de son ordinateur. Feignant de leur mettre de la paperasse sous le nez, il parla à voix basse :

— Je suis gendarme, pas membre d'une milice. Je vous le répète, c'est illégal de se faire justice soi-même. Compris?

Chris termina sa tasse, se leva.

— Merci pour le café. Viens dîner quand tu veux, bises à Sabine.

*

Avant de rentrer, ils firent un détour par le Maxi, Chris avait une liste de courses à rapporter à quelques personnes. Il rendait des services aux plus anciens, ou à ceux qui ne pouvaient pas se déplacer.

Romain le regardait d'un drôle d'air pendant qu'il soupesait des courgettes.

— C'est bon, lâcha-t-il en lui filant la liste des morceaux de viande à demander au boucher.

— Explique.

— J'crois que j'ai gagné mon droit au calme non? Je sais bien que pour les jeunes, c'est pas forcément facile en ce moment, ça l'a jamais été pour nous non plus, on n'a jamais brûlé de granges pour autant. J'ai pas à pâtir de ça, je leur montre. Point barre.

Avec sa barbe, sa carrure, Romain n'avait pas remarqué à quel point il avait vieilli, le petit frère.

Ils passèrent ensuite chez le boulanger avant de faire un tour sur la place du marché.

Trois camionnettes foulaient les pavés. Un poissonnier, un fromager et un maraîcher. Ce n'était pas l'affluence des grands jours, mais Romain fut surpris de voir autant de clients faire la queue en discutant. Humeur enjouée. Des gamins se couraient après autour de la cabine téléphonique. À l'écart, une fleuriste vendait également du linge, et à ses côtés une femme proposait des produits du terroir et des colliers artisanaux. Romain reconnut la beauté incandescente de Mélodie. La belle-mère de Cédric. Elle avait échappé au temps. Ses longs cheveux blonds tombaient toujours sur une robe à fleurs, pour la saison emmitouflée dans un gilet en laine.

Romain fila un coup de coude à son frère.

— Ouais. Elle est toujours dans le coin. Avec lui. Elle fait des terrines, du boudin et les vend ici les jours de marché.

Romain arriva devant le stand. Elle leva sur lui son regard troublant.

Il décela un voile. Elle semblait ailleurs. Pas défoncée ni fatiguée. Simplement ailleurs.

Elle lui sourit.

— Romain…

— Salut, Mélodie. Toujours aussi ravissante.

— Comment vas-tu ? Tu es revenu alors… Cédric m'a dit.

Romain fut surpris d'imaginer le dealer parler de son retour avec sa belle-mère alors qu'ils étaient tous plongés dans ce drame.

— Ça va. Je te remercie.

Romain la trouva changée par rapport à la vie qui semblait brûler en elle et la caractérisait à l'époque. Ce n'était pas le poids des années. Il ressentit un profond malaise derrière son regard.

Elle se réchauffa lentement à l'aide de ses mains, et parla d'une voix blanche :

— C'est horrible pour Vlad. On n'a pas le droit de faire ça à quelqu'un. Par chez nous en plus. C'est horrible. Je pense à Laure sans arrêt. Je fais de la méditation tous les jours pour lui envoyer tout l'amour dont il a besoin afin d'affronter cette épreuve.

Mélodie pouvait s'effondrer en larmes à chaque seconde. Romain, gêné, lui sourit.

— Il va s'en sortir. C'est un dur notre Vlad.

— Il compte tellement pour nous tous…

— Tu sais dans quoi ils trempent avec Cédric. C'est un monde violent. Ce n'est pas né d'hier…

— Je ne les juge pas. Je regarde le malheur. Cédric est dévasté.

— Raisonne-le, Mélodie. Avec cette vie, pas étonnant d'en arriver là.

— C'est si… compliqué…

— Parle-moi si tu sais des choses…

Elle garda le silence. Ses yeux brûlaient de peine.

Chris arriva les bras chargés de sacs : truites, miel, brioches, et *Le journal du Centre*.

Il salua Mélodie. Comme son frère, il fut touché par la détresse de cette femme splendide.

— Courage.

Romain lui acheta deux conserves avant de quitter la place.

La pluie les cueillit et ils remontèrent dans le pick-up avec les courses.

— Elle a pas changé, et pourtant, on dirait qu'elle est... vide.

— T'as raison, je viens de le remarquer aussi. C'est très récent. Tu l'aurais vue toutes ces années, notre Bardot. Même avec leur relation tordue, sa beauté noyait les rumeurs. Y a pas un homme du coin qui ne soit pas tombé sous son charme. C'est les événements qui ont dû la perturber. Et je comprends.

Chris fit ensuite sa petite tournée pour distribuer les emplettes et illumina les visages : un vieux tout tassé, ancien éleveur, avec qui il parla bestiaux et temps qui passe, le tout autour de plusieurs verres de rouge.

Il promit à un autre vieillard, ami de leur grand-père, qu'il viendrait lui faire son bois le week-end. Ils discutèrent ensuite avec un couple de retraités de la poste, très amis avec leurs parents, un verre de Suze à la main.

Puis ce fut un whisky pour Chris, une bière pour Romain, chez une tante de Julie, plus bavarde qu'un coq face au soleil naissant.

Finalement, ils se retrouvèrent devant leurs bavettes peu après treize heures.

— C'est bien, ce que tu fais pour eux.

Le bout de son laguiole pointé sur son frère, un morceau de viande planté dessus, Chris attendit d'avoir la bouche vide avant de répondre à sa façon.

— Qui le ferait sinon ? J'ai encore du bois à rentrer, l'hiver va être rude d'après les anciens. Tu m'aideras.

— T'as repris le flambeau du père. Tu te souviens quand il faisait le bois pour les autres, avec sa hanche abîmée ? Il s'est bien fatigué à jamais savoir dire non. Oublie pas de prendre du temps pour toi.

T'as pas l'air au top de ta forme, et je parle pas de ce qui arrive à Vlad.

Chris se passa une main dans la barbe.

Le téléphone sonna, il s'absenta un moment. Romain en profita pour appeler Julie, par chance elle décrocha, elle terminait sa pause et les nouvelles qu'on lui avait transmises de Nevers étaient les mêmes. Stable.

Chris revint avec le fromage et les fruits.

— C'était le maire, il me propose de tenir un stand pour vendre mes poteries à la foire aux chrysanthèmes de la Toussaint. Je suis content.

— Si on m'avait dit un jour…

— Et toi, si on m'avait dit un jour…

Le regard se fit plus profond. Lourd, mais pas accusateur. Simplement le besoin de signifier un état d'âme passager.

Les aboiements des chiens dans la cour, Chris leva un sourcil, on frappa à la porte.

C'était Cédric. Accompagné de son mangeur de pistaches et d'un gus habillé d'un treillis. Romain reconnut tout de suite le Pec, les mains pleines de cambouis, l'air toujours aussi stupide, un anneau dans l'oreille, la peau vérolée, une nuque longue mal entretenue, des yeux de gobeur de pilules. Le même.

Chris tordit sa bouche, il abandonna son visage serein à une vilaine colère.

Cédric regarda les deux épagneuls curieux entre ses jambes.

— Va fermer le portail, je veux pas que les chiens se sauvent, déclara Chris comme un ordre.

Cédric jeta un coup de menton vers le Pec, qui s'exécuta, suivi des chiens.

Dans le Range Rover garé grossièrement, Romain aperçut Mélodie.

Comme sur la place du marché, elle lui sembla ailleurs, avec ce voile sur son visage angélique. Absente.

— Qu'est-ce que tu veux?

La voix de Chris avait jailli de sa gorge.

L'avaleur de pistaches le fixait, il était réellement impressionnant. Un corps agglutiné de muscles et de graisse, les cheveux ras, et le visage compact et puissant.

— Faut qu'on cause.

— T'as du nouveau?

— J'ai appris pour votre danse avec les trois salopards, ces trois putes qui m'ont trahi. J'les cherche et j'espère bien les trouver avant les bleus, rapport aux questions qu'on a à leur poser avec Koza…

Il ouvrit les mains, ses sourcils d'une seule et même ligne.

— Le truc… c'est notre argent qu'a disparu. Ça arrange pas les choses. On est en guerre maintenant, reste plus qu'à savoir qui on doit aller enterrer au fond du Morvan.

La provocation taquina l'échine des frères.

— Est-ce que ces branques vous ont dit quoi que ce soit sur le fric, ou à propos de Vlad? J'crois savoir que Chris les a un peu secoués. C'est une très grosse somme. On a un truc énorme qui arrive et si je récupère pas la thune…

— Tu vois où ça mène toutes vos merdes, hein?

Le front en avant, Chris les pointa du doigt.

— Putain, je t'ai prévenu, Cédric, si ça fout le bordel ici…

Koza leva une lèvre moqueuse. Le Pec restait en retrait, les mains dans les poches, attaqué par la pluie fine et entouré des chiens, il attendait les ordres.

Romain embraya:

— Ils cherchaient du fric, ils nous ont menacés pour ça, les gendarmes n'ont rien trouvé. On est passés au mauvais moment. C'est parti en sucette.

— Vous et moi, on veut l'coupable. J'ai un rendez-vous important, les mecs. Vlad faisait la comptabilité ce soir-là, je l'ai eu au téléphone. Il était à l'auberge. C'est comme ça qu'il fait toujours, il rameute du billet, fait les comptes, ensuite il part les planquer toujours au même endroit jusqu'à la rencontre, puis on se retrouve. Et là, rien… Notre argent a disparu… et Laure a débarqué en pleurs chez ma belle-mère.

— C'est votre problème, pas le nôtre. Tu veux que je te l'répète à l'oreille ?

— Du calme, le potier, du calme. On doit se serrer les coudes, pour Vlad… Ton frère et moi, on sait qu'on se comprend, même avec les années.

Romain serra les poings. Chris jeta un bref regard à son frère. Deuxième fois que Cédric s'amusait d'une insinuation. Les voix du passé avaient été rouvertes. Romain préféra rebondir sur les mots de Cédric :

— Ceux qu'ont tabassé Vlad ont abandonné sa caisse après l'avoir largué dans le pré. Donc, soit il s'est fait dépouiller alors qu'il était en route pour planquer la maille, soit y a une vraie grosse embrouille en dessous et dont tu serais apparemment pas au courant. Un truc qui lui a fait quitter l'auberge précipitamment.

— Vous ressemblez à des amateurs qu'on vient de plumer… Tu sais vraiment t'entourer, toi…, fit Chris avec un sourire.

Il ne manquait pas grand-chose pour que la situation explose, Kozanowski commençait à être pris de légers mouvements d'épaules. Le duel avec Chris avait débuté. Cédric s'alluma une gauloise.

— Maintenant, pour être vraiment honnête, faut qu'vous sachiez un truc. Vlad avait décidé d'arrêter avec les Parigots. Il avait ça dans l'idée l'jour même où on a repris le flambeau. Il aime pas bien l'idée d'la ville qui vient nous nourrir. Y voulait changer les choses. Vous l'connaissez, il défend le local… Son idée c'était d'reprendre le réseau, et d'la jouer progressivement, plus artisanal. Ouais, il a commencé fort, il a fait ce qu'y avait à faire. J'pense au garage, au bar, et il voulait calmer le jeu par la suite. Mais tout ça c'est long. On sort pas comme ça d'un biz.

Chris fronça les sourcils.

— Mais pourquoi tu nous dis tout ça ?

— Vlad aimerait que vous l'sachiez. Y m'en causait. Et ce rendez-vous, ça devait être le premier pas… Vlad allait aborder l'sujet et avait prévu un geste «généreux», donc les gars qu'ont endormi l'argent… peuvent vraiment s'faire plaisir, et nous ont foutus dans une merde bien noire.

Aucune oscillation de voix. Un timbre atone, malgré les révélations.

Romain porta son attention sur le Rover, Mélodie les regardait sans la moindre expression sur le visage. Malgré sa sensualité évidente, Romain la trouva fanée. Il détourna le regard et ses yeux croisèrent ceux de Cédric. Il ressentit une gêne malsaine. Tout ce qu'ils avaient partagé, malgré son aversion pour ce petit Blanc pouilleux.

— On sait rien de plus.

— On va vite se revoir, les gars. Vous oubliez pas, le premier qui sait quelque chose pense à son vieux copain. Le temps presse. Toi, par contre, évite de croiser Koza si tu continues à la jouer justicier, je serai pas tout le temps là.

Les trois regagnèrent le Rover.

Romain se frotta le visage vigoureusement.

— On en parle à J.R. ?

— Non.

— Ça va partir en couille…

Chris lui intima de le suivre au grenier. Il dégagea des piles de vieilles couvertures d'une cantine. La sienne, fermée par un cadenas.

— J'irai jusqu'au bout, Rom, j'ai promis aux parents que je te protégerais, toi, les autres. Je vais pas en rester là. Je veux savoir qui a fait ça, et pourquoi.

— Ces mecs qui vont venir, ils sont vraiment dangereux, je veux pas de ça ici. Je sais pas comment ça va tourner avec les trois enfoirés de cette nuit et ce qui risque de se passer si y a pas cette putain de thune lors de leur deal, mais je veux être paré au cas où. Nous, on se retrouve au milieu de tout ça à cause de notre meilleur ami.

Chris ouvrit la malle. Une chaleur bouillonnante remonta dans le dos de Romain et glaça sa nuque un long moment.

Des armes. Dans leurs étuis : son fusil de chasse, celui de leur père, deux couteaux, et puis deux pistolets automatiques, un argenté et un noir.

— T'es sérieux ?

— Romain, je vais pas la jouer vendetta, on s'en remettra à J.R. s'il le faut. On est pris là-dedans sans même le vouloir. Et comme on est décidés à venger Vlad, on va compliquer la situation.

Ils laissèrent filer un long moment de silence.

— OK… On va prier pour qu'on n'ait pas à s'en servir. J'aime pas bien l'idée de finir en prison à cause des erreurs de mon meilleur pote.

*

Quand Julie arriva un peu avant le 20 heures, Chris feuilletait *Le journal du Centre*.

— Ça a été, la journée ? Pas de drame depuis votre virée nocturne ? Pas de mec armé dans ma chambre ? Je peux prendre ma douche sans risquer de me faire poignarder par un cinglé ?

Elle s'installa sur les genoux de Chris, se nicha dans son cou. Elle avait ce terrible besoin de sentir sa large cage thoracique s'élever lentement, d'y poser sa main.

— T'as l'air de plus en plus crevée, tu veux pas repenser à t'arrêter ? demanda Chris en lui passant une main dans les cheveux.

— Je ne suis pas malade, je suis enceinte. En plus, tu crois qu'ils vont engager une intérimaire à ma place à l'hôpital ? J'ai envie d'une douche, d'un bon repas, et de profiter du calme au milieu de cette tempête.

Chris s'inquiétait toujours pour Julie, c'était une rengaine héritée de leur jeunesse.

Avec les événements, elle avait besoin de sérénité. Pas d'un compagnon habité par l'idée de vengeance dont les mains tremblaient. Assez pour qu'il ressente le besoin d'avaler un cachet. Là, vite. Elle remarqua, l'embrassa tendrement.

— Y a peut-être un fou sanguinaire là-haut, non?

Deuxième appel. Plus suggestif.

— T'as raison. Je vais aller prendre cette douche avec toi, comme ça je serai sûr.

— Woho… en voilà une bonne nouvelle…, fit Romain en levant les mains.

Julie sourit sans retenue.

Pas question de lui faire part de la visite de Cédric, ni de cette histoire d'argent.

Avant qu'elle ne s'éclipse pour laisser l'eau brûlante chasser les soucis de sa journée, Romain en profita pour annoncer ses projets :

— Je vous invite au restau ce soir, ça vous dit?

Chris leva un sourcil.

— On va au Pré vert? Déjà j'ai envie de voir à quoi ça ressemble, et puis j'ai deux, trois questions à poser à Laure. J'ai du mal à l'imaginer avec Vlad.

— Moi aussi j'ai eu du mal, fit Julie d'une voix cynique.

— Ça fait six ans? Elle devait être à peine majeure si je me trompe pas… en tout cas elle a bien changé la sauvageonne.

— C'est bon, Rom. N'insiste pas.

Julie lui infligea sa fausse moue dont elle se servait pour les manipuler.

Romain savait qu'elle était heureuse dans les bras de son frère, mais ces souvenirs devaient ranimer quelques moments difficiles.

— Ça te soûle qu'on y aille?

— Mais nan, je charrie, écoute, ça fait six ans, et je ne la connais pas très bien, comme tout le monde à vrai dire. Je ne vais pas faire une crise de jalousie ce soir.

Chris laissa échapper un «Merci» laconique.

Pendant le trajet et sous une pluie battante, Romain en apprit davantage sur cette « Madame Vlad ».

D'après les racontars, elle avait vécu son conte de fées, Vlad l'avait arrachée à son paternel alcoolique et bon à rien, le vieux avait disparu du coin, et leur union, née dans les cendres de sa relation avec Julie, leur avait offert à tous les deux une nouvelle vie.

Ils vivaient ensemble, dans une maison des hauts de Châtillon, à l'écart des regards, et grâce à ce boulot providentiel, après une scolarité inexistante et un an de caisse à Conforama, elle offrait son sourire aux rares clients.

La vie rêvée, soudain foutue en l'air avec le coma de son sauveur.

Une fois arrivé à Châtillon, Chris dut aller faire renouveler son ordonnance et demanda à Romain d'aller lui acheter des clopes.

La pluie avait renvoyé tout le monde chez soi.

Romain entra dans le bureau de tabac, quelques autochtones bavassaient pendant que le gérant préparait sa fermeture. Son attention fut happée par le mélange des gros titres de la presse à scandale et des quotidiens nationaux, il feuilleta un magazine de foot sans grande conviction.

Il acheta deux paquets de cigarettes pour son frère, *Cosmo* pour Julie. Sans savoir pourquoi.

Au moment de sortir, une silhouette sur sa gauche attira son attention, une masse postée devant les articles de pêche.

Il reconnut ce type… le Dalton. L'autre le regarda, inexpressif. Il ne le reconnaissait pas. Romain se figea.

Ils restèrent silencieux. Le croquemitaine de son enfance avait gardé la même lueur dans les yeux, absent et perdu. Il faisait quinze ans de plus que son âge, et ses épaules courbées ne l'empêchaient pas de ressembler à un colosse patibulaire.

Un anorak taché, un vieux pantalon de toile. Ses lèvres tremblotantes à cause du manque de dents.

Il regarda Romain longuement, aucun des deux hommes n'ouvrit la bouche. Pour dire quoi? Romain, assailli de souvenirs, sentit un froid dans ses reins. L'énergumène concentra son regard. Romain fut persuadé que, l'espace d'un instant, il l'avait reconnu. Mais il baissa les yeux, puis reprit sa contemplation des gaules et des appâts.

Romain retrouva le couple sous un parapluie.

— Putain, je viens de croiser le Dalton !

— Sérieux ? On le voit plus ce con. Il reste cloîtré chez lui à longueur d'année.

— Il est toujours aussi flippant.

Son regard se perdit en direction du bureau de tabac.

— On y va ? fit Julie prestement, comme agacée.

Romain lui offrit son sourire de meilleur pote, pour la rassurer. Chris ne remarqua pas leur échange, ni le ton de sa copine.

Le bar était davantage occupé que la salle de restaurant, Chris connaissait du monde, serra quelques mains ; sous une télé bloquée sur BFM, les piliers variaient du jeune au vieillard en tergal, déjà rincé.

Laure les reconnut, son teint passa du rose au pourpre.

Elle les invita à une table, évitant le regard de Julie, et leur fit une présentation mécanique mais attentive de sa carte.

Une famille avec deux marmots agités mangeaient à un bout de la pièce. Des Hollandais.

À l'opposé, un jeune couple finissait son dessert.

La déco était sobre : de vieux outils, des photos d'époque, poutres apparentes.

Un vieil homme se traîna jusqu'à leur table pour leur apporter leurs apéritifs.

L'oncle de Laure, leur apprit Chris. Deux fois l'âge de la retraite, mais il aidait encore au restaurant.

— Oh, c'est les amis du Vlad, c'est v'nu mangeaille chez la Laure ?

— Oui. On est aussi là pour lui assurer notre soutien.

— Ah… c'est un vrai malheur que ça. Un bon gars comme le Vlad. Vingt dieux. D'mon temps, c'était différent. La pauv' ch'tiote, elle y mérite pas ça. Avec l'travail sur les épaules, et tout ce qu'y font pour notre p'tite ville, c'est moche. Ah, moi, si j'tenais celui qu'avions fait ça !

Il posa les verres devant les trois amis en se trompant, continua à baragouiner, les yeux embués, et finit par dire :

— Bon, eh, c'pas tout, j'a la patronne qu'allions m'engueuler si j'commencions pas à y balayer là-bas !

Laure leur présenta un minois désolé pour l'intermède. Elle apporta les assiettes copieuses.

Bientôt il ne resta plus qu'eux, hors du temps.

Laure était discrète, elle s'occupait du bar et venait parfois les voir.

Arrivés au café, ils étalaient les souvenirs.

Vlad dans leurs mots et leurs yeux. Romain appela Laure, il était tard, elle affichait un visage fatigué.

— Tu as été le voir ?

— Oui.

— Comment il… est ?

— Son visage, mon Dieu, je n'arrive pas à le regarder, à me dire que c'est réel. J'ai tellement peur qu'il ait des séquelles, si vous voyiez dans quel état ils l'ont mis. Il me manque tellement.

— Toi, ça va ? Tu tiens le coup ?

— Y faut bien. Je prie.

Sa réponse les toucha.

— Et puis, il y a le restaurant et le bar à tenir. Je n'ai pas le droit de baisser les bras.

Et après une pause

— Je vous apporte l'addition. Vous voulez un verre de goutte ?

Les frères acceptèrent.

— C'était délicieux. Vraiment, fit Julie.

— Merci.

— Tu transmettras au chef.

— Oui, d'accord. C'est mon cousin. Il a fini son CAP l'année passée et il trouvait pas de travail dans le coin, et comme il veut pas quitter la région… c'était pas gagné. Alors Vlad l'a embauché. Il habite à Decize, il travaille ici le soir, mais c'est pas toujours plein, alors il fait la plonge dans une pizzeria là-bas, la journée.

Finalement, elle se décida à l'appeler.

Un jeune dans la vingtaine débarqua dans la salle. Il s'essuyait les mains sur un tablier, le visage marqué par le poids du labeur, les cheveux ras, un diamant dans l'oreille, un sourire face aux compliments.

— T'es doué, se contenta de dire Chris.

— Merci. Vous êtes les amis d'enfance à Vlad, le « gang » ?

Ils opinèrent.

— C'est horrible, ce qui lui est arrivé. Faut qu'ils arrêtent le ou les malades qu'ont fait ça.

Ils parlèrent, de Vlad, puis de sa cuisine, il rougit devant les éloges, les pria de l'excuser et leur serra la main. Il avait encore du travail avant de fermer.

Dans la partie bar, l'oncle sifflotait en balayant.

Romain tira une chaise et proposa à Laure de les rejoindre.

Elle accepta. Elle paraissait fragile, à fleur de peau.

— Sérieusement, tu arrives à gérer ? demanda pudiquement Julie.

— Je ne réalise pas, je ne comprends pas, c'est un mauvais rêve. On était heureux, il…

C'est à ce moment qu'ils remarquèrent la bague de fiançailles.

Chris et Julie la découvraient en même temps que Romain, ils partagèrent la même joie teintée de surprise.

— On va se parler franchement. Tu es au courant de « toutes » ses activités, n'est-ce pas ? Tu sais dans quoi il trempe ?

Elle baissa le regard, Romain lui prit la main, non par pitié, mais pour lui signifier sa peine.

— Je ne le juge pas. J'aime Vlad, il m'a offert une vie. Il a fait ses choix, il s'occupe de nous là où d'autres s'en moquent complètement. Je ne lui en voudrai jamais.

Chris sortit de son silence.

— Tu as conscience que c'est en partie à cause de ces merdes qu'il est dans le coma ce soir, tu comprends bien dans quel genre de monde il gravite, ton Vlad?

Julie implora Chris du regard d'y aller plus doucement.

— Je veux juste qu'il revienne, qu'on soit ensemble. J'ai peur sans lui.

— Et Cédric dans tout ça?

Romain accompagna sa question d'un verre d'eau. Elle accepta.

— Ils sont amis. Cédric n'en restera pas là. J'ai très peur de ce qui peut arriver.

— Nous aussi, fit Chris, ce dingue est capable de mettre tout le coin en danger avec leurs conneries.

— Oui, il est imprévisible. Ils sont amis depuis si longtemps. Sans Vlad pour le canaliser, Dieu sait comment ça peut finir.

— Tu leur connais des ennemis? Des gens qui en voulaient à Vlad en dehors du trafic? fit Julie.

— J'ai toujours été à l'écart de ses affaires, je ne pose jamais de questions, et Vlad laisse tout sur le pas de la porte. Je suis ici pour le restaurant, je vais parfois aider Éric au café, mais c'est tout. Je suis désolée.

Romain comprit que pour elle, Vlad ne serait jamais un malfrat du cru, mais son homme, l'espoir de vivre une vie normale.

— Des bandes rivales?

Elle resta muette, secoua la tête, ses yeux marqués par le poids de la tristesse.

— Je sais comment Cédric et Vlad sont considérés par une grande partie du pays. C'est tellement compliqué.

— Et Mélodie? demanda Romain en repensant à elle.

Cédric et sa belle-mère. Cette image incestueuse avait toujours empli Romain de malaise.

— Tout le monde disait qu'ils étaient ensemble, elle et Cédric, et bien avant la mort du père, moi je ne sais pas, mais ça jasait… Après le décès du père, elle s'est un peu éloignée à cause de la réputation de

Cédric. Elle vient sur le marché pour y vendre des produits qu'elle fait.

— On l'a vue.

— Mais ce n'est pas tout. Ce qui la lie avec le coin, c'est qu'elle est rebouteuse à côté du bois de Dli. Elle est carrément bizarre mais beaucoup de gens vont la voir, y paraît que ça marche. Même le maire. Elle mène sa petite vie dans son coin.

Romain n'avait jamais cru aux guérisseurs de tout bord, Chris non plus, leur père par contre ne faisait guérir ses maux que par le vieux Landais.

— Tu sais quelque chose à propos de l'argent qui a disparu ? Du rendez-vous à venir ? demanda Chris.

— Je… c'est pas que je veux pas vous aider, mais je me suis jamais mêlée de ses affaires. Alors oui, je sais qu'il rencontrait des gens de temps en temps, je sais qu'il lui est arrivé plusieurs fois d'aller en Hollande, mais je respectais ses silences.

Complice. Lâche, victime, amoureuse, fidèle. Impossible de mettre un simple mot sur ce visage.

— On va te laisser fermer et te reposer, tu dois être épuisée avec ce qui arrive. Une dernière question, tu le sentais différent ces derniers temps ?

Elle réfléchit, un voile passa sur son visage, elle sembla hésiter, puis reprit son sourire délicat.

— À vrai dire, je crois que Vlad me préserve vraiment, il ne laisse jamais rien transparaître. Je n'ai rien remarqué. Une chose est sûre, il parle très souvent de vous trois, de votre… gang, c'est ça ? Je me souviens de vous quand on était jeunes, je sais ce qu'on racontait sur moi, j'ai toujours eu envie de faire partie d'un groupe d'amis comme le vôtre. Vlad m'a offert la vie dont je rêvais. Et c'est aussi grâce à vous, à tout ce que vous lui avez apporté pendant ces années, c'est grâce à ça malgré ses choix, vous savez, il est resté quelqu'un de bien. Un homme bon.

Quatre jours passèrent sous un ciel plombé.

L'état de Vlad n'avait pas évolué. Toujours ce fil tendu sur lequel il se balançait comme tout saltimbanque insolent.

Chris parti en courses, Romain décida d'aller courir. De la fumée se dégageait des cheminées alentour et rejoignait le gris du ciel.

Il prit l'embranchement de la communale pour remonter vers Champeau et traverser la forêt.

L'humidité s'était installée, des bordées de boue charriaient l'entrée des champs, des arbres aux bois morts demeuraient au milieu des larges terrains et accueillaient des troupeaux dociles regroupés sous les bosquets, quelques champs de blé labourés depuis longtemps dans lesquels subsistaient des cosses dans des sillons profonds. Au loin, les bottes de paille dormaient sous d'imposantes bâches, une ferme accolée. La vue était aussi intense qu'une grande bouffée d'air dans les poumons.

Il s'arrêta, songeur, respirant par saccades, un sourire plaqué aux lèvres face à une de «leurs» granges, maintenant abandonnée, son bois décrépit était terne et manquait par endroits mais la vieille Dame avait rempli son rôle : elle avait abrité les confidences et les rires durant des journées et des nuits chaudes inoubliables.

Le bruit d'un tracteur attira son attention.

Deux paysans regardaient l'engin pétrir la terre, creuser ; il reconnut l'un d'eux.

Un géant dans une combinaison agricole. Leur vieux copain Lulu, fils de l'éleveur local, la famille ancrée dans la région depuis toujours. Comme J.R., ses obligations l'avaient souvent empêché de venir agiter l'été avec eux. Il était allé au lycée agricole et avait repris très jeune l'exploitation familiale avec son frère.

Lulu tourna la tête vers lui.

Le géant penchait un peu et se maintenait grâce à une béquille.

— Vingt dieux! Le Romain! C'est don' vrai alors! Et qu'est-ce que t'attendais don' pour venir nous voir?

— Salut, Lulu.

Sa main enveloppa la sienne, gigantesque.

Son frère, Pierre, plus large que haut, le front dégarni, lui sourit, échangea avec lui une poignée de main chaleureuse.

— Comment va l'frangin?

— Y va. Et vous, les gars?

— Bah comme tu peux voir, on est devenus très riches et je pense bien que le Qatar va venir nous y racheter tout ça.

La bouche de Romain dessina un sourire.

— T'es là pour la semaine?

— Je sais pas, nan, j'aimerais vraiment… rester.

— Ah bah ça… Le Jean y serait heureux de là-haut que ça m'étonnerait pas.

L'énoncé du prénom de son père secoua Romain.

Il détourna la discussion en pointant la béquille du menton.

— Oh, c'est rien ça, un p'tit accident avec la bétaillère. Pierre est là, et pis on y trouve de l'aide.

Le tracteur, piloté par un type beaucoup plus jeune qu'eux, une casquette couleur treillis sur la tête, continuait son travail.

Lulu anticipa la question.

— C'est un apprenti. On en reçoit, on les forme, ça fait un volet de plus ouvert dans le village, il vit dans la maison de la Germaine, on l'a rachetée.

— C'est génial. Putain, t'as pas changé. C'est toujours ton duvet sous le nez, t'as juste dû prendre quoi… soixante-dix kilos?

Il tapota son embonpoint, lui frappa l'épaule, le décollant légèrement du sol.

— Zéro tonne cent cinquante, le médecin est optimiste.

Romain prit des nouvelles de sa famille : sa mère, une sainte, qui passait sa vie entre la cuisine et le potager pour ravitailler les corps rabelaisiens. Son clan étendu était connu dans tout le coin.

133

Lulu s'était marié. Son frère aussi. L'héritier tardait à venir. Il lui expliqua avec ses mots :

— Mon cousin ébéniste travaille sur le berceau mais on a un problème pour le ravitaillement du bois.

Romain avait toujours dit que la gentillesse avait été inventée pour lui et sa famille, mais comme cela ne suffisait pas, on avait aussi inventé pour eux la générosité et l'abondance.

— Alors, comment qu't'y trouves les poteries du frangin ? Moi j'y aime bien, mais y a pas de bol assez gros pour moi.

— Il a l'air bien. Je suis content de sa reconversion. Ça n'a pas dû être facile.

— Ah ça, s'il attend des remerciements d'en haut, y va attendre. C'est à ça qu'ça sert le 14-Juillet chez nous, le reste du temps, ma foi…

Ses mots restèrent sans suite, on garda le silence.

— C'est bin moche ce qu'y arrive au Vlad.

— Odieux. Je t'avoue que le retour est compliqué.

— J'vais t'y dire, ça m'étonne qu'à moitié que ça soit pas arrivé avant.

— C'est d'la racaille tout ça, grincha Pierre en reniflant. On y voit ces équipes-là, ça traîne partout sauf là où y aurait du travail. C'est toujours la même clique de bons à rien. J'vais t'dire, une fois j'en ai vu traîner autour d'une de nos granges, s'en est pas fallu pour que j'sorte le fusil.

— Ils cherchent des endroits pour faire leurs saloperies. C'est que c'est calme de par chez nous, personne y voit rien. Personne ne fait attention. Il a bien changé le Vlad.

La remarque de Lulu lui pinça le cœur. Toujours cette frustration de ne pas avoir pu lui parler. De devoir attendre à son chevet. Hors de sa chambre.

— J'ai du mal à croire que tout ça est vrai.

— Ça date, Romain, t'y sais bien. Déjà quand j'étais au lycée agricole, y traficotait des trucs, avec l'autre buse, là. Lui, y est vraiment pas net.

— Lui l'est dangereux, renchérit Pierre. J'vais t'dire, faudrait l'amener au fond d'une forêt, et pis regarder ailleurs, tiens…

Romain préféra les embarquer sur d'autres sujets. Il les questionna sur leur exploitation, les bêtes.

Il prit ensuite congé, leur promit de venir les voir, d'aller saluer leur mère, goûter leur production.

La tête enfoncée dans les épaules, il reprit ensuite sa course, suivit la route à travers la forêt profonde, l'esprit parfois effleuré par l'image de Vlad. Sa voix lui manquait, ses intonations absolues quand il se lançait dans une discussion, ses clins d'œil furtifs et complices. La certitude qu'au fond de ce regard indomptable se cachait l'ami le plus fidèle que l'on puisse rêver d'avoir.

Un bruit de moteur le sortit de ses pensées, une portière, soudain, des pas sur le bitume, il se retourna. On le frappa en plein visage, deux fois, pas le temps de se défendre, ses jambes furent emportées par une balayette, son épaule heurta le sol, il vit deux, peut-être trois silhouettes, des coups, ventre, abdomen, crâne, on le saisit, sa vision se brouilla, on venait de lui passer un sac en toile sur le visage. Aveugle. Terrorisé, il laissa échapper le premier cri, tentant de se débattre, une poigne le retint. Deux personnes le traînèrent, ignorant ses insultes, ses hurlements. Un nouveau choc dans le flanc lui coupa le souffle, il s'étala lourdement dans un bruit métallique.

Plaqué au sol du camion, il entendit le moteur rugir et les pneus crisser.

— Bordel de merde, vous voulez quoi ?!

Son cri, mué par une peur haineuse. La voix tremblante, l'envie de se défendre. Ses avant-bras encaissèrent des jabs.

On menotta ses poignets avec du gros scotch. Ils étaient encore deux à le tenir.

— Ferme ta putain de gueule ! gronda une voix assurée.

Un poing heurta son arcade, liquide chaud, goût amer dans la bouche. Sa respiration s'accéléra, maladive. Une sueur âcre lui coulait dans les yeux, dans le dos.

— Tu vas bien nous écouter, garçon, OK?

Pas de réponse de sa part. On le cogna. Sa lèvre se fendit, du sang afflua, son arcade douloureuse, une ruade dans les côtes.

— J'ai pas entendu?

Orgueil fracassé, trouille abyssale, il sut qui étaient ces types : les trois de l'autre nuit, les Rois mages, les électrons redevenus libres par le coma de son ami, avides de territoire à reconquérir.

— J'AI PAS ENTENDU, ENCULÉ! OK?

— Ou… Oui.

— Où est l'argent? Où est l'argent, putain, qu'est-ce que vous en avez fait?

— Je… je ne sais pas…

Désespérément sincère. Il reçut trois bourrades dans le ventre, un jet de bile sous son masque, une remontée de ses viscères dans la gorge. Un long râle.

— Tu crois qu'on sait pas? Tu crois qu'on a peur? C'est chez nous ici! On veut l'argent, compris?

— On vous baise, toi, ton frère, Cédric, Vlad, *tous*! C'est un avertissement, vous avez jusqu'à demain dix heures pour amener l'argent au petit parc de Châtillon, si on n'a pas la thune demain…

— On vous plombe, on baise votre copine, on brûle votre maison. On encule votre pote le schmit. Vlad est mort, c'est fini tout ça, maintenant c'est nous…

Romain resta immobile. Concentré sur son envie indestructible d'en réchapper.

Un coup plus fort que les autres l'envoya au sol. Il sombra. Plus rien.

Passé…

C'est arrivé aujourd'hui.

Mon été a glissé dans quelque chose d'étrange.

On était à Fleury, y avait pas mal de monde. De l'agitation aussi, y paraît que deux trois bateaux amarrés dans le canal se seraient fait visiter pendant que les vacanciers étaient allés faire un tour.

Nous, on sait très bien qui a fait le coup. Le Dalton, on le voit rôder autour, il fait son discret, n'emmerde pas trop les gens, il a même arraché les tonnes de ronces des pierres du pont.

Personne irait accuser l'idiot du village sur qui pèsent déjà des tas de rumeurs.

Tordu le Dalton, buveur, bavard, instable, mais pas voleur, il aurait peur du bâton, à ce qui se dit. Nous on le sait pourtant que c'est lui.

Je me sens pas bien depuis quelques jours, deux fois, j'ai été chercher Vlad pour aller se balader, et deux fois sa mère m'a dit qu'il était parti avec un garçon.

« Le petit du bout du bourg. »

Cédric. Mon meilleur pote commence à traîner avec lui, il ne s'en est pas caché : il nous a dit être allé tirer sur des boîtes de conserve avec le fameux flingue.

Il m'a pris à part, m'a dit que Cédric était spécial, certes, mais que c'était pas un si mauvais bougre. Je n'ai pas envie d'entendre ça. Je lui fais un peu la gueule, mais vite il me ramène là où il veut.

Le pire se passe en fait sous mon nez. Je le craignais et c'est en train d'arriver.

On est au bord de l'eau, mon frère joue au foot avec J.R. et Lulu, ils ont réussi à venir, c'est le week-end pour eux aussi de temps en temps.

Moi je regarde Vlad parler avec Julie, je me sens bizarre. Elle rigole à ses blagues, pose sur lui des yeux brillants, à chaque fois qu'il en rajoute, on dirait qu'elle est face à un acteur de cinoche.

Le regard par en dessous, ses cheveux ramenés dans son cou, il ne voit pas ce que je vois on dirait.

Mon frère m'appelle, me raconte un truc rapporté par J.R., une histoire de fille, notre pote cavale pas mal et se prend pour l'autre dans *Dirty Dancing*.

Je tourne la tête, ils ont disparu. Vlad et Julie. Je les cherche, les jambes soudain tendues.

Ils sont sur le pont, ils marchent, un ciel sans nuages au-dessus d'eux. Ils prennent le chemin de la grotte d'Arfon.

Alors je le fais. Je les suis.

Ça me ressemble pas mais j'ai besoin de savoir. Je les suis. De loin. Jusqu'à faire abstraction des rires de mon frère et des deux autres, je remonte l'allée et les vois prendre le chemin près du canal.

Je suis ridicule.

Mais Vlad s'arrête, s'étire, ils parlent, trop près, on dirait que leurs mains se frôlent, du bout des doigts.

Ils sont cachés par un énorme hangar.

Moi je les ai en vue, mes bras pèsent un chargement de plomb.

Julie tire Vlad par la main, il la regarde, passe ses doigts dans ses cheveux, amène son visage vers le sien et lui offre le plus beau baiser, celui que je rêvais de donner à ma meilleure amie.

Ils restent enlacés une éternité, j'ai le bide détruit, des fourmis

dans les jambes, Vlad lui sort le grand jeu. Les visages bougent légèrement, ils partagent l'instant. Quand ils éloignent leurs bouches,
enfin, deux sourires radieux finissent d'anéantir mes rêves.

C'est arrivé. Vlad et Julie sont ensemble. Mon frère a pas l'air
plus étonné que ça, il continue à la regarder comme une déesse, persuadé qu'il n'aurait aucune chance.

Tout change.

Je suis sur mon lit, les jambes ramenées sous moi, j'écoute Bob
Marley, ça me calme.

L'image du baiser tangue, s'agite, tord mon esprit.

Vlad m'en a même pas parlé. Julie non plus.

Ils arrêtent pas de se sourire.

Je veux que l'été se termine. Là. Je veux retourner au collège et
balancer ma langue dans la bouche de la première fille qui voudra de
moi. Pour voir. Et pour espérer avoir moins mal.

Ma mère doit m'appeler cinq fois avant que j'aille manger.

On se voit pas pendant deux jours. Ça n'est jamais arrivé avant.

On m'a dit que Julie aidait sa tante à la boutique de fleurs, Vlad
est parti pêcher avec ses frères, corvée oblige. J'y crois même pas.

Mais le résultat est là, deux jours sans eux. Mon frère ne voit rien,
ma mère lui a acheté une nouvelle ligne et il est allé à la rivière avec
mon père.

Moi, je n'ai même pas envie de lire sous mon arbre.

Je voudrais ne plus penser au visage de Julie, à son sourire complice.

Ils sont ensemble. Je vais devoir apprendre à l'accepter, mais je
refuse.

Je sais pas si ça fait de moi un mauvais pote que de ne pas me
réjouir du bonheur des autres, mais j'ai l'impression de vivre le pire
des scénarios.

Et puis Vlad est venu m'en parler.

Il a sa chemise noire, col relevé, cheveux pleins de gel, la tenue des jours de fête.

Il emmène Julie boire un verre à Châtillon, en meule, au nez et à la barbe des adultes.

Il ne peut cacher son visage rayonnant mais je sais qu'il s'en veut. Je lui avais parlé, bordel. Alors c'est presque pire en fait, c'est de l'humiliation à ce niveau-là.

Mais mon pote use de bons mots, il s'allume une clope, m'entoure de son bras.

— Si vraiment ça t'emmerde, j'arrête tout, Rom.

Je le repousse. Il se fige.

— Tu l'as fait exprès, hein?

— J'te jure que nan.

Il me ment, je le sens, j'ai qu'une envie, c'est de surmonter ma trouille et de lui en coller une, histoire qu'il voie ce que ça fait de se faire trahir.

Je le pousse des deux mains, le provoque, pour voir où il peut aller. Il se stabilise, gonfle le torse et montre le poing.

— Doucement, Rom, j'comprends que tu sois soûlé, je venais en parler, te dire vraiment que je veux pas que ça change quoi que ce soit entre nous. Mais me cherche pas trop…

— Quoi? Tu vas me casser la tête?

Je le défie. J'avance. Il fuit le regard.

— Alors?

— Dis pas des conneries. T'es mon pote.

— Pourquoi Julie?

— Je sais pas. J'ai rien ruminé. Promis, juré, Rom. C'est arrivé comme ça. Que j'meure si j'mens.

— Jure pas, merde. Imagine…

Il me fait son sourire. *Vlad bouffeur de monde.* Me tend sa main. Je la prends.

— Toujours Captain et Général, hein?

— Ouais…

Il me tend sa cigarette, je tire une pauvre taffe, me retiens de tousser à en mourir.

Vlad colle son poing contre mon épaule. Il attend mon sourire pour valider sa trahison, leur trahison.

Je lui offre.

Cet après-midi, j'ai pas envie de bouger.

Mon frère est allé faire un tour de vélo, Vlad doit être avec sa copine, occupé à…

Ça va mieux pourtant, quand on est tous les quatre, ils font gaffe, j'ai bien surpris quelques signes mais ils savent se tenir.

Je suis seul, à relire depuis vingt minutes la même page, quand ma mère déboule sur la terrasse tout affolée, le téléphone dans une main, une louche dans l'autre.

— Rom! Où est ton père? Vite, Chris a eu un accident! À… à vélo…

Les mots s'entrechoquent, ma mère est blafarde.

Tout va très vite, on passe récupérer mon père occupé à tondre chez une vieille.

C'est la panique, quand on arrive sur la route de Champeau, juste avant l'entrée de la forêt, un camion de pompiers est déjà là. Ils ont fait vite pour une fois.

Et puis après avoir arrêté de respirer pendant un long moment, les larmes au bord des yeux, je peux souffler, Chris ne porte que quelques contusions. Impressionnantes, certes, mais rien de vraiment dangereux.

Il a les yeux rouges, un bandage, ils veulent l'emmener aux urgences, lui ne veut pas, ma mère le calme, apaise son sale caractère, mon père est fou furieux, après la trouille blanche, il veut comprendre.

Ce n'est pas une chute, mon frère s'est fait agresser.

— Je roulais pénard, j'ai entendu le bruit d'une meule, j'ai senti un choc, dans mon dos, je suis tombé, on m'a cogné contre la route, on m'a piqué mon vélo…

Mon père veut déjà alerter les gendarmes, les pompiers tentent de maîtriser le flot de mots sortant de sa bouche. Un gamin agressé et volé sur cette route! Il veut un coupable, et vite, une explication. Les gendarmes arrivent, c'est rapidement la cohue, on emmène mon frère pour l'examiner.

Je reste planté là, au milieu des adultes, chacun y va de son avis, ma mère ordonne à mon père de se calmer, d'arrêter de se donner en spectacle.

Mon frère passe la journée à l'hôpital. Le reste du gang a appris la nouvelle, tout se sait.

Rien de grave, une belle frayeur, des bosses, mais bel et bien des marques de coups.

C'est la consternation.

Mon frère s'est fait attaquer, dans *notre* bled.

Pas la peine de chercher bien loin, je connais déjà le coupable.

Vlad n'est pas d'accord avec moi, il dit que c'est trop grave, même pour un garçon comme Cédric.

Son prénom siffle dans mes oreilles, un sale venin.

Julie pense aux gars de Vouavre. Vlad hésite. Moi je sais : Cédric.

J'en parle à mon père et il n'attend pas, il appelle illico ses deux amis gendarmes, avec qui il chasse des fois.

Tout peut aller très vite finalement quand on connaît le coupable.

J'ai voulu y aller, j'ai tellement tanné mon père qu'il a accepté. Lui et ses deux amis. Vlad avait l'air déçu que je sois allé jusqu'au bout pour confondre ce taré. Il avait l'air vraiment persuadé de son innocence. Pas moi.

Qui d'autre serait capable de sauter sur un gamin de douze ans, de le frapper dans le dos et de lui piquer son vélo? Un vieux vélo avec lequel j'avais déjà roulé un nombre incalculable d'étés avant de lui donner. On est allés chez lui, sa baraque tient à peine debout, des fissures larges comme des sillons de tracteur punissent les murs gris.

Plus de volets, un lierre dégueulasse peine à grimper, la cour est jonchée d'immondices, de cadavres de bouteilles. La réplique de celle du Dalton. Le même genre de bons à rien.

Son père nous accueille une bouteille à la main et nie en bloc, nous accuse de racisme, de fascisme, d'être des emmerdeurs. Ça chauffe bien, mon père montre le poing, l'autre aussi, un sourire malsain dans ses yeux pochés, les gendarmes l'ont un peu malmené. Cédric est sur le pas de la porte, l'arrière du crâne contre les seins de sa belle-mère, l'air vide.

Il semble ailleurs, distant, je fuis son visage.

Évidemment, son père a refusé qu'ils fouillent son taudis et sa remise.

Évidemment, mon père lui a jeté ses vérités à la gueule, on voyait vraiment leur colère haineuse.

Mais on n'a rien trouvé.

Le soir même, il fait si chaud qu'on est torses nus, sur le pont au-dessus de la Doué, à l'autre bout du village, les pieds dans le vide, Vlad et moi.

Il boit une Kro, moi un Coca, ses pieds raclent les mauvaises herbes.

Mon frère est rentré, grand blessé de guerre, ma mère lui a permis de voir le film de son choix.

Après avoir hésité entre *L'As des As* et *Rocky*, il a choisi *Le retour du Jedi*. Quel naze.

On parle peu, on évite les sujets qui fâchent, Vlad crache de temps en temps dans l'eau, il fait encore assez jour pour voir les ronds se multiplier.

Cédric débarque du haut de la côte, chemise crasseuse ouverte, mains dans les poches.

J'ai les poings déjà serrés. Vlad me fait signe de me calmer.

— Chu v'nu vous voir. J'sais qui a fait l'coup pour ton frangin.

— Moi aussi. Dégage.

143

Cédric regarde Vlad.

— Y m'aime pas lui, hein. Et pourquoi que j'viendrais vous voir si c'est moi qu'ai beugné ton frère ?

— T'es tordu !

— Vas-y, dis-nous…, fait Vlad.

— J'l'ai vu, l'vélo du frère, le petit VTT plus tout jeune.

— Où ça tu l'as vu ? demande mon pote en calant une clope au coin de sa bouche.

Cédric sort un briquet et lui allume.

— Le Pec, il est allé le planquer dans l'cabanon du vieux d'Éric. J'suis sûr que l'Agneau est aussi dans le coup.

Les mecs de Vouavre. Pas nos potes, mais pas des gars capables de s'en prendre si violemment à quelqu'un. Surtout pas mon frère, ils connaissent mon père.

— Ben voyons…

— Pourquoi j'serais v'nu sinon. T'étais là l'autre jour, derrière le lavoir. Alors quand il a croisé ton frère, le Pec a craqué et lui est tombé d'sus. Pour s'venger de nous. C'est un lâche.

— J'te crois pas.

— Et toi ? demande-t-il à Vlad, en lui faisant signe de lui passer sa clope.

Vlad recrache la fumée, laisse passer un instant, il aime pas qu'on l'oblige, et tend sa clope avant de s'en rallumer une.

— On n'a qu'à aller voir.

— Mais non, à tous les coups c'est lui qui a planqué le vélo là-bas, mais putain réfléchis, Vlad, il est…

— Hey, chu là. T'as qu'à m'causer. Moi j'ai rien contre toi. C'est toi qui m'aimes pas, moi j't'amène les mecs qu'ont tabassé ton frère sur un plateau, plus le vélo, si t'en veux pas… Moi je pense qu'ils méritent une correction. Une bonne.

Mon estomac se rétrécit, il a éperonné Vlad, plus rien ne peut changer, je viens de voir le sourire étrange apparaître comme un masque sur le visage de mon Captain.

Il avait tout prévu. Vlad n'est pas con, il est juste fait pour tomber sous son influence, consentant ou non, il a besoin de le croire et d'aller jusqu'au bout. Vlad déteste les mecs de Vouavre, il attend juste une excuse pour prolonger la guerre.

— Alors on va voir mon père, et on va voir dans le cabanon, et si t'as raison, j'm'excuserai.

Il ne change pas d'attitude, les yeux mi-clos, ailleurs, il me répond calmement.

— Tu peux, si tu veux. Ou alors, comme on leur avait ordonné de le faire, on va leur répéter de rester à leur place. Et on se fait justice nous-mêmes.

— On ? Pourquoi tu dis on ?

— J'les aime pas, et j'aime pas l'idée qu'on croie qu'c'est moi. Mon vieux m'a mis une trempe à cause de l'autre jour.

Pour la première fois, ses yeux s'enfoncent dans les miens.

Je ne le crois pas, je ne veux pas le croire, mais s'il dit vrai…

Vlad saute dans l'herbe, il jette sa clope avec le pouce et le majeur, l'étincelle rebondit.

— Vlad…

— Il est pas encore tard, ces trois connards doivent traîner dans le local de l'Agneau.

— Mais… tu vas pas aller… Vlad, merde…

— Ton frangin c'est comme mon frangin, Rom, on touche au gang, on me touche, c'est une question de respect.

Il affiche un visage grave, s'adresse à Cédric.

— Tu t'fous pas d'moi, toi, hein ?.

— Pourquoi je ferais ça, t'es à peu près le seul à m'causer dans le coin. J'vais pas aller me mettre mon seul pote à dos…

Je suis si crispé et hargneux, les dents serrées.

— Moi, j'y vais pas.

— Tout peut pas toujours se régler comme tu l'aimerais, Rom. Fais-moi confiance.

Il me tend le poing, attend que je vienne coller le mien. Je montre mes paumes, et leur tourne le dos.

Je reste assis dans mon lit, les yeux vides. Loin d'eux. Et je sais ce qui se passe, bien avant que Vlad ne m'en cause le lendemain, regard fuyant, la voix lourde de regrets et de rage.

Mon pote se confie. Il va mal. Mais prétend qu'il devait le faire. C'est comme ça. Il me raconte :

Lui et Cédric attendent devant la remise où les trois ont l'habitude de fumer leurs joints, d'écouter de la musique, en riant fort. C'est leur QG, savamment aménagé.

Les deux intrus se parlent peu, c'est aussi ça le plus épatant, ils arrivent à se comprendre avec une économie de mots. Ils sont prêts.

La porte s'ouvre, les trois émergent, allures ralenties, casque à la main, ils s'aperçoivent vite que leurs bécanes ont les pneus crevés. Panique et colère à bord.

Ils débarquent de l'ombre, Cédric tient fermement son flingue et appuie sur la détente, Vlad fonce déjà sur eux, brandissant un gros nerf de bœuf.

Un plomb frappe le Pec au front, hurlements. Éric est cueilli d'un coup dans le menton par Cédric, qui ramasse le casque du Pec et le lui envoie dans le visage. Ensuite il tire sur l'Agneau plusieurs fois, les plombs rentrent dans son avant-bras, sa cuisse.

Vlad laisse la chaleur prendre soin de lui, il frappe, cogne, regarde Cédric faire de même, brutalement, taper le premier, puis au sol infliger la punition.

On retrouva le vélo de mon frère comme Cédric l'avait dit.

On leur passa le savon du siècle, ils nièrent. On occulta leurs sales états et leurs blessures.

Ces graines de voyou passaient leur temps à courir les ennuis.

Mon père ne m'écouta pas quand j'essayai de lui parler.

L'été reprit son cours. Différent.

Présent...

Quand il réussit à ouvrir ses yeux complètement, il eut une nausée et l'impression que ses gencives n'étaient qu'un amas de chair tuméfiée.

L'immonde lueur agressive qui se ruait sur lui était insupportable. La douleur s'imposait de plus en plus, réclamant son dû. Un point aigu dans un coin du crâne.

Ses côtes, ses jambes, il commença à bouger doucement pour constater les dégâts.

Il était allongé sur un canapé d'un autre siècle, accompagné d'une odeur de poussière.

Un visage apparut devant ses yeux.

Son cerveau réussit enfin à faire le point et il reconnut le visage porcin de Yolande Fauvé.

Il perçut trois truffes sur son flanc droit, les chiens montraient babines et crocs.

Un élan d'appréhension s'invita dans son supplice. Comme toujours avec eux.

Il resta immobile, un bras sur le front, la bouche entrouverte, goût de terre, frisson de part en part.

Ils se regardèrent un moment, sans parler. Sa bouche incurvée vers le bas, ses petits yeux lointains, son teint rougeâtre. Elle mit une calotte à un gros bâtard intéressé par le sang séché.

— T'réveilles alors ?

Romain fut soulagé de constater qu'il n'avait pas de blessures majeures. Il lui sourit. Ce fut la première chose qui lui vint à l'esprit, lui sourire. Sûrement pour lui témoigner sa reconnaissance de l'avoir ramené chez eux.

Il essaya de se redresser, à mesure ; elle s'écarta et dégagea au passage la vue sur la pièce.

Les murs étaient tachés d'humidité. Des traces de boue bardaient le sol, un carrelage tenant plus du ciment, parfois caché par de rares meubles de mauvais goût.

Assis à la table, près d'une télé éteinte recouverte de poussière elle aussi, son frère tenait un ballon de rouge. Dans un fauteuil, le patriarche, le vieux Clément, avec une couverture sur les genoux, regardait un vieux poste de télé à seulement quelques centimètres. Manifestement, il se souciait beaucoup moins d'eux que ses chiens.

Frère et sœur le toisèrent. Il prit son visage dans ses mains, laissant échapper une légère plainte.

Elle lui tendit une serviette humide, traîna ses sabots jusqu'à la table et s'assit.

Ils le regardèrent tapoter la serviette sur les blessures, il tenta de calmer ses contusions.

Le sang ne coulait plus, apparemment. Il devait avoir un œil poché, la lèvre supérieure gonflée, des marques écarlates sur la joue gauche toujours très sensible, mais il avait eu de la chance.

Rien de cassé, il commença à retrouver sa dextérité en bougeant les épaules par petites rotations.

— T'veux bouère un godet ? demanda le frère, en débardeur couleur pisse mal séchée, les cheveux sur les oreilles, le haut du crâne clairsemé et huileux.

Romain accepta le grand verre d'eau sans faire le difficile.

Leurs regards ne déviaient pas, il le vida d'un trait. Renaissance après le soulagement d'avoir échappé au lynchage.

Les flashs affluèrent. Pénibles et douloureux.

Il déposa le verre sur une table de chevet en l'accompagnant d'un merci, franc et nimbé d'un soupir.

— On t'a r'trouvé à l'orée du bois de Dli, on était aux champignons, t'avais la tête dans les feuilles, sacrément cabossée.

— Je vous dois une sacrée chandelle...

En balayant la salle du regard, il se demanda comment on pouvait vivre dans un tel état de renoncement à la civilisation et au progrès.

Le calendrier des postes devait dater déjà de quelques années, la montagne de vieux journaux témoignait d'une vie à accumuler l'inutile, à l'image de ce qu'il entraperçut dans la cuisine, près de l'entrée, dans le couloir obscur.

Le frère ouvrit le clapet d'un portable, archaïque, mais il semblait savoir ce qu'il avait dans les mains.

— On y a regardé dans un vieux bottin, et on y a appelé ton frère, là, le Jésus va pas tarder à arriver.

— Vraiment, merci. Heureusement que vous êtes passés par là.

Ils gardèrent le silence.

Le frère lui tendit un godet, insistant. Il s'exécuta.

— Qui qu'c'est qu't'a fait ça ? aboya le frère.

— J'en sais rien, ils me sont tombés dessus sans que je puisse faire quoi que ce soit. Ils étaient au moins trois, ils m'ont embarqué dans un camion.

— C'est la racaille qui vient par chez nous, on t'l'avait dit.

— On veut pas d'ça ici. Tout ça c'est à cause du Vlad et du Cédric.

— Vous étiez pas amis avec le père du Cédric, d'ailleurs ? demanda-t-il en constatant que les veines de ses tempes battaient beaucoup moins fort.

— Ça c'était l'pire des enfants de putain, y nous a bien trompés, c'est du bon à rien… À coups de fourche qu'il aurait fallu l'attendrir. L'saigner comme un porc. Il nous a volé notre goutte, notre vin, nos jambons, nos légumes, c'est d'la pire espèce, ça…

Romain crut que le frère allait cracher au sol.

— On a besoin de personne, faut nous laisser vivre tranquilles là, ou alors ça finira mal…

Il prit la menace de Yolande à la mesure de la noirceur de son regard.

L'imposante bonne femme dans sa polaire lui foutait la trouille. Impossible de savoir de quoi elle était réellement capable.

Chris arriva. Il resta d'abord sur le seuil, le visage fermé, son regard témoignait néanmoins de la gratitude.

Puis, quand Yolande s'écarta pour le laisser entrer, il aida son frère à se mettre debout.

Romain allait mieux qu'il ne le pensait, la douleur se concentrait surtout sur le visage.

Un dernier regard pour les remercier.

— Hôpital ? demanda Chris en tournant le contact.

Un tapis de feuilles s'envola sous les roues du pick-up. Le chemin exigu était guidé par le tracé des haies, ils rejoindraient la départementale dans quelques bornes.

— Nan.

Il inspecta son visage et les dégâts dans la glace, les salauds avaient cogné sec.

— C'était qui ?

— Les Rois mages, tes trois potes…

— Je vais leur rouler sur la gueule.

Il resta silencieux le temps du trajet, le front bas, les mains sujettes à des tremblements, et dès qu'ils arrivèrent, il se dirigea dans la cuisine et, sans se cacher, arracha deux comprimés à une plaquette de Xanax, les goba, puis avala deux autres comprimés de Codoliprane.

— Hey, c'est pas des Smarties !

— Me chauffe pas, là j'ai vraiment les nerfs…

Romain leva les mains, Chris sortit une trousse de premiers soins, affirma que Julie arriverait bientôt, et, de plus en plus furieux devant ce visage blessé, se posa dans son fauteuil, l'œil mauvais.

Quelque part, une plaque tellurique avait bougé, ce n'était qu'une question de temps.

Julie rentra; secouée par les blessures de Romain, elle prit les choses en main. L'ausculta rapidement.

— J'ai rien vu venir, je courais sur Champeau et un camion s'est arrêté derrière moi, ils me sont tombés dessus, m'ont enfilé un truc sur la tête et m'ont cogné en me menaçant, nous menaçant. Ils m'ont encore parlé du pognon…

— Il faut appeler J.R. Tout de suite.

— On attend un peu, fit Chris.

Julie lui envoya un regard noir.

— Attendre? Mais attendre quoi? Ça va trop loin, je ne veux pas qu'il vous arrive ce qui est arrivé à Vlad. Tout ça pour le contrôle d'un trafic de drogue.

— Je suis sûr que c'est les trois cambrioleurs. J'ai reconnu les intonations façon truands du Morvan. Ils m'ont foutu la trouille de ma vie.

Un tremblement le traversa. Le contrecoup, ses yeux étaient remplis du triste écho de ce qui s'abattait sur eux, à cause de Vlad. Envie de le secouer et de lui ordonner de se réveiller pour lui passer le savon de sa vie, le mettre en face de cette merde. Julie vit son malaise, et après avoir cautérisé ses plaies, posé un large pansement sur son arcade et vérifié n'avoir rien oublié, elle le prit dans ses bras.

Romain la serra fort. S'enivrant de son odeur, douce et apaisante.

— On va s'en sortir, lui promit-elle.

Chris se leva, enfila sa veste de treillis sur sa chemise en jean, les regarda.

— Je les avais prévenus. C'est leur faute s'ils ne contrôlent plus rien à leur merde. J'y vais.

Julie fit mine de ne pas comprendre. Pas Romain.

— T'es sûr ?

— Moi, j'y vais.

— Vous allez où ?

— Julie, appelle J.R., dis-lui pour Rom, dis-lui que je vais partir en couille.

Elle s'interposa.

— Tu n'es pas sérieux, j'espère.

— Je vais faire passer un message.

Elle posa ses mains sur sa poitrine.

— Surtout pas, Chris… C'est pas à toi de faire ça.

— J'avais prévenu…

— S'il te plaît. Ça va trop loin…

Il était déjà ailleurs.

*

Il ouvrit la porte du Petit Bazois dans un fracas, attrapant au passage tous les regards.

Les clients étaient les mêmes, assis aux mêmes endroits, jeunes et piliers.

Cédric était visiblement absent, pas Kozanowski. Il mangeait des pistaches au-dessus d'une chope de bière. À ses côtés, le Pec, clope dans la bouche, petit jaune dans la main.

À la radio, Herbert Léonard chantait « Laissez-nous rêver ».

Chris resta dans l'entrée, les cheveux lui tombaient sur le visage, derrière sa barbe, l'animalité de ses traits nourrissait sa rage. Dans sa main, l'épaisse pioche ramassée dans son coffre.

La bande composée de punks à chiens, moitié teuffeurs, moitié mauvaise imitation de petites frappes, se figea. Derrière son comptoir, Éric « la Guibolle » cédait à la panique, œillade inquiète vers le Serbe et le Pec.

Chris fracassa d'abord la vitrine – un bruit assourdissant de verre

152

brisé, entendu dans toute la petite ville –, ils furent deux à se ruer sur lui malgré sa taille, sa carrure, son arme.

La semelle de ses Caterpillar déboîta la mâchoire du premier, son poing démolit le nez du second, déchirant au passage son piercing.

Chris déchaîna le chaos, sauvage, brut. Il détruisit, envoya les chaises contre les vitres encore intactes, renversa les tables, agrippa un jeune mec en jogging et le fit rebondir contre une autre table. Kozanowski était debout, bras en arc de cercle, poings fermés. Le Pec s'écarta, portable à la main.

Romain lut une mauvaise lueur dans les yeux du molosse, ils allaient l'avoir, leur second round.

Il se laissa envahir par le goût du sang à son tour, et relâcha toute sa rancœur contre un jeune à sweat noir qui ramassa un pied de chaise en lui fonçant dessus en hurlant.

Son dos heurta le comptoir, le poing de Romain frappa sa bouche, Éric lui envoya un coup de coude, en plein sur une blessure.

La rage au ventre, Romain lui empoigna les couilles et le frappa comme un bœuf. Il couina.

Chris enjamba le gus au piercing et attrapa à son tour Éric par les oreilles, colla son front contre le sien.

Koza, à quelques mètres, attendait le moment. Chris le savait.

— C'EST VOS MERDES TOUT ÇA ! TU COMPRENDS ? C'EST VOUS QUI AVEZ ÉTÉ INCAPABLES D'EMPÊCHER ÇA !! COMBIEN DE FOIS JE L'AI DIT ?!

Éric gémit, les mains sur son entrejambe, des larmes aux coins des yeux.

Chris le repoussa, marcha calmement jusque derrière le zinc, et décima les bouteilles d'alcool, sous les cris d'Éric, prostré dans un coin. Le reste de la bande ne bougeait plus, tous attendaient la réaction du Serbe. Les piliers s'étaient précipités dans les chiottes, leurs cerveaux frelatés par l'alcool incapables de leur fournir une explication.

La bombe à retardement venait d'exploser, Chris se laissa submerger par dix ans de frustration, de rancœur, contre son frère, eux, Cédric, contre ceux qui avaient voulu tuer l'uniforme sous lequel il servait, Vlad, ses choix, putains de choix, cette merde, infâme, injuste, la mort de leurs parents.

La rage, pure et indivisible. Détruire, gronder, recommencer, jusqu'à ce que seule sa respiration résonne dans le café. Ses épaules se soulevaient. Une fusillade de haine.

Chris régnait en conquérant, il voulait se battre, cogner, infliger. Son mal-être transpirait sur son front, cheveux collés comme des balafres. Il jeta sa pioche trempée des mélanges d'alcool sur le sol de verres brisés.

Koza avait verrouillé son visage. Romain n'aimait pas ça du tout. Un froid intense piquait l'extrémité de ses membres.

— Tu vois là, tout ça, c'est à cause de vos conneries. Dis à Cédric que je veux plus de ça ici.

Il fit une pause, se passa une main sur le visage, le corps adouci par la codéine. Il regarda le bloc de haine.

— À nous maintenant, hein ?

Chris émit un hurlement de rage et se rua sur lui, mais Kozanowski le faucha et l'envoya au sol.

Coudes éraflés, de nouveau sur pied, Chris se retrouva avec le combattant serbe prêt à en découdre.

Frapper le premier.

Il balança deux jabs rapides, Kozanowski esquiva, répondit d'un crochet, le saisit à la clavicule, Chris grommela, recula, tenta l'uppercut, pour couper court. L'autre agrippa son bras, entama une clé. Chris contra : coup de boule dans l'oreille, de quoi récupérer son bras et venir écraser son poing dans le visage. Sacré punch. Sonné, l'autre mit aussi ses jambes à contribution, un chassé puissant, suivi d'une droite bien calibrée. Chris encaissa le tibia dans le ventre, prit le tampon dans le nez, premiers saignements.

Romain voulut intervenir. Mais personne ne bougea.

Répondre par la brutalité. Chris réussit à attraper le poing filant sur lui, passa derrière son adversaire et le tordit violemment.

Le Serbe perdit l'équilibre, et même avec l'amas de muscles il allait bientôt voir son bras se briser net, il mit sa force au service de sa puissance et recula en poussant un cri : le dos de Chris heurta le bar. Un bruit suivi d'un râle, Kozanowski se dégagea, déchaîné, le frappa deux fois en plein visage. Deux qui en valaient dix, faits pour meurtrir les chairs. Sonné, Chris n'arriva qu'à éviter le troisième en se jetant sur lui. Empoignade de force brute. Les deux ne lâchaient rien, sous les yeux médusés de l'assemblée. Un spectacle primaire, violent. Chris se libéra, son avant-bras gauche cueillit l'arcade sourcilière, le droit éclata la pommette. Deux gabarits dont les coups provoquaient des lésions. Le Serbe fulminait. Leurs souffles envahissaient le huis clos. Kozanowski le bourra dans les côtes, l'obligeant à se protéger avec les bras, il attrapa sa tête des deux mains et le frappa du genou. Chris perdit la vue une seconde – de trop –, frappa dans le vide, l'autre immobilisa son bras dans son dos, son autre main écrasant son cou, sa pomme d'Adam. Il lui infligea un lent supplice, lui fit poser un genou au sol. Premier symbole de soumission.

Romain avança, deux jeunes amochés par son frère le ceinturèrent. Il hurla. Chris se débattit, mais la douleur grandissait et le Serbe délivra une force inouïe et inattendue après un tel combat. Il releva le bras subitement. Éric détourna les yeux, le Pec grimaça, mais continua de regarder. Romain se démenait, les dents serrées pour retenir ses hurlements.

Triomphal, Kozanowski se releva, chancela légèrement, cramoisi, encore habité par la rage.

Il avança vers Romain, toujours incapable de se libérer de l'étreinte.

— Vas-y mollo, Koza, siffla le Pec, les gendarmes arrivent. On est en légitime défense. Ce sont eux qui nous sont tombés dessus.

Kozanowski empoigna la mâchoire de Romain.

Derrière, le Pec sursauta quand Chris se redressa, à genoux, puis debout, le bras gauche inerte étendu le long du corps.

Romain ressentit davantage de peur que de joie.

Tous le virent ramasser la pelle, cheveux détrempés de sueur et de sang, et il fut sur le Serbe avant que le premier cri ne puisse l'avertir.

Il frappa le plus sauvagement possible.

Kozanowski s'écroula. Une estafilade profonde sur tout l'arrière du crâne.

Chris lui cracha dessus. Romain respira à nouveau.

— Me tourne jamais le dos, fils de pute.

Les sirènes blessèrent les tympans, une partie du quartier était dans la rue, une tornade venait de détruire l'un des derniers cafés de la ville.

*

Les urgences de l'hôpital de Decize étaient bondées.

On se regardait vaguement, chacun attendait son tour.

Dehors, la nuit froide et le ballet des ambulances.

Romain se trouvait dans le couloir des salles dévolues aux soins, dos courbé, avant-bras posés sur les genoux. Le film du carnage défilait sans cesse, impossible d'empêcher les images et les bruits d'agiter son mal de crâne.

Dans la chambre, Chris s'était endormi, son épaule luxée et ses nombreuses contusions noyées dans les antidouleurs. Plus de peur que de mal, il était résistant.

Julie sortit d'une salle, accompagnée de deux autres blouses blanches, le visage grave.

Elle se massa les reins avant de se diriger vers Romain. Le visage plein de reproches.

— Ça va?

— Mais qu'est-ce qui vous a pris?

— C'est grave?

— Il s'en sort avec une épaule strappée et de la rééducation, l'os est sorti de son lit mais s'est relogé quand il a bougé. On a dû lui redéboîter pour la remettre correctement. C'est fréquent. Réponds à ma question, Romain !

Romain évita les yeux assombris de Julie, fatigue et colère s'y mêlaient.

— Je suis désolé.

— Me réponds pas ce genre de stupidité. C'est pas assez compliqué comme ça, avec Vlad ?

— Tu le connais, fit Romain en se massant l'arrière du crâne.

— Oui. Et c'est toi que j'ai l'impression de ne plus reconnaître. Je t'ai parlé de son état. Je t'ai demandé de veiller sur lui.

Ce ton. Le torrent Julie. Les gars du gang n'en menaient pas large quand elle leur soufflait dans les bronches.

Romain secoua la tête.

— On a revu son ordonnance, avec ce qu'il prend. Je lui ai calé rendez-vous avec un médecin. Au moins, avec vos bêtises, il n'a plus le choix.

— Et Kozanowski ?

— Léger traumatisme crânien, trente-cinq points de suture. On ne le tiendra pas bien longtemps.

Une porte s'ouvrit, Cédric arrivait, mains dans les poches de son bombers, la moitié de son visage sous sa mèche. Romain se raidit.

Il se planta devant eux. Renifla.

— Comment y va ?

— Comme si tu t'en souciais…, lâcha Julie en le maudissant, juste avant de prendre congé, appelée par un infirmier au bout du couloir.

Les deux se retrouvèrent face à face. Pas d'agressivité, plutôt de la nervosité.

— Quel bordel…

— Espèce d'enfoiré, tout ça c'est à cause de toutes vos saloperies, à toi et…

Ils se regardèrent. Longuement. Ils arrivaient à se lire, en dedans.

— Tu peux m'dire pourquoi vous avez fait ça ? Tu sais combien ça va nous coûter ? Tu sais à quel point Koza va être dur à gérer ?

— M'en branle. Regarde ma tronche, tout ça à cause de tes sous-fifres qui veulent s'émanciper, votre affaire part en couille, et tu sais pourquoi ? Parce que Vlad est plus là, t'es rien sans lui.

Juste un second.

Cédric renifla à nouveau. Se passa un doigt sous le nez.

— Si j'ai pas l'argent l'jour du deal…

— Comment tu veux que je sache où il est ?!

— Je tenais juste à t'le dire. Ça risque de s'compliquer.

— Mais qui a agressé Vlad, putain ?

Cédric haussa les épaules.

J.R. arriva à son tour, Cédric leva les mains à mi-hauteur et recula doucement.

Le gendarme le toisa.

— Cédric, on sait que le deal est pour samedi. C'est plus le moment de jouer, tu peux encore venir nous voir.

— Je vois pas de quoi tu parles.

— On va quadriller les routes. Je pourrais te mettre en garde à vue pour que tu ne puisses pas y assister.

— Et pour quelle raison, chef ? J'crois qu'c'est moi qui pourrais porter plainte contre ces brutes, moi ou mon garagiste serbe agressé par un soldat français. Oh, et puis, baladez pas vos Mégane pour rien, c'est cher l'essence.

J.R. ne desserra les dents qu'après le départ de Cédric. Il prit des nouvelles de Chris avant d'exploser.

— Nan mais sérieux, là, *là*, vous avez vraiment été trop loin !

Il avait levé la voix, une infirmière passa la tête par une porte.

— Je sais. C'était le message de Chris pour Cédric : arrête tes merdes. Le fait que ça nous soit retombé dessus.

— Comment je vais expliquer ça, moi, vous vous rendez compte du bordel ?! On est dans une petite ville, je vous le rappelle. Qu'est-ce qui t'a pris, Romain, de pas le raisonner ?! T'as entendu Cédric, et s'ils portent plainte ?!

— Ils le feront pas.

— Ce que vous avez fait est un délit. Vous ne pouvez pas faire ça, faut que ton frère comprenne. On n'est pas… on n'est pas sur un front, ça… ça marche pas comme ça. Là, il va y avoir des conséquences ! Tu connais Cédric ! Mais merde, on n'a pas déjà assez de problèmes ? Si y veut porter plainte, vous l'avez dans l'os !

— Je te dis qu'il le fera pas. C'est entre lui et nous, il viendra jamais voir les flics.

— Mais merde, je te rappelle ce que vous venez de faire ? Voies de fait, agressions, coups et blessures, je continue ? Si au lieu de jouer aux durs, vous étiez venus nous voir après ce qu'ils t'ont fait, rien de tout ça n'aurait eu lieu.

Ils entrèrent dans la chambre de Chris, où le calme obligatoire apaisa la discussion.

Le grand était réveillé, mauvaise mine affichée. Il avait entendu, se redressa, une méchante douleur se propagea dans toute son épaule.

— Ça va, Chris ? demanda le gendarme, képi à la main.

— Écoute-moi bien, J.R., t'es un vrai ami, je te respecte, mais je vais pas m'excuser. Ça fait que commencer. Mon frère s'est fait à moitié lyncher pour un paquet de fric de merde disparu dans la nature. Et qu'est-ce qui va se passer, quand les caïds verront pas la couleur de leur argent ? Leur chierie débordera. Ça fait presque dix piges que vous laissez ce trafic de drogue pourrir, je ne sais même pas pourquoi : vos arguments, je m'en balance. Tant que ça me touchait pas, je m'en foutais royalement, ceux qui veulent sniffer cette merde snifferont cette merde, pareil pour ceux qui se finissent au rouge, pas mon problème ; tant que leurs affaires venaient pas chez moi, ça m'allait. Mais là, c'est fini, ça a été trop loin : mon meilleur pote est dans le coma, on a attaqué mon frère, alors je m'en occupe.

J.R. encaissa, les mots le sonnaient, Chris resta droit.

— Tu vas trop loin. Pour qui tu te prends ? T'as beau être un ami, tu parles à un représentant de l'ordre, et faut que tu comprennes, c'est fini l'armée.

— M'insulte pas.

— Tu viens de nous traiter de branques, et de sous-entendre qu'on laissait cette clique faire son beurre sous notre nez sans rien dire. Pas très agréable… Rien que de croiser l'autre dans le couloir et j'ai la nausée.

— J.R., je constate. Mon meilleur pote est entre la vie et la mort, à cause d'un truc qui couve depuis des années. Je te le répète, je vais régler le problème.

Pour la première fois depuis son retour, Romain prit pleinement conscience de l'état post-traumatique de son frère.

Il devinait les palpitations, la boule dans la gorge impossible à dissoudre, les muscles tendus proches de la rupture, le goût de sang provenant du plus profond des entrailles. Des sensations qu'il devinait pour les avoir ressenties. Une pathologie rampante bien accrochée à lui aussi.

Chris paraissait brisé.

Comment savoir ce qu'il avait vécu réellement sur le terrain et ensuite rapporté avec lui ?

Julie entra dans la pièce, s'approcha de Chris, lui prit la main et la posa sur son ventre, les larmes aux yeux. Seulement alors Chris abandonna sa haine pour quelques instants.

*

Chris sortit de l'hôpital. Manque de place et aucune envie d'y rester de sa part.

Ils passèrent trois jours à essayer d'oublier, trois jours de repos pour Julie.

Avec la date du samedi en point de mire. Le rendez-vous. Comme une terrible échéance.

Romain partait courir, laissant au couple secoué un peu d'intimité. Les poings serrés, tendu au moindre bruit suspect dans la nature. Son frère lui avait proposé une de ses armes. Droit dans les yeux. Il avait refusé.

Ce matin-là, las des discussions nerveuses avec Chris et incapable de tenir en place, il décida d'emprunter le quad du frangin.

Un Yamaha Grizzly capable de provoquer des tremblements de terre, un monstre avec lequel il partit face au vent, d'abord sur les petites routes, puis il gagna le bord du canal du Nivernais pour une ligne droite sur laquelle il poussa les gaz et provoqua le V8.

Direction Fleury. Il avait besoin de retrouver le théâtre de ses plus beaux souvenirs d'été.

Personne, l'eau au ras des cailloux, petit barrage ouvert, l'herbe crachait un vert insolent.

Il tombait quelques gouttes, il s'assit sur la grosse pierre, face au pont, ferma les yeux.

Il regarda ensuite le long chemin bordant le canal qui filait vers la grotte, la fameuse.

Mélancolie, l'envie de voir Vlad débarquer avec le sourire, taper une course du diable et bondir dans l'eau.

Il laissa son esprit voguer, les yeux toujours en direction de la grotte, jusqu'à ce qu'un froid glisse en lui. Un poids sur les épaules. Des flashs. Ceux contre lesquels il luttait.

Il se leva et quitta les lieux.

Comme à l'aller, le quad dévora le bitume sur le retour.

Il s'arrêta à Tamnay devant le Bienvenue. Besoin d'une bière avant de rentrer.

La porte tinta. L'odeur de sciure et de renfermé l'agressa. Le baby-foot trônait, les tables étaient vides.

Les trois piliers l'avaient à l'œil depuis son arrivée avec le monstre de mécanique et le barouf de son moteur. Il commanda un demi à la patronne. Déjà les messes basses en patois morvandiau. Tout le monde savait qui il était. Ses liens avec le blessé.

Un type à une table à l'écart ne faisait pas attention à lui. Romain reconnut le Dalton.

Il se crispa inconsciemment devant la dégaine voûtée occupée à remuer son ballon de rouge.

Sans savoir pourquoi, il s'approcha de la table, la chope à la main.

Quand il se pencha légèrement, l'autre eut un mouvement de recul et ramena son verre à lui.

Échange de regards. L'homme assis ne l'avait pas reconnu. Ni l'autre jour, ni aujourd'hui.

— Salut, Yves.

L'autre resta muet.

— Tu me reconnais ?

Romain prenait sur lui. Sur la terreur dans son ventre. Images tenaces.

— Vingt dieux non.

Romain but une gorgée, chacun essayait de lire en l'autre.

Il vit le moment où le géant percuta finalement. Il venait de le reconnaître. Alors il vida son verre et se leva. Romain resta digne, et la petite assemblée regarda le Dalton traîner du pied jusqu'à la porte. Romain vida sa bière, paya et remonta dans le quad. Il attendit que la silhouette du Dalton soit hors de vue. Il soupira et démarra.

Il évita son frère le reste de la journée, mais pour se rendre utile proposa de réparer un pan d'une clôture abîmée. Capuche rabattue sur la tête, écouteurs dans les oreilles et s'efforçant de ne penser à rien. Il travailla dans les odeurs de muscs détrempés, accompagné par les lentes morsures d'un froid humide.

Le soir venu, Romain sut qu'il ne fermerait pas l'œil de la nuit, il prit le pick-up et décida sur un coup de tête d'aller à Nevers, au chevet de Vlad.

En suivant son ami dans son monde, il se rendait compte que la porte ouverte se refermait dangereusement et que Vlad les entraînait avec lui dans sa chute. Romain ressentait un besoin de lui signifier sa présence.

Je suis là.

La salle terrible des pas perdus. Il laissa son esprit se vider, assis, les yeux rivés sur un point invisible.

Besoin de le voir. Pour conjurer le sort, lui envoyer sa rage de vivre.

L'infirmier de nuit finit par l'autoriser à y aller, un court instant.

Il eut une nausée devant ce visage défiguré. Mais derrière ce masque choquant, Vlad était bel et bien là. Romain respira, oublia les tuyaux, les bandages, l'avalanche de blanc, les machines.

Juste Vlad et son visage serein.

Il s'approcha, pudique, crevant d'envie de le voir se réveiller.

Vlad ne pouvait pas partir comme ça, alors que lui était à peine revenu.

Le découvrir si immobile… C'était tellement éloigné de ce qu'il était.

Non, son pote ne restait jamais en place, ou alors sous l'ombre d'un chêne près d'une rivière, une tige dans la bouche, les orteils taquinant sa canne. Pas dans un lit d'hôpital.

Vlad était la vie, il allait ouvrir les yeux, bâiller, se gratter les couilles et lui demander l'heure. Son pote lui offrirait une belle accolade, lui demanderait de parler de lui, boirait ses paroles, rirait à ses vannes.

Tu fous du ketchup sur ton falzar et tu fais croire à Chris que tu t'es coupé le zguègue avec ta fermeture éclair, vas-y, c'est trop mortel…

Mais non, il ne bougeait pas le con…

Bouge. Allez, bouge. Bouge, bouge, bouge.

Tu vas m'écouter et tu vas te battre. Parce qu'on a deux mots à se dire, mon pote, le Général n'est pas satisfait de son Captain. C'est quoi cette embrouille?… Putain de vie, Vlad, qu'est-ce que tu nous as fait? Je vomis tes choix. Tu t'attendais à quoi en trempant là-dedans? Je vais te dire : j'ai honte de ce que t'es devenu. Mais je veux pas te perdre. Alors réveille-toi. Répare tes conneries. Tu nous fous dans la merde et t'es même pas là pour nous aider. J'aime pas l'idée. Alors bouge, c'est un ordre.

*Ouais… mais toi tu t'en branles des ordres, t'as toujours fait à ta
sauce, tu suis ton étoile, même si c'est un con derrière une lampe torche et
que tu t'en aperçois pas.*

Bouge.

Qu'on soit à nouveau tous les quatre.

On peut tout arranger.

Mais pour ça, faut que tu te bouges.

Il essuya une larme d'un revers de main. Il n'avait pas envie qu'il
le voie si l'idée lui venait d'ouvrir les yeux maintenant. Un truc de
mec, aurait dit Julie.

On toqua à la vitre, son temps était écoulé.

Quand il rentra chez eux, la nuit enveloppée de brouillard, Chris
se reposait, assommé par le traitement et la douleur.

Durant l'absence de Romain, Julie et lui avaient fait l'amour dans
le noir total. Cocon verrouillé au fin fond de la grande demeure
silencieuse.

Jeu amoureux, sourires entendus découverts du bout des doigts,
corps lovés l'un contre l'autre. Soupirs et gémissements retenus.

Chris l'avait ensuite regardée s'endormir pour s'éclipser au salon.

Jamais plus paisible tant que la vie ne reprendrait pas le cours
qu'il souhaitait pour les siens.

Romain rentra, et trouva son frère dans le salon. Julie dormait. Il
arriva avec deux chopes de Tripel Karmeliet et l'envie de faire le
point.

— Comment on les retrouve, ces trois mecs ? Tu crois qu'ils vont
nous attaquer à nouveau ? Ils m'avaient ordonné de leur amener la
thune. Ils m'ont balancé des menaces de représailles. Et il ne s'est
rien passé.

— Bien sûr que non. Ils vont rien faire. Esbroufe. Ils se planquent.
Ils savent qu'ils ont Cédric et ses gars sur le dos.

Gorgée. Dépôt blanc sur sa moustache.

Une minute de silence, Romain se décida. Enfin.

— Je peux te poser une question, Chris ?

Son silence l'encouragea à poursuivre.

— Toute cette histoire, ça fait remonter nos rancœurs. Je sens que tu te contiens, même avec ce qu'on s'est dit le jour de mon retour. Dis-le-moi. Tu m'en veux à quel point ?

— T'es mon frère, j'ai accepté d'arrêter de t'en vouloir. Mais j'ai aussi renoncé à te courir après, si ta vie est ailleurs, fais-la, mais ne viens pas demander à quel niveau de colère j'en suis encore…

— Tu m'en veux d'être parti. Je te comprends… On n'en a jamais vraiment parlé, enfin, à part l'autre fois. Tu sais, pour moi aussi ça…

Chris claqua la paume de sa main sur le bras de son fauteuil.

— Hey, tu vas arrêter de tout ramener à toi ? Tu m'as posé une question, je te réponds. Tu veux savoir si je t'en veux d'être parti ? De nous avoir abandonnés, moi, Vlad, Julie ? Tu veux entendre quoi ? Oui, je t'en veux de pas avoir dégusté comme j'ai dégusté.

— Chris, moins fort, Julie…

— Alors dis-moi, tu veux quoi ? Pouvoir me dire que pour toi non plus, même à cinq mille bornes, ça n'a pas été facile ? Mais je les connais, les raisons de ton départ, à la limite je les comprends ; le truc, c'est que moi, j'ai même pas eu la possibilité de faire pareil, fallait bien qu'y en ait un qui soit adulte. Alors, oui, t'as morflé, y manquerait plus que ça. Mais tout ça c'est du flan, y s'agit juste de savoir ce que ça t'a appris, si ça a été utile pour forger l'homme que t'es. Alors viens pas quémander mon pardon. J'en ai chié, crois-moi, je t'ai maudit, j'ai pas pigé, j'ai même prié pour que tu reviennes. C'était un cauchemar, tout avait volé en éclats, j'avais dix-huit ans putain, et six mois après leur mort, après m'être cogné toute la merde administrative, avoir commencé à admettre le deuil, alors qu'il n'y avait même pas encore de plaque sur la tombe, j'ai mis une balle dans le crâne d'un gus en turban à l'autre bout du monde. Pour la France, pour des civils qu'on massacrait, sans vraiment comprendre.

Un froid dans le ventre, ses yeux étaient imperturbables.

— J'ai fait ce que je devais faire. Sans regretter. J'te dis pas ça pour que tu t'apitoies sur mon sort, j'ai pris ma vie comme elle était, j'avais choisi. Et quand je suis rentré, ça a été une autre claque, j'ai retrouvé mon meilleur pote en dealer, ma meilleure amie en plein divorce, et toi aux abonnés absents. Je sais pas si ce que j'ai fait pendant cinq ans a permis de changer les choses… On a sauvé des vies, pas toutes, tout ça c'est pas derrière moi, c'est en moi. Je vais donc faire ce qui doit être fait pour pouvoir retrouver *la* vie que je veux. J'y suis presque. Je suis avec Julie, je vais être père, t'es revenu… et je vais régler le problème Vlad en attendant qu'il se réveille.

Romain repensa à la promesse faite à Julie. Même diminué, Chris avait cette détermination.

— J'ai autant la rage que toi, c'est moi qu'ils ont cogné, ces mecs, et moi aussi je voudrais voir toute la merde de Vlad et Cédric disparaître. Mais tu crois pas qu'on devrait se poser, laisser faire J.R. ?

Chris lâcha un « Non » sec et lapidaire.

— Toi, fais ce que tu veux, comme toujours, donne des leçons. Moi, je sais ce que je dois faire.

— Hey, calme-toi…

— Je l'ai gagné mon droit au calme, ma petite vie sans vague, je la mérite, alors je vais pas laisser ces fils de pute tout saloper.

— Chris, je crois qu'il faut que tu te fasses aider. Pourquoi t'as pas été au rendez-vous que Julie t'avait pris ? Ça lui fait mal, tu sais.

— Ne m'accuse pas de la faire souffrir. T'es mal placé pour parler de ça.

Le ton s'était durci. Romain s'emporta :

— Calme-toi, je te dis juste que tu *dois* te faire aider. T'as pas conscience de ton état, de tous ces médocs, regarde, tu t'avales verre sur verre, tu contrôles plus ta colère, t'as vu ce qui s'est passé au café ? Je te le demande comme ton frère aîné : laisse-toi aider.

Chris explosa littéralement.

— AIDER ? ET PAR QUI ? *J'ai* passé ma vie à croire en mon frère et mon pote, et regarde, *qui* est légitime pour m'aider ? Besoin de l'aide de personne, j'ai Julie et je mène ma vie. Leur monde s'effondre, marche à l'envers, je m'en cogne. Comme j'te le dis, *j'ai* gagné mon droit à espérer vivre tranquillement. Et si t'es pas content, si j'te déçois…

— Tu mélanges tout, putain !

— Quoi, je mélange tout ?… Tu m'regardes avec tes yeux pleins de jugement. Oui, j'me shoote aux médocs pour dormir, pour avoir ma dose de joie légale quand les douleurs sont là, je sais c'que j'deviens, mais je transgresse aucune loi, j'suis pas un faible. J'ai juste la haine de voir que le venin se répand jusque dans mon bled, là, et que personne ne veut le voir. On n'intéresse personne. Et j'l'ai déjà tellement vécu. J'veux pas devenir un résigné, j'emmerde la fatalité. J'ai enfin trouvé ma place, je demande rien d'autre.

— T'es devenu si pessimiste…

— Rappelle-moi pourquoi t'es revenu ? J'ai pas fini… assieds-toi.

— Non, je…

— ASSIEDS-TOI ! Tu veux jouer les grands, fallait agir comme un grand ! Là t'es chez moi, tu t'assois !!

Ses yeux se perdirent au-dessus de Romain.

— Mais fais-toi aider, putain…

— T'as rien écouté. Le même qu'avant.

— Hey, mollo, je t'ai entendu, maintenant c'est à toi de m'écouter aussi, et de prendre en considération ce qu'on te dit. Tout ce que tu me dis, je le comprends, mais tu vas perdre Julie à foncer dans ton mur.

Chris eut un violent mouvement d'humeur.

— J't'ai déjà dit de pas parler d'elle ! J't'ai pas attendu pour savoir ce qui devait être fait ou non.

— Tu dérailles, merde !

Chris se dressa. Mouvement de recul de Romain. Impensable.

Julie arriva dans la pièce en robe de chambre, blafarde.

— Les gars…

— Ton mec va pas bien, Julie.

— Mais pour qui tu te prends, toi ?! hurla Chris en avançant.

— Les gars… Arrêtez !

— Tu joues le type qu'a tout vu, tout fait, mais qu'est-ce que tu caches au fond, toi aussi ? Tu crois que je sais pas que tu planques des trucs depuis tout ce temps ?… Ça se voyait que tu vivais dans la peur, hein, putain de lâche. Au lieu de parler !!

Romain empoigna son frère. Ça n'était jamais arrivé. Julie s'interposa.

— Mais vous allez arrêter bon sang !

Autant de tristesse que de colère dans l'échange de regards des deux frères. Honte. Culpabilité. Rage.

Julie poussa Romain, puis Chris.

— Vous devriez avoir honte, ils diraient quoi, vos parents ? Votre père vous aurait mis une rouste ! Hein ? Vous faites quoi, là ? Pendant que vous vous écharpez au lieu d'avancer, eh bien… Vlad… Vlad vient de mourir… Vous comprenez, ça ? Je viens de recevoir un message. Il est parti, c'est fini.

Ses paroles se noyèrent dans ses larmes, elle laissa échapper son chagrin dans les bras de Chris, inerte, atteint de plein fouet.

Romain masqua son visage avec ses avant-bras, vida ses poumons dans un râle muet.

Chris couva Julie de ses bras. Posa son menton sur le haut de sa tête et ferma les yeux.

La peine remplaça peur et colère.

Ils restèrent longtemps debout dans le salon éclairé par la dernière bûche.

Il n'y avait plus qu'à pleurer, à communier. À se retrouver.

Passé…

L'été défile.

Pas vraiment celui que j'avais imaginé.

Vlad et Julie sont heureux. Ils passent pas mal de temps ensemble, trop. Le gang se voit un peu moins, c'est la première fois. Ils se sont fait gauler par je sais plus qui derrière le lavoir, et ça commence à se savoir.

Le petit de l'auberge, le voyou, et la fille du René, si ça lui vient aux oreilles, va y avoir de la casse.

On se parle quand même, avec Vlad, enfin, quand il est pas parti en virée avec Cédric.

Je sais pas ce qu'ils fichent ensemble, ce sont pas mes affaires.

Vlad me demande parfois si je lui en veux, pour Julie, il a l'air emmerdé, je le rassure, mais je peux pas m'empêcher de laisser planer le doute. C'est pas sympa, mais quand je les vois main dans la main, échanger un sourire complice, ça continue à me serrer le bide.

J'ai pas envie que les choses changent, que ce soit différent.

Je cogite, et s'ils venaient à se séparer maintenant, c'en serait terminé de nous quatre…

Et s'il finit par préférer passer son temps avec Cédric…

J'essaye de cacher mon spleen, de pas montrer ce visage, je suis le Général, et je suis trop fier pour qu'on m'imagine faire des crises de jalousie. Trop enragé de voir Vlad sauter à pieds joints dans du sable mouvant.

Alors le temps défile, bientôt ma mère nous fera le coup du grand shopping de rentrée, la journée à Nevers, les sacs, les baskets, les fournitures, le McDo au milieu pour faire passer la pilule, un bouquin pour moi, un magazine de trucs militaires pour le frangin, aveugle, à dix mille lieues de voir que notre été fout le camp.

Chris passe son temps devant des cahiers de vacances ou puni par le père, ou à me soûler avec ses trucs de guéguerre, couteaux, fusils à plomb, livres illustrés sur des commandos et ce genre de conneries qui ne m'amusent pas du tout. Sauf quand c'est Schwarzy ou Chuck Norris.

« J'aime bien cette actrice » : c'est devenu ma vanne préférée pour faire enrager le frangin.

J'ai pas mal traîné avec J.R. et Lulu, on est allés pêcher et faire du vélo.

J'ai recroisé le Pec et l'Agneau au Maxi à Châtillon un jour, les yeux baissés, les plaies encore fraîches. L'Agneau y bosse pour l'été, j'ai eu un petit sourire moqueur en le voyant remplir les rayons de PQ et de tampons.

Un jour, ma mère m'obligera à y bosser aussi, mais pour le moment je savoure.

Maigres joies.

Aujourd'hui, on est à Fleury.

Encore.

D'habitude, j'adore être ici à rien faire ; là, je passe mon temps allongé sur le ventre, mon visage dans mes bras, et je scrute Vlad adossé à Julie. Ils rient, échangent un Coca.

Il n'y a pas beaucoup de monde. Sur la rive d'en face, c'est une bande de Brinay, ils sont à meule, on les connaît un peu, surtout Vlad ; les types l'ont salué, y avait une lueur louche dans les regards. Je sais pas ce que trafique le Captain quand il zone avec Pine-de-Buse, mais ça sent pas bon.

Vlad et Julie se lèvent, sans nous considérer, ils décollent de la pierre et remontent vers le pont, pour mieux bifurquer vers la grotte. Le chemin de leur premier baiser. Et un détail me vrille l'estomac : Vlad a pris une serviette. C'est leur histoire, pas mes oignons, mais je ne peux empêcher mon cœur de tambouriner dans mes tempes.

Je jette un coup d'œil vers Chris. Il a mis la totale : son bandana vert camouflage, le vieux pantalon de travail de mon père coupé aux genoux, le tee-shirt Metallica que je lui ai refilé, il m'a taxé mon walkman, secoue la tête derrière ses lunettes de soleil, une BD de « Buck Danny » sous le pif.

Il est ailleurs.

J'attends de voir le couple disparaître derrière le hangar, longer le canal, et, sans vraiment comprendre pourquoi, encore une fois, je décide de les suivre.

J'ai une boule de la taille des couilles du gros taureau du père de Lulu dans la gorge, je suis un nul, mais j'y vais.

Ils sont loin, le soleil tabasse et me gêne, m'oblige à grimacer davantage, je les vois sauter la petite haie et atteindre l'ombre, sous la voûte des arbres.

Je marche pas trop vite, pas envie d'avoir la honte de ma vie s'ils venaient à me remarquer, je sais toujours pas pourquoi je vais vers eux.

J'arrive au petit chemin, j'enjambe le filet d'eau qui sort de la petite grotte, J.R. nous a dit y avoir déjà été avec un mec du syndicat d'initiative, tenue de spéléo et tout, il a rajouté qu'on pouvait pas aller très loin.

L'air est beaucoup plus frais, les arbres et la roche me font vite oublier le cagnard. J'aime bien venir taper une gorgée ou deux dans la petite source. Pas eu encore trop de raisons de venir pour autre chose…

Je remonte l'allée, la lumière perce les feuillages, au-dessus c'est un grand champ de blé.

Je sais où ils sont, il y a un renfoncement où la «brousse» est à plat, quasi rasée, à force d'être piétinée par les jeunes couples.

Je me planque derrière les troncs, les buissons, j'avance doucement, et je les vois.

Ils sont allongés, le sourire de Julie me percute, il est pour Vlad. Elle est sur le dos, les mains tendrement jointes autour de son cou, lui la contemple, une main caresse doucement son flanc, l'autre la soutient.

J'ai chaud, c'est vraiment pas agréable, la sensation de brûler, le coup de soleil du siècle.

Une peur me strie le corps, celle de me faire voir. Ce serait l'humiliation, la trahison, je suis plus terrorisé que si on me laissait une journée entière avec Cédric dans une pièce close.

Ils respirent le bonheur, Julie embrasse doucement mon meilleur pote.

Je peux pas croire qu'il ait rien vu venir.

Il remonte sa main doucement sur son ventre, sur sa poitrine, son visage, il l'embrasse, sa main redescend, s'arrête sur un de ses seins. Il glisse sous son débardeur, elle se tend, puis se relâche, resserre son étreinte, je respire plus. Ils sont en dehors du monde, protégés de tout, dans leur nid. Sa main bouge avec précaution, Julie passe le bout de ses doigts sur son bras, je suis accroupi, les jambes tremblantes.

Mon meilleur ami va coucher avec ma meilleure amie. Sous mes yeux voyeurs.

Vlad balance un regard pour s'assurer que rien ni personne ne viendra les déranger, le bosquet est une cachette parfaite.

J'ai cru défaillir quand ses yeux verts, filous, se sont baladés vers moi, je suis paralysé.

Il ne m'a pas vu.

J'en suis sûr.

Il pose à nouveau ses lèvres sur celles de Julie, remonte doucement le débardeur, dévoilant le soutien-gorge. Julie se crispe, je le

sens. Vlad lui sourit, passe un doigt sur sa bouche, l'étreint, le garçon rassure la fille, il plonge son visage dans son cou, je suis sûr qu'il
la cajole de mots doux.

Elle ferme les yeux, l'attire vers elle, Vlad continue, il fait passer
tout en mesure le débardeur au-dessus de sa tête ; ils sont complices,
tendus, Julie semble gênée mais ses yeux disent autre chose.

Vlad commence à baisser les bretelles de son soutif, je détourne
les yeux.

À quoi je joue, putain de voyeur ? À quoi ça sert, c'est à eux, c'est
leur moment, leur histoire.

Je serre les dents, mais regarde à nouveau.

Vlad a pris le contrôle. Il calme, tranquillise, embrasse la belle,
dont les cheveux tombent sur les seins, bientôt découverts.

Julie a peur mais Vlad l'emmène avec lui.

Il promène une main sur ses jambes, l'autre continue d'abaisser la
dentelle, et soudain elle disparaît entre les cuisses de Julie.

Elle recule, sourit maladroitement. Ils parlent, Vlad fait le con,
elle rit, l'embrasse, regard en coin, Vlad s'approche, reprend son
numéro, elle pouffe, il appuie ses baisers, leurs bouches dessinent
deux croissants de lune. J'espère qu'il l'aime vraiment, je suis fou de
jalousie. Julie partage ses lèvres avec ferveur, j'ai le futal qui va exploser, les yeux rivés sur son sein gauche, dévoilé. Le plus beau du
monde, comme dans mes rêves, rond et plein, doux, j'en suis sûr.
Vlad pose délicatement ses doigts dessus, son autre main repart
découvrir le plus grand mystère de nos vies.

Ils vont le faire, ils…

Et là, je le vois…

À quelques mètres, comme moi, planqué comme un gros pervers : le Dalton…

Il est apparu comme un démon, camouflé par la nature, et ne m'a
pas vu. Je ne distingue pas son visage mais il s'agite comme un porc,
une main entre les jambes bouge à une vitesse effrayante.

J'ai envie de vomir.

J'ai honte.

Mes amis n'ont rien remarqué.

Vlad commence à bouger son bassin contre elle, Julie semble osciller entre excitation et appréhension. On entend les bruits de leurs baisers, j'ai envie de hurler, mais je ne veux pas être surpris. Surtout pas.

Je prends une pierre, enragé, et la balance sur le Dalton, j'aurais voulu la tête et c'est l'arbre à côté qui morfle, mais il sursaute et se lève.

Vlad le repère.

Julie crie.

Le Dalton grogne. Ce con a sa bite hors de son short, regarde partout autour, la bave collée aux lèvres, ne pige rien. Qui m'attaque, qui?

Vlad est debout, il fonce vers lui.

— Non, Vlad!! crie Julie.

Je me recroqueville, j'aperçois Vlad s'emparer d'un bout de bois. Le Dalton se rajuste, baragouine des excuses, la montagne s'affole, il le sait, si ça s'apprend, lui, l'idiot du village, se palucher devant deux ados, il est foutu.

Vlad n'a pas peur, il se lance sur le dégénéré massif et lui envoie un grand coup dans le visage, oublié le croquemitaine. Il lui braille des insultes.

— Fils de pute, vais t'corriger, dégage, reviens jamais, sale porc, j'vais t'buter, je...

Le Dalton devient dingue, l'animal prend le dessus, il est immense, incontrôlable, il repousse Vlad si fort qu'il tombe au sol.

Il avance vers lui, finie la peur du bâton. Ce mec est fou dangereux.

Il envoie son poing sur Vlad, mon pote l'encaisse avec les bras. Il gémit. Julie hurle.

Je me redresse et sors de nulle part, Vlad me voit, le Dalton se retourne, et sans réfléchir je lui fonce dans le bide. C'est un mur, mais avec l'élan il vacille. Vlad est debout, le bâton à la main. Il le frappe, une fois, deux, les yeux noirs.

Finalement, rattrapé par un éclat de lucidité, le Dalton s'enfuit, il détale par le haut, ses pieds dérapent, il cherche à rejoindre le champ pour disparaître au milieu du blé.

Vlad l'abreuve de menaces, lui jette tout ce qui lui tombe sous la main.

Julie arrive derrière, rhabillée, se plaque contre lui. Elle ne comprend pas ce que je fais là, mais fond dans mes bras. Vlad ne quitte pas l'endroit où le barge a disparu, son torse se lève rapidement, il est essoufflé, emporté malgré tout par la trouille.

— Quel enfoiré, qu'est-ce qui s'est passé? je siffle, les pommettes brûlées. Je me baladais et j'ai entendu vos cris.

Vlad me regarde, je baisse les yeux. On s'est compris, on en reste là. Il me tape l'épaule.

— Merci, vieux. Faut pas être net, putain, c'est un malade, je vais l'balancer, on va lui envoyer les flics… Nan, pas les flics, y feront rien ces ânes. Faut le chasser, faut qu'y dégage de chez nous… C'est un putain de mongol… Ça finira mal un jour, t'imagines…

— Calme-toi… C'est fini, le rassure Julie en l'obligeant à la regarder dans les yeux, les mains sur ses joues.

— J'ai flippé.

— Moi aussi…

— Putain, et moi alors?

— Hey, bon petit plaquage, Général!

Ils sont emportés par un fou rire, s'embrassent.

Je me sens triste, seul. Je voudrais m'excuser. Je plonge dans les yeux de Vlad. Il n'en restera pas là. Et soudain, j'ai encore plus peur de lui que du Dalton.

Présent…

Il y eut grande affluence à l'enterrement de Vlad le vendredi matin.

Malgré les rumeurs, la réputation. On vint nombreux rendre hommage à l'enfant du pays, parti trop tôt. Tous les âges, un même visage désolé.

Le gang en première ligne. Dévasté. Chris incapable de lâcher la main de Julie, perdu, déglingué avec son bras en écharpe, ses ecchymoses. Elle, la gorge nouée, disant au revoir à son amour de jeunesse, son meilleur ami, réclamant la force de Chris pour ne pas flancher.

Romain, disparu derrière ses lunettes noires, le cercueil froid comme point de fuite.

Rejeter cette réalité, sortir du cauchemar.

Laure, effondrée, veuve fragile dans les bras de son cousin le cuisinier, en larmes.

Vlad sur tous les visages. Tous brandissaient cette odieuse fatalité. Les anciens, mutiques, priaient.

Loin de comprendre les événements qui bousculaient le canton.

Ses frères et sœurs étaient là. Sa mère malade et son père, réduit à la culpabilité.

Les cortèges de nuages défilaient paisiblement dans le petit cimetière bientôt plein.

L'occasion, pour la commune, de se retrouver.

Cédric.

Comme tous : triste. Un gosse perdu.

Autour de lui, les siens : Mélodie, sa belle-mère, dévastée, les traits encore plus pâles que la dernière fois où il l'avait vue. Subitement vieillie.

Les gars de Vouavre, les gars de Vlad. Le Pec, la Guibolle, l'Agneau. Accablés, conscients de ce qui viendrait, après.

Chris avait ignoré Cédric, pas d'esclandre, pas de violence. Les deux frères laissaient l'ami de leur ami lui dire adieu. J.R., en tenue civile, accolé à Lulu et son frère, veillait au grain ; tous trois étaient ravagés par cette impression de gâchis et la terreur du lendemain.

Romain accorda un regard à Cédric, il comprit qu'il goûtait au vrai chagrin, il le ressentait. Cédric, derrière son masque, prenait toute la mesure de cette vérité.

Vlad était mort.

Demain, il faudrait faire face aux conséquences.

Mais pour l'heure, tous étaient au recueillement.

*

Cédric, bouche entrouverte, avachi dans le fauteuil de son père. Cet enfoiré.

Cédric hagard, défoncé, une bouteille de J&B à la main.

Ailleurs.

La suite.

Les responsabilités.

Vlad.

Il dégagea sa lèvre de sa dent fendue, avala une gorgée interminable.

Mélodie arriva dans la pièce. Sa beauté était différente depuis quelques jours. Il n'aurait su dire depuis quand exactement, mais il la trouvait changée. Son visage, pourtant préservé des affres du temps, n'était plus comme celui affiché sur l'unique photo posée sur le rebord de la cheminée.

Elle aux côtés du vieux, moustachu, peau de Gitan, cramé. Entre eux : le petit monstre. Moins rayonnant. Il mit cela sur le compte des événements. Ouais, en y réfléchissant, Mélodie avait changé depuis le passage à tabac de Vlad.

Elle lui dissimulait bien quelque chose.

Il le sentait.

Il avala une lampée censée le sécher pour la nuit.

Elle jouait un rôle.

Sa parano grandit avec la chaleur recluse dans son estomac, sa gorge.

Elle lui semblait tellement distante.

Ils s'étaient toujours tout dit. Tout.

Il chercha à dérober ses pensées. Elle lui échappa encore.

Comme forcée, elle caressa l'arrière de sa tête, amena son visage contre son ventre.

— Tu souffres, mon petit homme, je le sais.

Voix sincère pourtant, véritable témoignage d'affection. À n'y rien comprendre.

— Parle-moi, Mélo…

Elle évita ses yeux, dévia sur le mur.

Cédric fixa son regard fier sur le visage angélique fatigué.

— J'ai b'soin de toi, Mélo. Qu'est-ce qu'y a ?

— Rien.

— Si, j'le vois bien. Qu'est-ce t'as ?

— Viens. Demain est un autre jour. Viens.

Il se laissa guider vers la chambre. Il lui sembla qu'elle faisait un effort surhumain.

Mais il voulait y croire. L'amour même dans la rage.

*

En fin de matinée, Mélodie rapportait du bois dans une brouette quand le Rover arriva dans la cour.

Cédric en sortit, accompagné de Kozanowski, visage verrouillé.

— Mélo, va ouvrir la remise.

Les bras toujours en lutte avec le poids du bois, elle manqua d'air quand elle vit le Serbe sortir violemment un homme de l'arrière du véhicule. Un des jeunes dealers croisés tant de fois à Châtillon, Kevin, se souvenait-elle. Le visage ravagé de traces de coups, le sang séché aux commissures des lèvres et sous le nez, renvoyait à un maquillage grotesque.

— Qu'est-ce que tu fais, Cédric?! fit-elle d'une voix à peine audible.

Cédric fumait sa cigarette calmement.

— Les mecs qu'ont foutu la merde, les enfoirés qu'ont tabassé le Romain. Ces petits salopards qu'on nourrissait, le Vlad et moi, et qu'ont cherché à nous bouffer la main… Ce petit crétin, là, c'est Kevin, et ce mec nous a foutus dans la merde, alors j'répare ses conneries. Tu t'occupes du reste.

Elle avança vers eux, le corps traversé par le froid. La tête envahie d'images. Toutes violentes.

Le jeune se débattait, pleurait. Koza l'empoigna et lui infligea son regard le plus intimidant, une main écrasant sa mâchoire.

Un corps gisait encore à l'arrière. Elle posa ses mains sur sa bouche.

— T'inquiète, Mélo, il est juste dans les vapes. Koza lui a collé une beigne. T'en fais pas, j'te dis. Va chercher les clés de la remise s'te plaît.

Koza mit le jeune à genoux, près du coffre, et ouvrit ce dernier. Kevin oublia ses jambes, s'effondra et vomit ses tripes.

Un jeune Noir y gisait, regard fixe, bouche ouverte, le visage détruit, sa peau constellée de sang, de terre.

— Putain… Idriss…, gémit Kevin.

Il se mit à geindre comme un porc face au couteau, rampa, agrippa le jean de Cédric, les yeux inondés.

— C'est vous qu'avez foutu ce bordel. Moi j'nettoie, dit Cédric en allumant une autre cigarette avec son mégot avant de le jeter dans les graviers.

Idriss respirait péniblement. Ils allaient le massacrer lui aussi, le tuer sûrement, et ensuite ce serait Yann, si ce n'était pas déjà fait.

— Cédric, qu'est-ce que tu fais ? Ça va trop loin !

Il s'approcha de la belle, passa son bras autour de ses épaules.

— Tu trembles… T'inquiète pas je te dis. Je m'occupe de tout. Ces trois denrées nous ont mis dans la merde, mais je vais tout régler. Je compte les livrer aux Parisiens.

— Cédric…

— On n'a plus le choix. C'est eux ou nous. Faut que je règle cette embrouille, et que je retrouve le mec qui a fait ça à Vlad.

Mélodie camoufla sa détresse derrière ses yeux vides. Il la trouva plus belle que jamais et l'embrassa. Koza envoya son ranger dans les côtes du jeune à terre.

Kevin se contenta de pleurer. Terreur humide dans son ventre. Les reins proches de l'explosion.

Il implora ce regard vide de bouseux. Ce petit mec sec avec la tête de cette femme splendide posée contre lui.

— Va chercher les clés, Mélo. Faudrait pas qu'on les voie ici.

Elle regagna la maison. Koza referma le coffre.

Kevin n'arrivait pas à détacher ses yeux du monstre. Ce mec respirait la mort.

Mais le coup qu'il reçut dans le ventre ne vint pas du colosse. Cédric frappa brutalement. Le choc l'envoya au sol.

Puis il commença à le cogner. Une fois, deux fois, trois…

Méthodiquement, sans âme ni colère. Quand il se releva, Kevin pleurait dans son sang, défiguré.

Cédric ne ressentait rien.

*

Samedi soir, là, quelque part, Cédric allait rencontrer ses fournisseurs.

Les frères avaient conscience que le dispositif de la gendarmerie avait ses limites.

Date et lieu avaient probablement été changés.

Le territoire était vaste, les moyens bridés. Impossible de vérifier si ce deal allait bel et bien avoir lieu.

Mais surtout, leur esprit était obnubilé par le drame. Envie de ne plus penser à rien.

C'était devenu un meurtre. Et pendant que le coupable échappait aux gendarmes, eux étaient condamnés au courage pour l'affronter.

Chris somnolait dans son fauteuil. Ses idées de vengeance se noyaient dans sa peine.

Julie veillait sur lui, une main apaisée sur son ventre.

Romain n'acceptait pas le deuil. Comme à l'époque. La mort frontale. La violence.

Il refusait. Après dix ans de séparation, toute cette absence, voilà comment l'ironie s'acharnait pour décupler le manque.

Besoin de prendre l'air.

Il décapsula une bière, laissa le liquide faire son chemin.

Julie arriva. Il la contempla :

— Je t'avais promis…

— Arrête. Tu sais, j'étais vraiment heureuse que tu sois revenu, on était enfin une famille, on aurait pu aider Vlad…

— Tu crois vraiment qu'on aurait pu faire quelque chose? Ça remonte à trop longtemps. Vlad a toujours eu ça en lui. À l'époque, j'ai passé mon temps à accuser Cédric de l'avoir utilisé. Aujourd'hui, je ne sais plus.

— Je ne porte pas Cédric dans mon cœur, mais Vlad a voulu

181

cette amitié, il savait ce qu'il encourait en se liant avec un garçon comme lui. Mon Dieu, quand tu es parti, il a tellement perdu pied.

Les voix se perdaient dans la nuit pleine, aliénant tout autour d'eux.

— Qu'est-ce qui lui a pris…

— Vlad a peut-être fait des mauvais choix, mais lui et ton frère, à leur manière, ils se sont exposés, ils ont gardé la tête haute face à la vie, ils se sont construits avec. Chez eux. Pour la mémoire de tes parents. Vlad s'est occupé des siens. Il a respecté votre héritage.

Les mots étaient durs. Vrais.

— J'ai pas réussi à faire front.

— Ça ne me suffit pas. Pourquoi tu es parti ? Pourquoi tu nous as tourné le dos ?

Romain voulut lui dire, mais les mots butaient.

Alors, incapable de parler, il fit ce qu'il avait fait au moment où Julie avait appris pour la mort de ses parents. Il l'enveloppa de ses bras, et la serra fort.

Le besoin de lui signifier sa présence. *Je serai là, on va s'en sortir, je suis là pour vous. Le Général est là.*

Il y a dix ans, il avait fait pareil, il avait pris ses amis contre lui, son frère, et leur avait parlé, leur avait juré qu'ils seraient toujours là les uns pour les autres.

C'était son rôle.

Il avait explosé en vol peu de temps après. Tout était remonté à la surface comme un fleuve boueux débordant de son lit. Impossible de respirer.

Alors il avait fui. Sans leur dire pourquoi, mais persuadé que Vlad savait. Cédric aussi.

Sa culpabilité. Née cet été-là. Enfouie et malmenée encore par un nouveau chagrin insurmontable.

Julie laissa ses bras attendrir sa rage, transformer un instant l'insoutenable en douceur.

Il lui transmit dans cette étreinte sa plus belle déclaration d'amitié, des promesses et le témoignage de la culpabilité contre laquelle il luttait.

Enfin, il réussit à parler :

— Tu te souviens de cet été-là, quand tu t'es mise avec Vlad ?

Julie sourit, et trembla dans l'intervalle.

— Comment je pourrais oublier…

— Tout est parti de là. De ce qui s'est passé, et de ce qu'on a fait. C'est ce fameux été que j'ai commencé à dérailler. Et la mort des parents m'a achevé.

Julie respirait doucement. Calmer la chamade dans le corps de Romain.

— De quoi tu me parles, je me souviens très bien… Mais qu'est-ce que vous avez fait, Romain ?… Tu me fais peur.

— Tous les trois…

— Mais de quoi tu parles ?! Vous m'avez caché des choses tout ce temps ?

— On a… Oh putain, ce serait tellement plus simple si Vlad était encore là.

Il était incapable de s'ouvrir d'avantage. Elle lui laisserait le temps.

Elle posa son visage contre son torse, cessa de retenir ses larmes, consciente, comme lui, que plus rien ne serait comme avant. Vlad était parti et dans trois mois elle donnerait la vie.

Ses lèvres articulèrent un merci muet.

Passé…

Cette fin d'après-midi, je suis allongé dans « notre » pré, pas loin du hameau. On y vient tous les jours, c'est une butte avec une vue sur plusieurs kilomètres. On sait qu'on peut se retrouver avant d'aller mettre les pieds sous la table chacun chez soi.

Il va y avoir des étoiles filantes cette nuit et on aime venir les traquer ici. Des souhaits plein la tête. J'ai pas faim, pas envie de rentrer.

On n'a rien dit à personne à propos du Dalton.

Je voudrais ne plus y penser.

Des pas dans l'herbe. Je me redresse.

Vlad, clope au bec, avec une Kro, accompagné de Cédric.

— Faut que j'te cause, Rom.

Je l'interroge du menton.

— On peut pas laisser ça comme ça, sans rien faire. Faut qu'y comprenne ce putain de taré. J'arrête pas d'y penser depuis hier. Mes sœurs, Julie, je veux pas qu'il puisse leur tourner autour. Quand j'l'ai laissée tout à l'heure elle était encore toute secouée.

— Tu lui as causé à lui ? Putain, mais ça le regarde pas !

Cédric renifle.

— Il est avec nous. Le Dalton passe son temps à reluquer la copine de son père. Ce mec est un danger.

— On n'a qu'à le dire aux parents.

184

— Tu crois vraiment? T'es trop gentil toi, moi j'le connais le Dalton, je veux pas jouer à pile ou face avec ce fou dans le coin. Je deviens dingue quand je me dis qu'il pourrait recommencer, comme ça, juste parce qu'il peut pas se contrôler.

— Alors on fait quoi?

— On va chez lui et on règle le problème. Les sacs des campeuses, les filles qu'il mate en se branlant, *ma* Julie... Moi je laisse pas un taré comme ça dans la nature.

— Régler le problème? Tu veux dire quoi?

— On va lui donner une leçon.

— Fais pas ça, Vlad, c'est un fou le Dalton, il est dangereux, ça va mal tourner. On n'est pas de taille, on est des gosses.

— T'as peur?

— Ça a rien à voir avec la peur.

Je lui arrache la bière, en descends une gorgée.

— Putain, Général, j'ai besoin de toi, tu viendras ou pas?

Je secoue la tête. Pourquoi tout ça? Pourquoi j'ai jeté cette putain de pierre sur le Dalton? J'aurais dû le laisser se finir, garder ça pour moi. Ne pas les suivre d'ailleurs. Je m'en veux. Jamais mon pote n'aurait eu ce regard envoûté par la haine.

Mais le pire est là.

Tout bascule.

Ses yeux s'animent d'une colère nouvelle. Il regarde au-dessus de mon épaule.

Je me retourne et tous les trois on l'aperçoit.

Julie. Elle vient vers nous. Elle est bouleversée, son visage est marqué par les larmes.

Vlad rentre ses lèvres dans sa bouche pour les mordre. Il se dresse et va la soutenir. Cédric et moi on est debout, hagards.

J'arrive pas à avaler ma salive. Julie est débraillée. Sa lèvre inférieure entaillée. Elle a essuyé du sang sur sa joue.

Vlad la prend dans ses bras. Elle sanglote, il la cajole, passe la main dans ses cheveux décoiffés. Cédric recule et s'allume une sèche.

Il me regarde.

— Qu'est-ce qui s'est passé ?! je hurle.

— Qu'est-ce qu'y a, Julie ? Parle-moi. Je suis là. Qu'est-ce qu'il y a…

La voix de Vlad se veut rassurante mais elle transpire de violence refoulée.

— J'étais près de la rivière, je cueillais des mûres… et… c'est… c'est le Dalton… il… il m'est tombé dessus. Il était ivre… Il puait l'alcool…

— QUOI ?!!

Vlad n'a jamais crié aussi fort.

Mes jambes flageolent. Vlad plonge dans les yeux de Julie. Cédric grimace. On dirait qu'elle a honte. Elle fuit.

— Julie, mon Dieu, Julie, est-ce que… est-ce qu'il…

Il la détaille, ses fringues sont sales, une bretelle de sa salopette est déchirée, et il y a la terreur partout en elle. Les tremblements.

Cédric tourne la tête. Je suffoque. Faut que je reste fort.

Elle enfonce son visage contre la poitrine de Vlad.

— Non… Mais… j'ai senti ses mains, il me plaquait au sol, j'ai pris son coude dans la bouche en me débattant, on aurait dit un animal. Il a surgi de nulle part, il était comme… comme hier. Il est fou. Je me suis débattue, je l'ai frappé avec une pierre… et j'ai réussi à m'enfuir, il tenait à peine debout…

On souffle, tous les trois. Soulagés malgré la peur toujours présente maintenant qu'on sait qu'elle a échappé au pire.

— Faut aller voir les gendarmes.

Ma voix est déterminée.

Cédric hausse les épaules mais reste muet, il s'en remet à Vlad.

Julie secoue la tête. Si son père l'apprend… le Dalton est mort. Mais s'il apprend aussi comment et pourquoi il est devenu barge à vouloir violer sa fille, Vlad aussi est mort.

Le Captain me parle :

186

— On se calme. Je vais raccompagner Julie. Cédric, tu viens avec moi. Le principal c'est qu'elle aille bien. Ensuite on verra.

Il ment. Je le connais. J'ai la même rage dans les entrailles.

Il ne me lâche pas du regard. Je suis pris en tenaille car Cédric l'imite.

Je reste droit, poings serrés. Je suis aussi déterminé qu'eux.

Présent...

Cédric était hypnotisé par le bout rougeoyant de sa cigarette.

La bouche entrouverte, il la faisait danser dans le noir.

La nuit était totale au beau milieu de cette clairière entourée de prés clôturés de barbelés.

Il était assis sur le capot de sa C3.

Koza attendait les ordres pour allumer les lumières. Des Maglite posées sur les capots et les phares de la caisse.

L'heure avançait, le froid mordait au travers des blousons, Koza comprimait ses bras, tendu.

Son portable vibra.

Un son artificiel, différent de tous ceux qui se répondaient alentour, animaux, vent dans les arbres, clapotis de la mare toute proche.

Cédric claqua des doigts. Koza alluma les lampes, une à une, et donna vie au lieu du deal.

Cédric savait s'adapter, c'était l'histoire de sa putain de vie.

Un bruit de moteur arriva à leurs oreilles, un véhicule progressait sur l'étroit chemin.

Cédric bâilla, il était tard, il se cura une oreille.

Une fumée blanche sortait de leurs bouches, suspendue un temps incroyable dans l'air, prise dans les halos des lumières.

Ils n'avaient rien changé au plan, les gendarmes avaient beau avoir renforcé les contrôles des départementales, des communales, le coin était vaste, ces mecs habitués.

Il reconnut les phares jaunes de la grosse Cayenne. Ils s'arrêtèrent à bonne distance, de quoi saloper leurs godasses dans la boue. Bienvenue à la maison.

Deux types émergèrent. Les deux habituels, l'Arabe au regard dur : Youcef, un bombardier sur son corps travaillé à la fonte, et le Blanc au crâne rasé et à la balafre : Rico, avec ses yeux de cinglé, poids welter, cintré dans un cuir.

Ils approchèrent, leurs regards posés sur le Serbe. Visage truffé de traces de coups et de menaces latentes.

Peu d'échanges. L'Arabe avait une main dans son futal, le Blanc tenait un sac de sport.

Cédric, laissant traîner sa voix :

— Vlad est mort.

Les deux ne cillèrent pas, ils s'en battaient les couilles. La nuit serait longue, ils avaient une autre livraison à faire, dans l'Allier, et une autre demain en Saône-et-Loire. Tout était calculé dans le prix de vente, main-d'œuvre, kilométrage, putain d'essence trop chère, mais le produit était bon.

L'endroit était flippant; avec la lumière, le reste disparaissait. Putains de bouseux dans leur cambrousse, plus loin que loin. Le Blanc n'était jamais rassuré, il n'avait aucune idée du genre de bestioles qu'on trouvait dans le coin. Le froid était agressif, l'humidité rongeait ses cuisses. Il détestait ces coins égarés. Et ces types. Depuis qu'ils bossaient avec eux, il avait toujours préféré Vlad à Cédric.

Question de regard. Il connaissait les vrais dingues.

Un bruit attira leur attention, différent des autres. Les deux dealers se retournèrent, le flingue déjà à la main pour le rasé.

Deux ombres émergèrent des fourrés. Un homme en treillis avec une cagoule… un putain de fusil dans les mains, l'autre aussi avait une carabine et le visage caché par un masque de hockey tout droit sorti d'un film d'horreur. Ils visaient le groupe.

Le tout pour le tout. Cédric retint son souffle. Garder son sang-froid, espérer que tout se passe comme prévu. Il resta droit.

— Bougez plus! hurla la cagoule.

— Mais...

— Encu...

Koza leva son arme sur les intrus. Comme ils avaient dit.

Sous la cagoule, le Pec poussa un cri et tira sur les dealers.

Les détonations se firent écho. L'Agneau, sous son masque, alluma un pneu de la Cayenne. Rico, touché à l'épaule, avait plongé au sol, Youcef dégaina un flingue, tira au jugé et détala. Il s'engouffra dans la forêt sous une pluie de hurlements. Il comprit qu'on l'avait pris en chasse sans savoir qui restait debout des assaillants ou des bouseux.

C'était Cédric. La situation leur échappait. Le plan était simple pourtant : simuler un braco lors du deal. Accuser des concurrents. Faire du dégât chez les Parisiens. Récupérer Kevin et ses potes et les mettre au chaud afin de leur faire porter le chapeau et les livrer au boss quand celui-ci viendrait pour mettre le coin à feu et à sang. C'en serait fini des trois frondeurs et des Parisiens au passage.

Mais le type s'enfuyait, et prenait une avance terrible. Il fonçait en déchirant le noir spectral du bois rendu au froid nocturne.

Putain de dégénérés, fous furieux d'avoir fait un truc pareil, ils les crèveraient tous.

Mais d'abord : sortir de cet enfer. Bras en avant, foulées de sprinter, il ne discernait quasiment rien, ses pieds heurtaient le mauvais sol, il fuyait comme une proie, ses poumons relâchaient des ahanements, la main bien cramponnée à son calibre.

Ses yeux à peine accoutumés à la lumière lui permettaient seulement d'éviter les arbres et les branches les plus basses; derrière, le bruit d'une course. Il évita un tronc de justesse, manqua s'écrouler, reprit sa course à s'arracher le cœur.

Il sentit alors une présence autour de lui, autre que son poursuivant.

Des bruits de pas, il y avait quelque chose près de lui, en face même.

Un éclair déchira l'air et le faucha au flanc. Il embrassa un parterre détrempé de feuilles mortes.

Cédric, arme en avant, vit Albert Fauvé sortir des ténèbres, fusil à la main.

Qu'est-ce qu'il fout ici, celui-là ? pensa-t-il, yeux rivés sur l'arme et le faisceau de la lampe qu'Albert venait d'allumer.

— Vous avais prévenus. Pas d'ça chez nous. L'prochaine fois, c'est toi qui y passes ! Compris ?

Cédric le regarda fixement, yeux plissés à cause de l'éblouissement.

Il avait toujours connu aux Fauvé la réputation d'être au courant de tout, d'avoir un nez et un œil partout. Aussi effrayé qu'impressionné.

Au sol, le dealer gémissait. Toujours vivant, tant mieux.

— Vous protégez votre territoire, hein ?

— L' répéterai pas. On veut plus voir ça ici. Ça amène que l'malheur, les gens d'la ville. Pas besoin de vous, pas besoin d'eux.

Il sentit quelqu'un dans son dos. Yolande. Visage fermé.

— C'est prévu. Laissez-moi juste un peu de temps.

— Et nos condoléances pour le Vlad.

Hors du temps. Dans cette forêt inquiétante, au beau milieu de la nuit.

Ils disparurent. Cédric, tremblant, s'alluma une cigarette. Il entendit les bruits de battue de ses hommes, des voix distinctes.

Il regagna les voitures et rameuta ses troupes. On n'y voyait pas grand-chose.

Le Blanc, inconscient, était entre les mains de Koza, finalement blessé à la jambe et à l'épaule.

Le Pec, en sueur sous sa cagoule, ne pouvait quitter le corps des yeux.

L'Arabe gémissait. Pour parfaire la mise en scène, c'est l'Agneau

191

sous son masque qui s'approcha et, jambes écartées au-dessus de lui, le frappa violemment pour lui faire perdre connaissance.

Le visage s'enfonça dans le sol détrempé.

Chacun savait ce qu'il devait faire. Ramasser les blessés. Les amener chez Mélo. Tout était prêt. Une caisse pleine d'héro à planquer.

Il aurait eu de quoi tenir un an en se débrouillant bien, faire grossir le territoire, même.

Mais pas avec des hyènes aux fesses. Et ce n'était pas ce que Vlad aurait voulu, il avait été clair, et Cédric était le représentant de sa voix.

Alors, préparer la riposte, le dernier acte.

Cédric se refit le film de la soirée.

Il n'y avait pas eu d'autres choix possibles que celui-ci.

Sans l'argent, les mecs leur auraient fait la peau.

Cédric avait pris cette décision et, comme pour toute décision, il y aurait des conséquences.

Cette bande était organisée, ils savaient où et avec qui était chaque gramme de leur dope à n'importe quelle minute, ils mettraient tout en œuvre pour la récupérer, et punir.

L'avenir serait déterminé par les prochaines heures.

Soit il allait réussir à honorer la volonté de son pote : sortir de ce réseau et bosser de façon artisanale, maintenant que garage, restau et café vivotaient, soit il allait déclencher un chaos sans précédent.

Un déluge de représailles. Tout dépendrait de comment il jouerait ses prochaines cartes.

Cédric n'avait pas d'avis, l'appât du gain ne l'intéressait pas.

Avant, il voulait avancer avec Vlad. Mais c'était fini…

Il se demanda ce que son pote aurait pensé de sa décision. Sa mise en scène…

Il l'aurait comprise, ils avaient toujours été sur la même longueur d'onde.

Loin de leurs villes, loin de leurs tours. Ici, c'était chez eux. Besoin de personne. Sur ce coup, ce dingue d'Albert, qui venait de tirer sur un homme sans scrupule, avait raison.

Si Vlad voulait sortir de ce business et vivre autrement, alors ce serait à lui de s'en occuper.

Respecter sa mémoire.

*

J.R. avait été appelé en urgence. Des coups de feu avaient été entendus dans la zone du bois de Pouilly. Ils avaient patrouillé. Rien.

Il enrageait. Manque de moyens, de considération, nager à contre-courant un jour de crue.

Les phares éclairaient sa campagne, dessinaient les routes sinueuses.

Pas un mot dans la voiture.

Malheur de malheur. Chez lui.

Et des coups de feu maintenant. Qu'est-ce qui avait bien pu se passer ?

Les frangins du gang ne l'aideraient pas. Même après les fleurs qu'il leur avait faites.

Il le savait pertinemment, amitié ou pas, ils voulaient régler ça en famille.

C'était aussi triste qu'attendu. Il aurait fait de même.

Mais son uniforme le lui interdisait. Il devrait rester impartial.

L'esprit ailleurs, il allait rouler dans la nuit pleine de brouillard, ne rien trouver, et rentrer au petit matin, plus abîmé que la veille, avec la sensation que le pire arrivait.

*

Au plus profond de la nuit, Cédric siégeait dans son fauteuil. En face, le Pec prenait une douille, l'Agneau tremblait encore par moments. Les images de la nuit revenaient de plein fouet. Ses mains serrées sur la bouteille de J&B, la Guibolle regardait sans y croire des clips dans lesquels des bombasses dansaient autour de piscines aussi grandes que l'étang de Baye.

Mélodie dormait dans sa chambre. Cédric la soupçonnait de faire semblant. Il ne la reconnaissait plus. Trop de changements, trop de secrets.

La bouche entrouverte, les yeux sur son téléphone.

Il appuya sur la touche du numéro préenregistré.

Là-bas. Dans un autre monde, on décrocha.

— Ouais, allô ?

— Cédric, la Nièvre. On a eu une couille.

— Putain, j'arrive pas à joindre mon frère. C'est quoi ce bordel ?

— On s'est fait braquer. Y a eu d'la casse, ton frangin est touché. Mais t'inquiète, on s'occupe d'eux. Les caves sont partis avec la thune.

Silence.

— Vous êtes morts.

— Oh, doucement. Je vais réparer. Y aura des intérêts… On sait qui a fait le coup. Des fourgues, trois mecs. On est déjà sur leurs culs, c'est une question d'heures. Je suis désolé pour ton frère.

Silence.

— Dis-moi ce qui m'empêche de débarquer pour tous vous foutre la gueule dans la boue ?

— On vous livre les trois braqueurs, et je double la mise. On se quitte en bons termes. La paix des braves.

— Triple. Et on pourra discuter. Et le mec qui a esquinté mon frère, je le veux à genoux. On débarque demain soir. La grange. Fais-la-moi à l'envers, et je brûle ton bled au napalm.

Cédric avala une gorgée de bière.

Jamais Vlad ne lui avait autant manqué.

*

Au petit matin, Romain descendit à Tamnay en courant, allant jusqu'à forcer son rythme à la limite de la douleur. Muscles endoloris, il termina par quelques assouplissements contre un banc public, l'esprit agité.

Envie de savoir si cette saloperie de deal avait eu lieu, comment Cédric avait géré la chose.

Envie de harceler J.R. pour savoir où en était l'enquête.

Il croisa les Fauvé à la boulangerie, leva poliment la main pour les saluer, les remercier aussi.

Ils gardèrent le visage fermé comme à leur habitude. Il les avait aperçus le jour de l'enterrement, accolés à une clôture, venus là comme certains pour voir si le journal disait vrai.

Il fit un détour par le cimetière, le temps de se recueillir. Tragique embarras du choix.

Ses parents, son meilleur ami.

La stèle n'était pas encore posée, mais jamais il ne s'y ferait.

À notre ami. Notre Captain.

Mourir au moment où il voulait changer les choses. Il se demanda comment Cédric allait s'en sortir avec les Parisiens…

Il resta digne face à son pote. La promesse à tenir de tout faire pour que leurs vies rentrent dans l'ordre. De veiller sur le gang.

Il repassa par la maison. Chris était parti à son atelier, Julie en courses, elle était de repos.

Incapable de rester en place, il décida d'aller s'aérer la tête et emprunta à nouveau le quad de Chris.

Il attendit d'être sur des chemins de halage et poussa les gaz dans les sous-bois, s'amusant du relief, domptant le terrain avec l'engin.

Il roula un moment sans réellement savoir où il allait, de bourg en bourg, parfois pendant des minutes entières sans croiser la moindre voiture. Il avala les kilomètres sans réfléchir.

Après une halte près de l'orée d'un bois, l'idée le traversa de pousser jusqu'au Morvan et de retourner à Bibracte ou au Haut-Folin, histoire de s'en prendre plein les yeux et d'aller se perdre dans les forêts noires de pins.

Son portable sonna. Chris.

— T'es où ?

— Je suis dans un bain avec Yolande Fauvé, pourquoi ?

— Ramène-toi.

— Qu'est-ce qu'y a ?

— Laure est avec Mélodie à la maison, la belle-mère va pas bien du tout, elle veut nous parler.

Romain raccrocha. Retour rapide et vrombissant par les petites routes.

L'épreuve du deuil, les conditions du décès de son homme. La pauvre devait s'écrouler, incapable de surmonter.

Il accéléra le défilé des paysages.

Elles étaient dans le salon, Mélodie dans une de ses grandes robes à fleurs, les genoux serrés, mains posées dessus, regard fiévreux où le bleu était attaqué par le chagrin et manifestement l'alcool.

À ses côtés, Laure, tout en courage, maîtresse de ses nerfs.

Chris n'était pas à l'aise pour réconforter Mélodie. Pas vraiment son meilleur rôle. Pourtant, sa main valide posée sur l'épaule de la hippie, il s'évertuait à la calmer.

Elle semblait absente.

Laure leva la tête quand Romain arriva dans la pièce, visage grave.

Il la prit à part.

— Qu'est-ce qui se passe ?

— Elle est venue me voir. Elle… il s'est passé quelque chose…

Elle détourna les yeux.

Romain fut assailli par la peur. Une sensation enfouie.

— Dis-moi… C'est en rapport avec Vlad ?

Laure se mordit la lèvre inférieure. Des larmes s'échappèrent.

Chris fit un aller-retour dans la cuisine pour apporter un verre d'eau à Mélodie. Elle pleurait en silence, en vida une bonne moitié.

— Prends ton temps.

Elle pleurait. Sans pouvoir ni s'arrêter ni expliquer. Ailleurs.

— Je suis là, chuchota la veuve en l'enveloppant de ses bras.

— Parle-moi, Laure, qu'est-ce qui se passe ?

196

— Yves… Le Dalton, il l'a… il l'a violée. Deux jours avant qu'on retrouve Vlad dans le champ.

Un même dégoût anéantit les deux frères. Mélodie restait droite dans son chagrin muet. Laure poursuivit :

— Elle n'est venue m'en parler qu'hier. Je n'ai pas su quoi faire. Ce fou l'a violée… Ce monstre…

Long silence.

— Vous comprenez ? Vous vous rendez compte de ce que cela peut vouloir dire ? Ce fou l'a violée, et deux jours après, on retrouvait Vlad. Mon Vlad. C'est… c'est *lui*…

Romain ferma les yeux.

Passé...

Je vais le faire.

On va le faire.

Tous les trois.

Qu'il y ait Cédric ou pas. Je m'en fous. Ce sera pas de trop. Vlad est comme fou. De chagrin, de colère. Cédric est son ombre, il semble se nourrir de ce qui arrive.

On va punir le Dalton. C'est irréel. J'ai quatorze ans.

Mais ce malade s'en est pris à la fille qu'on aime. Si on le balance aux flics, il ressortira dans peu de temps. Et il recommencera peut-être.

La haine se répand en nous.

On arrive là-bas, on se planque près du muret couvert de ronces, à côté de la bicoque délabrée.

Personne. La lune nous éclaire comme en plein jour, un clair-obscur parfois tronqué par la lourdeur des feuillages.

Le Dalton sort de chez lui. Il doit être minuit passé.

Il regarde le ciel sans y chercher grand-chose, on le dirait perdu.

Il occupe ses mains à nourrir ses poules tout autour de lui et gémit. Regrets et trouille de voir les gendarmes débarquer chez lui.

Tout le monde sait qu'il a déjà fait de la prison.

Je regarde Vlad, lui promets mon soutien. *Je ne flancherai pas,*

Captain. C'est allé trop loin. Pas elle. Cédric est calme. Il attend le mouvement.

Alors on sort de nulle part, on fond sur lui, le premier coup le cueille derrière le genou.

C'est Vlad.

Quand le Dalton tombe, il émet un cri de gonzesse et se retourne, fou furieux.

Face à lui, nos ombres prennent vie, il nous reconnaît. Il sait pourquoi on est là.

Mon pote le domine, une chaîne de vélo à la main, celle qui vient de lui déchiqueter un bout de mollet.

Il veut se défendre, mais Cédric lui envoie ses baskets dans le ventre, de toutes ses forces. Puis Vlad lève le bras, les écrous le frappent à l'épaule, emportent la chair, l'odeur de graisse se mêle à la douleur.

Il hurle, supplie, sanglote.

Vlad est là pour le punir, comme on punit un chien mal dressé. Je revois Julie, son incompréhension. Chez nous. Je revois ses larmes. Je me défoule sur lui à mon tour.

On vit la même frénésie.

Le Dalton est immense, mais on frappe fort. Il est recroquevillé, Cédric lui balance son tibia en plein visage, moi la pointe du pied dans la tempe.

Soudain, j'ai conscience de ce qu'on fait. Je recule. Je halète. Vlad me regarde.

— OK. C'est bon. Stop, je dis.

— C'est un malade! Faut qu'il comprenne qu'il a plus le droit de faire ça!

— Il a son compte, Vlad, il sait que s'il recommence, ce sera pire.

— Ça sert à rien, il recommencera. Ce qu'il lui faut, c'est une *vraie* leçon, et qu'il sache qu'on sera toujours à le surveiller…

Ses yeux diffusent une haine incandescente.

Personne ne devrait porter autant de colère.

Je manque de défaillir quand Cédric sort un couteau.

Le Dalton en profite, main sur sa plaie, il se relève. On dirait une bête blessée.

Mais il passe dans un état second, incapable de se calmer. Et tout bascule.

Il attrape Cédric, occupé à me regarder, par le col de son débardeur et l'envoie contre le mur en pierre. Le choc est brutal.

Vlad lève à nouveau le bras, mais le Dalton est rusé. Il est déjà sur lui, le percute.

Vlad lâche la chaîne, tombe, il prend un coup de poing au visage, son nez saigne, il grogne de colère. Le Dalton le maintient à terre.

Les silhouettes s'agitent au sol et sur la façade.

Cédric est sonné, le front en sang.

Je ramasse l'arme, sans réfléchir, alors que ce fou enfonce son avant-bras sur la gorge de Vlad.

Je le frappe, lui arrache tissu et peau, encore, une cuisse lacérée.

Je hurle. Je me décharge de ma frustration, de ma colère.

Il roule, se tord. C'est fini. Il faut qu'on dégage. Cédric se tient au mur, il titube.

J'aide Vlad à se relever. Mais le Dalton est de nouveau enragé. Je prends un crochet, me retrouve le nez dans la poussière. Il agrippe Vlad et les gifles pleuvent, il l'envoie par terre et le roue de coups, Cédric lui saute dessus, son sang se mêle à celui du dingue qui le repousse de plus belle.

Cédric, à genoux, groggy, se fait éclater le flanc.

Le Dalton me regarde, il voit la chaîne, la ramasse, mes pieds et mes coudes raclent la terre alors que je cherche à fuir.

Il s'affale sur moi, le choc est terrible, je suffoque, les larmes aux yeux, une douleur inouïe, mais je deviens fou quand il cherche à m'étrangler.

J'étouffe, secoué de spasmes nerveux.

Cédric apparaît derrière, avec son odieux sourire, flingue à plombs dans une main, couteau dans l'autre.

Il lui met un coup de crosse sur l'arrière du crâne, l'autre rugit. Il encaisse, plaque sa main sur la blessure et voit son sang. Il se retourne et projette Cédric au sol, qui perd ses armes.

Il m'oublie, se déchaîne sur Cédric. Il m'a sauvé la vie. Et ses bras semblent si frêles face aux poings de l'ogre fou et sanguinolent.

Je ramasse le flingue et le couteau, m'approche, vise la tête et tire. Sans hésiter.

Le Dalton se crispe tout entier tant la douleur est vive.

Je suis en larmes. Aucune plaie, mais je me suis pissé dessus. Je lâche l'arme, mon autre main ne fait qu'un avec la lame.

J'échange un regard avec Cédric. Il vomit de peur. On observe le Dalton se tordre de souffrance, le plomb enfoncé dans la tête.

Vlad chancelle, se repose sur moi.

On évacue la terreur, nos respirations tentent de retrouver un rythme normal.

J'ai la rage.

Vlad me dit qu'il avait bien raison de vouloir faire ça, que c'est un animal, qu'il faut qu'il n'imagine plus jamais recommencer ses saloperies. Et il ira jusqu'au bout s'il le faut.

Il ne pense qu'à Julie. Elle ne deviendra jamais la proie d'un malade comme cet enfoiré.

Punir. Dresser.

Alors on se donne à la haine. On le frappe. Moi le premier. Un lynchage.

Incapable de bouger, le Dalton attend, il prend son châtiment dans un long râle, le corps meurtri. Il pleure, soulevé par des hoquets.

C'est grisant, une chaleur m'inonde. J'ai envie qu'il riposte. Je sens le couteau vibrer dans ma main. Il agrippe dans un réflexe le débardeur de Cédric. La lame fend l'air, je viens de lui faire une longue estafilade. Nouveau hurlement. Il tient toujours Cédric. Malgré son état, il est possédé par l'adrénaline et son instinct de survie, il se redresse, main sur la chair à vif de son bras, et fonce sur nous.

Je le fais instinctivement.

Je le frappe et sens la lame s'enfoncer en lui. Je ressors l'arme, et frappe à nouveau. Conscient de le faire cette fois. Il s'effondre. Étreint son abdomen.

Je recule, mains ouvertes ; Cédric est assis par terre, envahi de tremblements. Le Dalton bouge bizarrement, les yeux dans le vague. On dirait qu'il essaye d'empêcher ses entrailles de s'enfuir.

Impossible d'évaluer la gravité de la blessure, mais entre son crâne percé par le plomb et les coups de couteau, il perd beaucoup de sang. Je suis incapable de respirer. Ma vue se brouille. Qu'est-ce que j'ai fait ?…

Vlad reste fidèle à ce qu'on s'était dit. Il le domine, visage fermé.

— Écoute-moi : la prochaine fois, on te tue ! Je veux pas de ça chez moi, c'est compris, t'as entendu ? La prochaine fois, *je. Te. Tue…*

Sa victime secoue la tête. Il sait.

Vlad ramasse le couteau plein de sang, se met à la hauteur du marginal, il garde les mâchoires serrées. *C'est nous qui avons fait ça.* Ne pas flancher. *C'était pour le punir.* Lui, le fou qui a essayé de violer notre amie. On a rendu service à la région. Pour éviter de nouveaux drames. Il ne nous a pas laissé le choix, force de la nature habitée par sa démence mise au grand jour. Il nous aurait tués tous les trois.

Vlad lui pose la pointe sur la joue. Appuie.

— Tu as compris ?

Le Dalton reste prostré sur lui-même, il pense qu'il va crever.

Il ne manquerait à personne.

Vlad se relève. Face à ce corps soumis.

On s'enfuit à travers les buissons.

*

Le lendemain, je retrouve Vlad sur le petit pont, les pieds au-dessus de la rivière, à la recherche de son reflet dans l'eau calme.

J'ai réussi à camoufler mes égratignures.

On n'en parlera plus.

C'est notre secret.

Comment imaginer dormir? Même après des douches, même après m'être frotté les mains encore et encore, j'ai cette nausée, je suis sans cesse frappé par l'image. Je ressens toujours cet instant, où le couteau s'est enfoncé.

J'ai peur. Qu'il soit mort. Qu'on ait tué un homme. Même avec nos raisons, impossible d'en parler à Julie et Chris.

J'ai tellement la trouille. Nos parents vont débarquer, nos vies seront foutues. On n'en sortira pas. On a fait l'inverse de ce qu'ils ont toujours essayé de nous apprendre. Céder à la colère et nous faire justice nous-mêmes.

Vlad est dans le même état. Des ravins sous les yeux.

Il a les épaules basses. Sentiment de vide, attiré tout en bas.

Il est soudain pris d'une atroce crise de larmes, il pleure comme jamais il n'a pleuré. Impossible d'endiguer le flot, une peine abyssale l'anéantit.

Je n'arrive plus à avaler ma salive tant ma gorge est nouée.

Pas davantage à parler. Je chiale en silence.

Rien à dire. Je lui en veux. Ce que j'ai fait. Il le ressent. On reste là, silencieux.

Notre lien fraternel déferle sur nos joues, on voudrait chacun être rassuré par l'autre, mais non, la réalité détruit nos ventres.

Je vois Cédric arriver, Vlad se dépêche de sécher grossièrement ses yeux.

L'autre s'assoit, clope collée au coin des lèvres, regard vide.

Je ressens ce malaise. Plutôt mourir que de lui dire merci.

Il ne parle pas. Vlad baisse la tête, il attend que les secousses soient moins violentes. Ça le dévore, à écraser ses doigts ainsi sur la pierre, il va faire sauter ses ongles.

Cédric lui passe un bras autour des épaules, sans rien dire, il adoube la peine de son pote.

Cédric maintient le regard droit, sa fumée s'envole doucement au-dessus d'eux.

— Vous avez pas à vous en vouloir, on a fait c'qui devait être fait, c'est chez vous. Vous avez pensé aux vôtres. À elle. On est pareils, vous et moi. Tu l'sais, Vlad. J'suis là. J'le serai toujours.

Vlad tourne ses yeux rouges vers lui. Je hais Cédric, mais je sais que l'amitié qu'il voue à Vlad est aussi absolue que dangereuse.

Ils scellent leurs destins à cet instant.

Présent...

Laure regardait Mélodie.

Les deux frères vivaient la douleur des deux femmes.

La veuve de Vlad tenait les épaules de la belle-mère de Cédric, et celle-ci se nourrissait de la chaleur de ses mains. Elles communiaient dans leur peine inconsolable.

Mélodie ouvrit enfin la bouche, une voix dénuée d'émotion.

— Le Dalton... enfin, Yves Joulac, m'a violée. Deux jours après, Vlad a été retrouvé dans ce pré. Et depuis je meurs à petit feu, je ne dors plus, je ne comprends pas. Yves m'a violée sur une pulsion. Comme ça. Comme quand on lève la main sur un enfant, pour ensuite le regretter dans la minute. Il avait pris l'habitude de venir me voir de temps en temps. Il venait me parler de mon défunt compagnon, son ami. On parlait de tout, de rien. Je le guérissais de vieux traumatismes...

Elle plongea ses yeux mouillés dans ceux de Romain.

— C'est un cauchemar... Je suis tellement... désolée..., réussit-il seulement à dire en lui prenant la main.

Chris était trop choqué pour pouvoir ouvrir la bouche.

— Nous sommes au courant de ce qui s'est passé cet été-là, affirma Laure, calme, en plein contrôle de ses émotions. Vlad m'en

205

avait parlé, et Cédric s'est confié à Mélo il y a quelques années. Quand vous vous êtes vengés. Avec Vlad et Cédric.

Chris regarda son frère avec des yeux ébahis.

Romain resta droit. Il n'avait jamais pu oublier ce jour : Julie agressée, à quelques secondes d'un drame atroce. Leur opération punitive. À quatorze ans. Le début du malaise qui allait grandir, pour l'ensevelir à la mort de ses parents.

— Qu'est-ce qui…, commença Chris avant d'être coupé par son frère.

— Ça s'est passé l'été où Cédric est arrivé dans notre bled. Les vacances où Vlad et Julie sont sortis ensemble. Le Dalton nous tournait autour, et un beau jour il a essayé de violer Julie. Avec Vlad et Cédric, on a réglé ça à notre façon. En tout cas on a pensé le faire… l'éloigner du monde. Le punir. Ça a salement dérapé. J'ai failli le tuer. Je t'en ai jamais parlé. On a grandi avec, on a essayé de le planquer en nous. T'étais trop jeune, et puis ça n'aurait servi à rien. Le mal était fait. Ça m'a consumé petit à petit.

Chris encaissa.

Romain renforça son étreinte sur la main de Mélodie.

— Il m'a violée. Juste après, il… il s'est excusé. Comme s'il venait de me mettre une gifle, pas plus. Il s'est enfui. Un animal. Je n'ai rien pu dire à Cédric. J'avais si honte, je me sens si sale, et j'ai cette peur de voir Cédric commettre l'irréparable. Il le fera, je le sais. S'il l'apprend, il ira tuer Yves. Et on l'enverra en prison. Et je ne veux pas, j'ai besoin de lui…

Elle camoufla son visage dans ses mains.

Romain regarda Laure, elle baissa la tête. Il repensa aux deux fois où il avait croisé l'homme depuis son retour. Vilaine nausée.

— Faut l'enfermer. Putain, si on l'avait dénoncé il y a quinze ans… On a retrouvé Vlad deux jours après? C'est bien ce que tu as dit?

— Oui. Comme c'était impossible pour moi de me confier à Cédric, j'ai été voir Vlad. Je l'ai supplié de ne rien dire à son ami.

206

Vlad m'a promis de garder le silence, il m'a réconfortée comme il a pu, choqué lui aussi. Et deux jours après, j'ai appris que Vlad avait été retrouvé à moitié mort dans ce pré. Je ne pouvais plus garder ça pour moi. Vlad est mort. En partie à cause de mon silence, de ma lâcheté.

Laure blottit le visage ravagé de Mélodie contre elle. Rattrapée à son tour par la vague.

Romain brisa un interminable silence.

— Je suis vraiment désolé, Mélodie. Il n'y a pas de mots...

— Vlad a été le voir. Ce soir-là. Il était à l'auberge. Il m'a appelée pour me dire qu'il partait faire ce qui aurait dû être fait il y a des années. Ça l'a pris comme ça. Il voulait que je sache qu'Yves allait payer. Qu'il serait toujours celui qui veillerait sur notre petit coin tranquille.

Chris s'était assis, une bouteille à la main, hagard.

— Et quelques heures après, il a été retrouvé là-bas. Cédric a très mal encaissé. Persuadé que c'était en rapport avec leurs affaires. J'ai tout gardé en moi. Jusqu'à ce matin, où j'ai parlé à Laure. Le poids était trop lourd.

— Mais comment on peut être réellement sûrs que ce ne sont pas des rivaux qui lui seraient tombés dessus, juste à ce moment-là? Des mecs planqués, une coïncidence malheureuse? demanda Romain.

Mélodie se leva sous les regards surpris et ils la suivirent dans la grisaille. Elle s'arrêta devant sa Fiat. Ouvrit le coffre. Un sac de sport. Romain se passa le pouce et l'index sur la commissure des lèvres. Chris frappa le toit de la voiture quand Mélodie ouvrit la fermeture, le sac cracha ses billets.

Laure, toujours digne, sentit la main de Romain dans la sienne.

Il lui en faudrait, du courage. Une vie pour accepter. Mélodie regardait ailleurs, la fumée d'une cheminée plus loin dans le hameau.

— Deux jours après le lynchage de Vlad, Yves est revenu me voir. Il a forcé ma porte quand j'ai refusé de le faire entrer. Brutal mais désolé, un fou incontrôlable. On aurait dit un môme fautif rongé par la culpabilité. Je l'ai menacé de tout dire à Cédric. Il m'a tendu le sac. Il l'avait trouvé dans le coffre de la Mercedes de Vlad, quand il était venu pour… le tuer…

Romain serra fort la main de Laure. Assailli par le chagrin.

— Il m'a raconté : Vlad a débarqué chez lui, fou furieux, l'a cogné. Et tout est devenu noir. Il se souvenait du corps, du sang. Il a repris le contrôle quand il l'a abandonné dans le pré. Il a trouvé le sac dans la voiture, il a ensuite décidé de me le rendre. Pour rattraper sa faute, m'a-t-il dit. Sans même voir la gravité de ses actes. Pour lui, c'était une façon de s'excuser, il m'a dit que tout ça avait été un accident. Il ne voulait pas me faire de mal. Il a pleuré, il avait peur. Il ne voulait pas être puni de nouveau. J'étais terrorisée, je n'ai pas pu ouvrir la bouche.

— Laure, tu vas t'occuper d'elle, c'est la priorité, fit Romain. J'appelle Julie. Ensuite, on ramène le fric à Cédric pour le deal de ce soir. Faut en finir avec cette saloperie… Et ensuite, on réglera nos affaires…

— Ne dites rien à Cédric. Je vous en conjure. Lui ne réfléchira pas. Il va le tuer. J'ai tellement honte, de mon silence… de… J'ai encore l'odeur de son haleine sur moi. Pourquoi… Pourquoi…

Pudique, Chris laissa son frère la prendre dans ses bras.

*

Laure emmena Mélodie chez elle.

La veuve, prenant soin de celle qui avait involontairement envoyé Vlad à la mort. À cause de ce silence né dans le dégoût et la honte. L'identité du coupable, l'homme responsable du malheur des deux femmes.

Chris interpella son frère.

— Tu m'expliques ?

— Julie n'est pas au courant pour notre descente chez le Dalton. On s'est fait bouffer par la colère. On a débarqué chez lui et c'est parti en couille. Très méchamment. On a commencé à le frapper. Trois ados sur le dégénéré du coin. Je… Il a failli me tuer, Cédric m'a sauvé… et c'est après qu'il s'est jeté sur lui… Et c'est moi… C'est moi qui lui ai tiré dessus avec le flingue de Cédric. Putain, Chris, on aurait pu en rester là… Mais il fallait qu'il comprenne, c'était une bête malade. J'avais ce couteau.

— Tu l'as planté ?!

— Il était incontrôlable.

— Tu aurais dû m'en parler. En parler aux parents.

Romain baissa les yeux.

— C'était pour Julie… Ce malade a failli foutre sa vie en l'air. On l'a laissé au sol. Sans savoir s'il allait s'en sortir. On n'en a jamais reparlé. Julie a surmonté et n'a rien laissé transparaître. À aucun moment.

Tout devenait limpide pour Chris. Ce secret dévorant. Les moments de mutisme du frangin, les longs silences parfois. La détresse qui s'abattait sur lui sans que personne comprenne pourquoi. Il retrouvait aujourd'hui le même regard face à lui. Dominé par la culpabilité. La rage. Ses yeux qui l'avaient abandonné il y avait dix ans, avec cette même expression.

— J'ai passé ma jeunesse à planquer ça bien au fond de ma tête, mais ça revenait me hanter, cette sensation de tenir la vie de quelqu'un dans nos mains. On avait quatorze ans… On a fait comme si rien ne s'était passé. Et après j'ai regardé Vlad glisser, avec Cédric. Quand les parents sont partis, j'ai pas réussi à faire face. Tout est revenu d'un coup. Comme si c'était aussi ma faute. Cet acte immonde, si loin de ce qu'ils m'avaient appris…

Chris lui tendit une bière.

— Et t'as fui. En me laissant avec mes questions. Tu reviens, et notre meilleur ami meurt… Mais pas à cause de son trafic de drogue : à cause de ce que vous avez fait cet été-là. Tu vas l'encaisser ?

Romain soutint son regard.

— Chris, on va régler ça. On est là aussi à cause de ce putain de trafic. On va en terminer une bonne fois pour toutes avec ce qui nous ronge toi et moi. Mais faut d'abord voir Cédric. On a l'argent pour les Parisiens. Faut qu'on en finisse. Après on avisera pour le Dalton.

Chris laissa son frère poursuivre :

— Pourquoi ce fou ne s'enfuit pas ? Il doit bien se douter que ça va lui retomber dessus à un moment ou à un autre. Tout finit par se savoir.

Chris regarda dehors, des bourrasques accompagnées de pluie chassaient les branches des arbres, cette impression de nuit en plein jour.

— Il n'a rien, il n'est rien. C'est un rapporté. Un chien dans un jeu de quilles. La seule chose qui le maintient, c'est la peur, la survie. Voir si demain peut être pire que la veille. C'est comme la guerre. Tu es spectateur de ta vie. Tu attends. Et si tu transformes pas ta trouille en adrénaline, t'es mort.

Le jour de son affrontement avec le Serbe, Chris avait ressenti de nouveau ce sentiment de frisson définitif. Celui que son frère avait dû ressentir quinze ans plus tôt.

— Tu sais, le soir où Vlad est mort, quand on s'est engueulés, j'ai compris que j'avais besoin d'aide… C'est un combat contre ce que je suis devenu là-bas. Si je m'écoutais… J'ai qu'une envie, c'est d'aller en finir avec ce dingue qui a violé Mélodie. Mais je serre les dents et je pense à Julie. Au bébé.

Le téléphone les surprit. Romain décrocha.

— Cédric… Z'êtes libres ?

— Qu'est-ce que tu veux ?

— Empêcher une guerre.

— C'est ta merde…

— Me la joue pas comme ça. Toi et moi, on sait qu'on est liés.

— Et pourquoi je le ferais ?

— Vlad. Toujours Vlad.

Silence pesant.

— On a la thune.

Interminable hiatus, Romain savoura.

— Comment?

— Laure. T'occupe pas du reste, mentit Romain. Le principal c'est qu'on ait l'argent, nan?

— J'imagine que t'as des conditions?

— On s'en cause où?

*

Ils roulaient au pas, coincés derrière la remorque d'un tracteur dont le chargement de fumier s'échappait parfois devant eux.

Le cahotement de l'engin berçait le silence, l'autoradio de Chris diffusait en alternance du Léo Ferré et du Pantera.

Le tracteur prit la route de gauche, ils continuèrent tout droit, Chris accéléra. Ils étaient entourés par le gris, juste au-dessus de ces coulées de vert. Il ouvrit sa fenêtre pour s'en griller une, prit une bifurcation. La route s'était rétrécie et amenait à un lieu-dit esseulé, panneau bleu écrit en italique, son cimetière, son clocher en mauvais état, quatre maisons debout, et un autre chemin accompagné par la voûte des arbres, presque tous dénudés, des myriades de bras crochus qui s'entremêlaient et lâchaient leurs dernières feuilles sur un parterre fourni.

— Julie m'en a jamais parlé non plus.

— Parce qu'on lui en a jamais parlé. On a gardé ça tous les trois. Bien enfoui en nous.

— Je comprends mieux. T'as passé ces années à te laisser gangrener par le souvenir et la culpabilité, et au lieu d'en parler à ton frangin, t'as préféré faussement croire que t'avais apprivoisé ta colère… Et tu t'es tout repris en pleine gueule.

Romain détacha ses yeux du paysage familier embaumé dans la grisaille.

— J'ai pas envie d'en parler maintenant. On doit trouver le moyen de sortir de cette mélasse.

— Je lâche jamais rien. Mais au moins, je te le dis, je comprends mieux.

Ils arrivèrent au bout de la piste boueuse. Un cul-de-sac.

Une ferme, avec deux hangars où trois tracteurs Massey Ferguson à la peinture rouge fatiguée dormaient entre des colonnes de chambres à air géantes, du matériel agricole en pagaille.

La petite exploitation des cousins de l'Agneau, déclara Chris à son frère. Il avait hérité de la ferme, avait gardé la maison mais vendu le matériel, les terres et le reste à la famille. Tout dilapidé.

Il attendait maintenant son RSA en maudissant tous les jours le gouvernement incapable.

À quelques pas de là, ce qui ressemblait à une demeure tenait à peine debout.

Un troupeau mangeait son fourrage dans la stabule, les têtes à l'extérieur.

Un enclos aussi sale qu'une porcherie renfermait cinq pitbulls, attachés par des cordes et des chaînes, ils s'étaient dressés sur leurs pattes arrière et aboyaient.

La porte s'ouvrit, le Pec, en marcel, deux tatouages bleus sur les épaules, un fusil à la main, bientôt rejoint par Cédric.

Il les invita à entrer. Nullement impressionné par l'arme, Chris les assassina de ses yeux perçants en passant devant eux.

Le Pec siffla les chiens, retour au calme.

— Excusez le bazar.

Une table était pleine de vaisselle sale, la même que dans l'évier, des piles de journaux, des seaux, du plastique, des balances, deux bangs, un tas de pipes et des pochons d'herbe. Un sachet plein de poudre jaunâtre.

— Ça t'amuse, hein ? lâcha Chris.

— On en est plus là, dit Cédric en leur proposant de s'asseoir.

Chris remarqua le Serbe à ce moment-là. Dans un coin, blouson en cuir qui décuplait sa carrure.

Le monstre ne le lâchait pas des yeux, un pansement toujours plaqué sur l'arrière du crâne. Son envie de se jeter sur l'ancien militaire était palpable, une énergie destructrice.

Cédric leva deux doigts dans lesquels il tenait sa cigarette.

— Vous deux, vous vous calmez. C'est pas l'moment. De l'action, va peut-être y en avoir ; alors pas de ça.

Chris, sourire hautain, ressentit à nouveau le plaisir qui l'avait traversé quand il avait abattu le mercenaire qui le pensait K-O.

Un monde d'orgueil. Kozanowski semblait attendre son heure.

Cédric posa des verres devant eux et y versa de la goutte.

Romain ressentit une vraie compassion pour le petit Blanc si loin de la vérité. Muré dans son monde prêt à s'effondrer dès qu'il apprendrait.

Il revit leur échange de regards ce jour-là. Ce qu'il avait refusé. *On est pareils.*

Une vraie tristesse vite anéantie par la peur. Prendre les choses comme elles viennent, d'abord réparer les erreurs de son frère de cœur. Ensuite, voir.

Il regarda les pochons, les balances, le bordel, les traces de mégots de joint, le sachet de poudre sur un vieux bottin.

— Faudrait trouver du boulot, les mecs…

Éric haussa les épaules.

Le Pec leur servit un coup à boire. Vida son bolet et renifla.

L'Agneau, le plus faible des trois, trentenaire renié par sa famille, tenta de prendre la parole.

— Tu crois qu'y en a beaucoup du boulot, toi ? Et puis les gnoules nous piquent le peu qui reste. Un pote à Nevers a même pas été pris dans une boîte de nettoyage. Ils prennent que des Noirs et des Arabes.

Chris frappa sur la table, il eut toute l'attention.

— Bon ! On cause ?

Cédric leva les mains, son bombers ouvert révélait un corps rachitique.

— Les gars vont débarquer. Ça va être méchant. Et vous me ramenez le pognon… Vous m'expliquez ?

— Chacun ses secrets.

Cédric s'alluma une nouvelle cigarette avec le bout de son mégot.

— Tu m'as dit que c'est Laure qui vous a refilé le fric ? Tu me prends pour une buse ? Pourquoi elle m'en aurait pas parlé ?

— Je sais pas. Question de confiance. Elle avait surtout peur, continua d'improviser Romain, terrifié à l'idée de la réaction que pourrait avoir le petit Blanc en apprenant la vérité.

Il revoyait les larmes de Mélodie, victime supplémentaire. Même bourreau malade à quinze ans d'écart. Il fit diversion :

— Dis-nous plutôt pourquoi t'as besoin de nous.

Cédric leur parla de la nuit précédente.

— Pas eu le choix, monter ce faux braquage c'était l'unique porte de sortie. On va utiliser les trois branques qui t'ont beugné la tronche pour oublier cette merde. La nuit dernière, on avait c'deal, mais sans la thune, on allait droit dans l'mur. Alors j'ai imaginé une petite mise en scène et à l'heure qu'il est, les Parisiens pensent que Kevin et ses deux potes nous ont braqués. Je leur ai dit que je les avais. C'était la seule solution pour pas qu'on se fasse tous dessouder.

Les deux frères écoutaient Cédric en appréhendant les nouvelles les unes après les autres. Avec un demi-sourire, libérant sa dent fendue, le petit chef évoqua Albert Fauvé.

— Ce bouseux nous a sauvé la peau. J'ai les Parisiens dans la remise. Celui que l'Albert a fumé est bien touché mais il s'en remettra. Mélodie s'est bien occupée de lui.

— Vous avez les mecs ici ? T'es vraiment taré !

Chris regarda le Serbe, fier, lèvres inclinées dans un sourire abject.

— Le boss qui va rappliquer s'appelle Vince, c'est son frangin que l'Albert a abîmé. Il était venu avec deux hommes. Alors pour sortir du biz je leur rends les blessés et les trois autres glands. Ils auront beau beugler qu'ils sont innocents, y aura personne pour les croire. Ce sera plus mon problème. Fallait pas jouer aux cons. Manquait plus que l'argent. Et vous, vous me l'amenez sur un plateau, sans que j'comprenne comment. Si on s'en sort bien j'pense qu'on peut éviter le carnage. Et quand tout ça se sera calmé, j'trouverai le vrai coupable.

Il regarda les deux frères avec toute sa morgue. Romain pensa au Dalton, à Mélodie et à l'engrenage. Né il y a si longtemps.

— Vous savez quelque chose?

Jeu de dupes. Cédric sonda leurs regards. Romain se crispa. Mais non, Cédric ne savait rien. Ni pour Vlad, ni pour Mélodie. Il ressentit de la compassion envers ce type qu'il s'était évertué à haïr, ce bouseux qu'il avait accusé d'avoir emmené Vlad dans des territoires nauséabonds. Cédric pensait toujours que le drame s'était noué à cause du trafic. Romain embraya :

— Et les Rois mages? Y sont où?

— Les mecs qui t'ont passé à tabac? Chez Mélodie, dans sa cave.

— Putain, tu les séquestres?

— Je règle les problèmes, Rom…

— Qu'est-ce que t'as prévu pour nous?

Cédric s'étira, demanda au Pec de rouler un joint. Celui-ci ne se fit pas prier. Depuis qu'il avait tiré sur un homme la nuit dernière, il les enchaînait pour se sortir cette vision de la tête et ce goût de poudre de la bouche.

— Je ne sais pas à combien ils vont débarquer. Je ne sais pas si Vince a gobé ce que j'ai dit, et j'ai besoin de tes talents, au cas où. Même si tout devrait se passer dans le calme. On va finir tout ça en famille, hein les mecs!

— Tu vas vraiment leur livrer les Rois mages? Ils vont les découper. T'es complètement dingue.

— Pas l'choix. Si on veut en finir avec ça, c'est l'seul moyen. J'ai suivi les directives de Vlad.

— Et qu'est-ce qui va se passer?

— On va faire front. Toi et ton frère, vous allez m'aider.

Cédric tira une grande bouffée sur le joint. Le tendit à Chris, qui accepta.

— Ces trois mecs, c'est plus mon problème, fit Cédric. Ils ont peut-être pas tué Vlad, mais s'ils étaient restés à leurs places, rien d'tout ça n'aurait eu lieu.

— Balance-les aux gendarmes, tenta Romain.

— Contrairement à toi, les uniformes et les sentinelles, j'les évite. C'est notre histoire. T'as pas idée de ce qu'ils sont capables de faire. Chris, tu vas pas aimer les voir débarquer ici. Faut y aller ensemble, ça te rappelle quelque chose ?

Cédric s'alluma un autre joint. Lente taffe.

— Je vais vous dire un truc. Quand on a parlé de reprendre le contrôle dans le coin, c'était justement pour sortir d'la main de Paris. Nous, on a grandi ici, sans l'aide de personne, on s'est juste débrouillés pour nourrir les nôtres. On s'est servis d'eux pour arriver à nos fins. On est peut-être des voleurs, des bons à rien, mais on défend ce qu'est à nous. À l'époque, les Gitans d'Nevers et une famille du coin étaient en bisbille avec les gars de la Grande-Pâture, nous on a clarifié tout ça. Point. Vous connaissez l'histoire. Et dès le début, son but à Vlad c'était d'se séparer des mecs du 94. Qu'ils ne traînent plus ici. Mais c'est long. Et on lui a pas laissé l'temps. Dis-toi une chose, continua Cédric, j'ai pas voulu ça. Tu t'en cognes sûrement. Mais moi aussi j'préférerais que Vlad soit encore avec nous. Pas la peine d'en parler aux bleus, ça ferait qu'empirer les choses et c'est pas ça qui va empêcher les gars d'là-haut de descendre. Vous avez l'argent, soit. Comment vous l'avez récupéré, à la limite j'm'en balance. Mais je sais que vous me cachez des choses. Et une fois ce dernier deal derrière nous, on s'fera un conseil de famille...

Il semblait sincère, les yeux vifs teintés de rouge.

Romain savait que Chris ne dirait pas non et il se joindrait à son frère pour faire front. Veiller à ce que les Parisiens ne déclenchent pas une vendetta.

— J'ai une condition.

Tous les regards convergèrent sur Romain. Chris avait compris. Il sourit dans sa barbe.

— Après ça, vous arrêtez vos merdes, tous vos trafics. Fini. Alors je suis avec toi et Chris également. On s'assure que ça ne part pas en couille, on temporise avec les Parisiens. Et après, tu fais comme Vlad le voulait. Tu ne fais plus jamais revenir ces mecs ici.

Silence de mort. Cédric regarda longtemps Romain.

— J'ai qu'une parole.

— C'est quand ? demanda Chris en se levant.

— C'est cette nuit qu'ils viennent. Faudra improviser, et être prêts à tout.

— On ramènera l'argent à ce moment-là. C'est pas une question de confiance, mais je veux que tu gardes en tête tout ce qu'on s'est dit. C'est fini après.

Cédric, un bras calé sur le dossier de la chaise, emporté par le THC, somnolait en pensant aux bras de Mélodie et à ses cachotteries, aux regards silencieux qu'il échangeait avec Vlad depuis toujours, l'amitié, la vraie, avec dans la bouche un reflux de sang.

Les deux frères regagnèrent le pick-up.

— J'ai la trouille putain, fit Romain en soufflant dans ses mains.

Échange de regards dans le rétro.

— Tu connais ce truc de la Bible : «Suis-je le gardien de mon frère ?» Je crois que t'as la putain de réponse.

Plus un mot ne fut prononcé sur le chemin du retour.

*

La grange du père Simonin.

Un repaire de fugueurs, d'amoureux, une vieillerie à l'orée du bois, loin de tout.

C'était définitivement un endroit perdu, au fond d'un chemin, bordé par une forêt et des champs.

Parfait pour vider quelques bouteilles, improviser une virée nocturne ou pour l'heure organiser un rendez-vous avec des dealers.

Cédric avait envoyé les coordonnées GPS aux Parisiens.

Grand silence au milieu des ballots de paille.

Chris était tendu, drapé dans son treillis. À ses pieds, le gros sac de sport. Et Romain, visage grave, l'acier de l'arme dans son dos, tentait de garder son sang-froid malgré les gémissements des trois prisonniers.

Chris ne leur concéda pas un regard.

Les Parisiens blessés avaient été soignés, et se reposaient dans le Partner garé devant.

Au centre de la grange, Cédric retirait la terre d'une de ses Docs avec son autre chaussure.

La même nuit noire que la veille. La même lumière artificielle pour éclairer tout ce monde.

Envie d'une autre issue.

Bruits de moteur, le Pec et Éric se dirigèrent vers l'entrée et firent coulisser les portes pour en agrandir l'ouverture.

Deux Audi venaient de se garer, secondées d'un monospace Mercedes.

Feux éteints.

Portières qui claquent. Huit.

Attitudes et faciès en accord avec ce qu'on attendait d'eux.

Romain retint sa respiration ; compta trois kalachs, trois automatiques. Impensable chez eux…

Un type balaise avança en tête, secondé par deux autres, armés des fusils-mitrailleurs.

Puis le boss s'approcha : Vince, athlétique avec nez écrasé et oreilles déformées, des yeux bleus sur un teint hâlé.

Cédric espérait que le frère du caïd tiendrait au moins jusqu'au retour dans leurs banlieues.

— Mon frère. Ma dope.

Canons levés, les arrivants s'étalèrent en arc de cercle face aux locaux.

Cédric montra patte blanche.

— Hey, les gars, on a fait ce qu'on pouvait. Impossible de les amener à l'hôpital. Et on tient les coupables.

Il indiqua le Peugeot, Koza sur ses talons. Chris pas loin.

Ces hommes n'étaient pas de simples bouseux comme le reste de la petite bande.

Un petit avec un keffieh sur la bouche ouvrit la portière arrière, le canon de son arme dirigé vers le ciel.

Les deux dealers étaient assis à l'intérieur, shootés aux antidouleurs.

— C'est eux qu'ont fait ça? gronda Vince.

Youcef, son frère, se hissa difficilement hors du Peugeot et reçu une accolade de son aîné. Il confirma.

Pour renforcer l'éclairage dans la grange, le Pec dirigea son imposante Maglite sur les trois prisonniers, à ses pieds.

Le dealer avança, passa à côté de Chris et Romain, s'arrêta net devant les larmes de Kevin, sortit un revolver, .38 Special, lui posa sur le front.

— C'est... c'est pas nous..., tenta le jeune, sans être écouté.

— Tu vas goûter au bitume, bâtard...

Romain sentit son estomac se comprimer. Chris respira calmement.

À l'entrée, Cédric échangea un regard avec Koza.

Vince se tourna vers Cédric et déclara :

— Emmenez-moi ces crevards, vite...

Quatre de ses hommes arrachèrent Kevin, Yann et Idriss à la grange sans tenir compte de leur résistance. L'Agneau et Éric déglutirent quand ils virent leurs copains de collège enfermés à l'arrière.

— Voilà toute la came, tout ce qu'y avait dans la caisse, d'ailleurs si vous voulez la récupérer, elle est un peu plus loin.

Cédric prit un épais sac de sport des mains du Pec pour le tendre à Vince.

— Tu gardes ton kilo, tu me files la maille.

— Nan…

De nouveau des canons droit sur eux.

— On va s'poser un peu. On a les gendarmes au cul, ces connards ont foutu une merde sans nom. Mon associé est plus là.

Il fit une pause, recracha sa fumée de façon à ne pas le gêner.

— Alors, j'te brancherai avec d'autres gars, des sérieux. D'ici quelques semaines. J'ai rajouté le plus que tu m'avais demandé pour le dédommagement.

— Tu crois que ça marche comme ça? T'as vu comment c'est parti en couille, là, va falloir encore plus de réparations.

— Écoute-moi, ça vaut pas le coup qu'ça s'finisse en massacre, t'as deux blessés à ramener fissa chez toi. T'as ta came, plus ton gros bonus. Me suis saigné. Tu nous oublies, d'accord? Je vous mettrai en contact avec des gars, plus haut dans la région. J'ai pas d'autre choix que d'me retirer du business pour le moment.

Vince le considéra, sentit une sueur âcre perler dans son dos et sur son front. Ce putain de regard. Tronche de dingue, cul-terreux, cette saloperie de petit Blanc semblait vraiment capable de tout faire vaciller. Même avec des canons face à lui.

T'es qui, bordel?…

Il jeta le sac à un grand Black, celui-ci le cala au fond de l'Audi la plus proche.

Vince regarda Cédric une dernière fois, lui tourna le dos et sortit de la grange, froid de canard, reins tassés. Canons vers le bas, à reculons, ses hommes regagnèrent l'extérieur.

Ils quittèrent les lieux. Le brouillard et les gaz d'échappement se mêlèrent dans le froid de la nuit.

Romain s'accroupit. Souffla.

Le Pec et les autres sentirent toute l'angoisse quitter leurs corps. Pas rassurés pour autant, ils s'en remirent au chef.

Cédric s'alluma une cigarette. Les bras en croix, il resta un moment à regarder le ciel obscur.

— Y peut être fier, le Vlad, hein, Romain?

Romain sourit.

Profiter de l'instant. La paix des braves.

*

Malgré l'heure avancée de la nuit, Julie les attendait dans le salon.

Une bûche mourait dans la cheminée. Chris tenta un geste affectueux qu'elle balaya d'un mouvement de bras.

— Vous revenez d'où?

Silence.

— Vous êtes aussi stupides que Vlad et Cédric. Vous n'avez rien compris. Pendant que vous étiez partis faire je ne sais quoi... j'ai appris pour Mélodie...

Elle fustigea Romain.

— Et maintenant? Qu'est-ce que vous allez faire? Vous venger? Comme le fera Cédric, celui dont vous êtes censés détester la façon de vivre?...

— Laure t'a parlé? demanda Romain.

— Oui. Elle m'a aussi raconté ce que vous aviez fait, toi, Vlad et Cédric. Ce jour-là. Quand le Dalton a failli foutre ma vie en l'air. Pourquoi vous ne m'avez jamais rien dit? Est-ce que tu le savais, Chris?

Chris lui jura qu'il ne l'avait appris que quelques heures auparavant.

Romain se retrouva seul face à son frère et Julie. Balayées les dernières heures, la trouille primitive, la paix des braves, la fin probable du trafic avec les Parisiens. Finie l'issue qui permettait de souffler : les souvenirs brûlaient à nouveau en lui.

— Me regardez pas comme ça. On n'a jamais voulu ce qui s'est passé ce jour-là.

— On aurait pu t'aider, dit Julie.

Personne n'aurait pu l'aider.

La rouille des remords occupée à ronger chaque parcelle de son esprit.

Un jeu pervers avec son inconscient.

Doigt sur la détente. Couteau qui s'enfonce. Les larmes dévalant sur ses joues. Sa réalité s'évanouissant dans la terreur de la violence. Il ressentit à nouveau : les jambes flageolantes, un poing dans la gorge, le déroulement des événements enfouis galopait à nouveau.

— J'ai toujours cru que vous m'aviez protégée en gardant ça secret, reprit Julie. Je n'en ai plus jamais parlé. Ni à vous, ni à ma famille. Mon père l'aurait tué. Je ne voulais pas que le malheur arrive à cause de moi. Si j'avais su que vous vouliez partir en vendetta contre lui. Je… J'aurais tout fait pour vous en empêcher.

— On y a été sur un coup de tête. On voulait… le punir. On avait quatorze ans! C'est parti en couille. Le Dalton était comme dingue, il nous aurait tués et balancés à la rivière. On… J'ai même pas réfléchi, j'ai pas eu le choix.

— Rom. Tu as poignardé cet homme. Vous l'avez laissé pour mort, déclara Julie calmement.

— JE LE SAIS, BORDEL! explosa Romain. Je sais tout ça, putain, j'ai vécu avec ça pendant QUINZE PUTAINS D'ANNÉES! Et regarde, c'est toujours là… Il aurait dû mourir ce jour-là! On en serait pas là! Si ce malade était mort, j'aurais vécu avec ça sur la conscience, oui, mais Vlad serait encore en vie!

Romain s'animait, devant les visages de Julie et de son frère, la honte et la haine le submergeaient.

— Ne dis pas ça…

— QUOI, JULIE, QUOI? Tu penses que j'ai tort? Regarde ce que Mélodie vient de vivre… Je suis sûr que le jour où elle est allée se confier à Vlad, il a pensé comme moi. Qu'on n'aurait jamais dû le laisser se relever. Et il a voulu finir ce qu'on avait commencé.

— Et regarde où ça nous a tous menés, cracha Chris, resté jusque-là en retrait. La violence face à la folie, j'ai assez donné, crois-moi. Vlad était devenu un putain de caïd. On a failli foutre notre coin à feu et à sang pour réparer ses erreurs et ses choix. Tu vis avec ta culpabilité? Et moi alors, je n'ai même pas été capable de le ramener dans le droit chemin, notre pote. Vu que j'ai dû vivre ça seul…

Romain leva le poing.

— Recommence pas…

— Baisse d'un ton…

— On dirait que ça t'amuse de m'en foutre plein la gueule! Je t'ai dit que j'étais désolé.

— C'est tes grandes formules, ça…

Romain frappa le mur.

Le mouvement d'humeur surprit Julie, Chris s'interposa. Quasiment torse contre torse.

— HEY, DOUCEMENT! JE T'AI DIT DE BAISSER D'UN TON!

Julie les sépara. Les deux, conscients d'être allés trop loin, s'empêtraient dans le chagrin. Romain pointa son frère du doigt.

— Comment t'aurais voulu que je t'en parle, Chris? T'avais douze ans, putain! Douze ans! Comment t'aurais voulu que je t'en cause, même plus tard?… Je pourrais même plus te dire pourquoi on a été aussi loin. Pour nous, on a fait ça pour Julie.

— Je vous avais rien demandé. J'avais besoin d'amis autour de moi, pas de pseudo-justiciers.

— Vlad et moi, on était dingues de toi. Ça n'aurait jamais dû aller aussi loin. Cédric, lui, était trop content de nous suivre. J'ai jamais voulu que ce soit aussi grave! JE REGRETTE!

— En fait, le jour où tu nous as abandonnés, t'as laissé sortir celui que t'étais devenu, un putain de lâche.

— CHRIS! NON! cria Julie, furieuse devant ces paroles salies par la tristesse.

— Enfoiré… T'as raison sur un truc, j'aurais jamais dû revenir…

Chris l'empoigna au col.

— Ah ouais? Tu vaux mieux que nous? On n'a pas besoin de toi peut-être? Tu vas encore baisser les bras? Arrête de vivre dans le passé...

Romain posa ses mains sur les siennes, mais impossible de les retirer. Trop de force, trop de colère.

— Lâche-moi...

— Ou sinon?

Julie les repoussa du mieux qu'elle put.

— VOUS ALLEZ ARRÊTER?! MAIS REPRENEZ-VOUS!!

— Connard de lâche sans orgueil... Si t'es revenu et qu'après tout le malheur qui nous est tombé dessus tu penses encore à ton putain de nombril, t'as rien à faire ici... Dégage de chez moi. Le père doit avoir honte, là où il est...

Romain gronda et se dégagea. Julie recula.

Elle prit son visage dans ses mains, envahie par la peine face au gâchis.

Romain, aphone, la bouche sèche, les regarda l'un après l'autre.

Il allait parler, et se ravisa en soupirant, empocha les clés du pick-up déposées dans une corbeille par son frère.

— Déconne pas, Rom. Reste. Faut encore qu'on parle, souffla Julie, inquiète.

— Tu fais quoi, là? Tu vas encore nous laisser comme des cons? Vas-y, te gêne pas, prends ma caisse et sauve-toi. Plutôt que d'affronter et d'essayer de voir comment on pourrait faire pour se sortir de tout ça... Hein?

Julie posa une main sur le torse de Chris pour calmer son élan agressif.

Romain se contenta de le toiser.

Parler pour quoi?

Trois gamins pris dans une spirale, un choix, celui de taire une faute d'adolescence et de laisser un malade récidiver quinze ans plus tard.

Romain les laissa seuls. Le crépitement de la bûche prenait des allures de boucan insupportable. Julie enfonça son visage dans l'épaule de son homme et laissa échapper des larmes silencieuses. Le bruit du moteur, la voiture statique quelques longues secondes, et puis les pneus sur les graviers.

Chris tremblait, fou de rage. Julie prit ses mains dans les siennes et mit de longues minutes à le calmer.

*

Quand Cédric rentra chez Mélodie, la maison était plongée dans le noir.

Il garda son calme, s'assit dans le fauteuil de son père.

Cigarette, whisky. Deux heures trente-six.

Seul. Il leva son verre au ciel. En vida quatre coup sur coup. Le besoin de la massue.

Il laissa son regard divaguer sur l'unique photo de famille. Son père, Mélo rayonnante, le sale gosse entre les deux.

Mélo et lui…

Il ne se souvenait plus vraiment de la façon dont leurs âmes et leurs corps s'étaient liés, ni de leurs âges ni des raisons. Seuls restaient les souvenirs des regards inquisiteurs des gens au village.

Mélodie échappait à leur monde, jamais ils n'auraient compris qu'elle n'avait été qu'amour. Si loin des idées malsaines qu'ils rebattaient au-dessus de leurs dîners. Il les haïssait, ces braves gens impeccables.

Jamais elle n'avait supplanté la mère, partie trop tôt. Elle était son ange gardien à lui, sauvageon né sous une étoile bancale.

Le vieux était mauvais. Pas de doute là-dessus. Revanchard sur la vie. Inadapté pour vivre autrement qu'en marge, mais il avait arraché la belle à plus fou encore. Cédric l'avait appris un jour. Fille battue, violée, pour survivre elle s'était enfermée entre le déni et l'excentricité.

Son seul réconfort était d'avancer avec lui. Vlad et Mélo dansaient sous ses yeux lourds. Les siens.

Tout se brouilla progressivement.

Le bruit de la porte l'extirpa du sommeil volé grâce à l'alcool.

Une minute, une nuit?

Quatre heures douze. Le bruit d'une voiture qui s'éloigne.

Mélo, dans l'entrée. Visage grave, yeux rougis, toujours aussi belle.

— T'étais où, ma belle?

— Cédric, je… je vais bien. Laure s'est occupée de moi. J'étais avec elle.

— Parle-moi, bordel.

— Je vais aller voir les gendarmes. Je ne peux plus reculer. Je vais tout raconter. Je voulais te le dire avant. Je te le dois. Ne fais rien, ne tente rien. Mais j'ai besoin de te le dire.

— De quoi tu parles, vingt dieux…

Son souffle agressif, la vraie terreur grimpait de ses couilles rétractées à son ventre vide.

Il se dressa, traversa la pièce et la plaqua contre lui, de peur de trop comprendre.

Son regard prit la fuite, devint plus noir que jamais. Sa main pourtant si douce sur sa joue, sa bouche sur son menton. Son petit homme. Elle laissa échapper des larmes.

— Je suis désolée, je… Il… m'a violée…

Il ferma les yeux. Peur d'entendre.

Il l'embrassa sur la joue.

— Parle-moi…

— Yves… Il était comme fou. Un animal. J'aurais dû t'en parler…

Cédric enfouit ses mains dans ses cheveux, laissa filer un lent gémissement. D'une voix tremblante, elle se confia :

— Je ne comprends toujours pas. On a toujours été proches de lui. Ton père était son seul ami. J'ai été incapable de t'en parler… alors j'en ai parlé à Vlad. Il m'a raconté ce qui s'était passé cet été-là, il a dit que c'était votre faute, que vous auriez dû alerter la police, au lieu de simplement punir le monstre.

Cédric revit Rom, le couteau dans la main, la lueur dans les yeux. Celle qu'il n'aurait jamais imaginé lire chez un gars comme lui.

— Il m'a dit qu'à la façon dont les choses avaient dégénéré, vous n'auriez jamais pu nous le raconter… De peur de finir devant un juge pour enfants. Il se sentait coupable, il m'a réconfortée comme il a pu et m'a promis de veiller sur nous. Et il est parti. On l'a retrouvé deux jours après. Je me suis murée dans mes silences, avec cette impression de mourir chaque matin, de honte et de chagrin.

— Je vais l'tuer, Mélo…

— Non…

Il était fébrile, prêt à céder à la rage. C'était ce qu'elle redoutait. Il s'écarta, mais elle le retint.

— Me laisse pas seule. J'ai besoin de toi.

— J'vais l'buter, Mélo. J'ai pas l'choix, fit Cédric, les yeux dans le vague, rivés sur sa vengeance.

Elle posa les doigts sur sa joue, dirigeant pudiquement ses yeux vers les siens.

— Reste avec moi. Si tu fais ça, tu sais comment ça se terminera. Au moins, que Vlad ne soit pas mort pour rien.

— Qu'est-ce tu veux que j'fasse? Hein? Ce malade a tué Vlad, il t'a… il t'a violée! Faut qu'il paye.

— Allons voir les gendarmes.

— Pour l'foutre chez les fous? Nan, trop facile.

Cédric disparaissait derrière la haine. Mélodie et Vlad avaient toujours été les seuls à révéler son humanité et à dompter sa colère. La digue était rompue. Les poings raides le long du corps, il resta contre elle, mais son regard avait vacillé.

*

Allongés dans leur lit, la chambre plongée dans le noir, Chris et Julie se regardaient sans se voir. Enlacés. Incapables de trouver le sommeil.

Julie faisait tout son possible pour le calmer. Il avait avalé plusieurs cachets, s'était enfermé dans son silence et, à force de travail, elle avait réussi à le canaliser. Il lui avait raconté le deal. L'engagement de Cédric : sortir du trafic.

— J'ai la rage, Julie.

— Tout ira bien. Je te le jure. On va avoir le plus beau des bébés. Ton frère ira mieux. *Tu* iras mieux. Vlad serait fier de nous. On va s'en sortir.

— Je sais que c'est allé trop loin avec Romain. Je sais. Mais fallait qu'il l'entende.

— Il faut juste du temps. Ça faisait dix ans que vous ruminiez tout ce que vous vous êtes dit depuis son retour.

— J'étais si heureux qu'il soit rentré. Je m'attendais pas à vivre ça.

— Vous avez besoin l'un de l'autre.

Aucun bruit dans la maison, pas même les craquements du bois de l'escalier.

— Pourquoi tu m'as jamais parlé de ce que le Dalton t'avait fait ?

— T'as pas idée comme j'ai combattu. J'ai grandi en faisant face. J'ai refusé de subir l'angoisse de croiser à nouveau ce malade. Mais j'avais trop peur de tout raconter. Honte. Tu connaissais mon père, il ne se serait pas posé de questions. Je ne voulais pas que les miens vivent ce malheur…

Chris la blottit contre lui.

— Je m'en suis servie pour devenir plus forte.

Il l'embrassa.

— Qu'est-ce qu'on fait pour le Dalton, Julie ? Je vais pas pouvoir rester longtemps comme ça. Je lutte pour pas foncer chez lui depuis que j'ai appris. Je le fais pour toi. Il a failli détruire ta vie. Il vient de saccager celle de Mélodie. Il a tué mon meilleur ami. Julie, je sais pas comment je suis pas déjà allé lui foutre le canon de mon fusil dans la bouche.

Elle resta silencieuse. Chris parlait avec les mâchoires comprimées.

— Il doit payer. J'ai peur de céder si on fait pas vite quelque chose.

— Écoute-moi bien, Chris. Vous n'irez pas encore vous faire justice tout seuls. Ça ne changerait rien. On va terminer cette discussion avec Romain à tête reposée. Ensuite on ira voir J.R. On est tous en état de choc cette nuit, il nous faut du repos. J'ai besoin de toi. Ton frère a besoin de toi. Tu le sais, je ne veux pas de ça dans nos vies… Si tu fais quoi que ce soit, tu me perdras. Et ton enfant avec.

Ses mains caressèrent l'épaisse barbe. Ses lèvres trouvèrent les siennes.

Chris se laissa aller à la tendresse, ne plus penser à rien. Qu'à elle.

*

Romain luttait férocement pour garder les yeux ouverts.

Une main sur le volant, l'autre autour de la quatrième bière qu'il vidait.

Un pack de Leffe trouvé dans le coffre, à côté d'une caisse à outils et de matériel de poterie.

Il avait trinqué aux fantômes. Face à lui, la maison du Dalton disparaissait dans les ténèbres de la nuit et des arbres. La lune lui offrait la luminosité nécessaire pour voir son état de délabrement.

Quelques tuiles manquaient, un carreau cassé rafistolé avec du gros scotch, et l'impression de voir la fin d'un combat perdu contre la nature sauvage.

L'alcool n'avait rien tari, la rancœur se nourrissait toujours.

Il devait être là, le violeur, le tueur.

Endormi près de son poêle crasseux, aviné au plus haut degré, déjà à oublier la journée passée pour revivre la même dans quelques heures.

Il pensa à Vlad.

Une tempête éclata sous son crâne coupable.

Les yeux perdus de Julie restaient aussi inoubliables et insoutenables que la sensation de la lame dans le gras du ventre.

Il vida la bière. En attrapa une autre.

Il voulait le faire. Ouvrir la portière, trouver l'épave endormie, et la frapper jusqu'à ce que sa douleur disparaisse.

Il but la bière en deux traits, respira fort, attendant que l'alcool remplisse vite son rôle et valide son idée de vengeance.

Les paroles de Chris et de Julie reprirent le dessus. Le chagrin noyé par la honte de se trouver là, à quelques mètres du coupable au beau milieu de la nuit.

Julie avait réussi à vivre. Elle avait dépassé son traumatisme. Bientôt, elle deviendrait maman.

Il prit la dernière bière, mit le contact et passa sa manche sur ses yeux en espérant déceler enfin une nouvelle direction vers laquelle regarder.

*

J.R. arriva à Fleury et soupira.

Un cycliste avait appelé la gendarmerie : un pick-up avec son conducteur endormi à l'intérieur se trouvait là en ce début de matinée.

Avec le petit barrage précaire ouvert, l'eau était au plus bas, et ça l'avait toujours impressionné de voir toutes les pierres au fond, vers lesquelles se précipitaient sans le savoir ceux qui plongeaient du pont. Une flopée de souvenirs habitaient ici.

Il marcha sous le ciel gris et frappa à la vitre. Romain ne se réveilla qu'au troisième essai.

J.R. se frotta les yeux, éreinté par les heures effectuées ces dernières semaines.

— Merde… Je suis désolé, J.R…

— Qu'est-ce que tu fous, Romain ?

— Compliqué… Soirée difficile hier. Je vais pas traîner, t'inquiète.

— Parlez-moi, les gars. Je le demande comme un service. Parlez-moi.

Romain se frictionna le visage.

Malgré ses mots, J.R. savait pertinemment que la force de leur amitié n'y ferait rien, la fratrie garderait ses secrets.

— J'ai merdé hier, bu un peu trop, j'encaisse pas pour Vlad.

Romain sortit du pick-up et échangea une brève accolade.

— Tu t'es frité avec le frangin ?

— On a pas mal de choses à régler…

— Tu sais, Romain, je comprends qu'à cause de l'uniforme vous ne m'ayez pas mis dans toutes les confidences. Mais respectez au moins notre amitié. Je vous ai toujours été fidèle.

Il s'alluma une cigarette et tendit le paquet à Romain, qui déclina.

— Je vais te dire une chose. Normalement, ça va être plus calme dans le coin, niveau drogue. J'espère que Vlad sera pas mort pour rien.

J.R. dormait peu depuis l'enterrement. Ce paradoxe d'avoir enterré le caïd de la région et un de ses meilleurs amis. Son père lui avait toujours dit : « Fais-toi muter dans un autre département, ou tu passeras tes journées à fliquer ceux avec qui tu as grandi et on se bousculera pour te demander des faveurs. »

Il n'avait pas réussi à quitter ses racines. Comme si un devoir brûlait en lui.

— Tu te souviens ? C'était tellement plus simple à l'époque…

Les deux hommes regardaient vers le pont. Un tracteur passa. Romain sourit.

— Quand vous débarquiez avec Lulu à vélo, les chambres à air de tracteur, on passait des heures dans la flotte…

— La murge qu'on s'était prise une nuit où on était venus camper. Ça caillait sévère, on avait oublié les allumettes pour le réchaud, on a bouffé nos cassoulets en conserve froids.

— Ça me paraît si loin, dit Romain en regardant un vol d'étourneaux au-dessus d'eux.

— J'aimerais pouvoir revivre cette innocence. C'est terriblement con comme formule, mais avec le boulot que je fais, j'ai l'impression que tout se salit petit à petit. Et pourtant, je continue à croire et à m'accrocher à mes valeurs…

— T'es un des mecs les plus vrais que j'aie rencontrés, J.R., peut-être le plus pur même. T'as été le gardien du gang.

— J'en ai jamais vraiment fait partie, tu sais…

— Plus que tu ne le crois.

— Tu veux toujours pas me dire ce qui se trame ?

Lui dire. Là, maintenant, dénoncer le Dalton, avouer ses actes, et foncer pour mettre le fou hors d'état de nuire. Se confier à son pote, expier au passage une partie de sa culpabilité.

Mais Romain se contenta de lui frapper l'épaule, désolé.

Il remonta dans le pick-up, rattrapé par son mal de crâne.

Son besoin de vengeance était là. Ses yeux dans le rétro. Le même regard affligé que ce gosse de quatorze piges aux mains tremblantes au-dessus de l'évier.

Il devait le faire.

*

Cédric n'avait pas fermé l'œil.

Il avait attendu que Mélodie s'endorme dans ses bras.

Plus rien à brûler dans le poêle, le froid s'engouffrait sous la porte et par les fenêtres.

Il se dégagea sans la brusquer et ramena sur elle l'épaisse couverture.

Lèvre haute, entre grimace et tic. Il la contempla.

Son pistolet n'avait pas quitté ses reins depuis son retour de la grange du père Simonin.

Il remonta son pantalon en tirant sur sa ceinture pour caler l'arme et passa un doigt sur une boucle de cheveux de Mélodie dans un geste démonstratif qu'il ne s'accordait jamais. Il partit.

*

Yves ne voulait pas retourner en prison.

Assis sur un banc dans la cuisine, il regardait la terre emprisonnée sous ses ongles.

Hier, toute la journée, il avait passé des heures à bêcher sa petite parcelle de terre, les mains calleuses à l'agonie.

Et ce matin, il vidait déjà des verres de rouge, écoutait Radio Morvan.

Angoissé, guettant le moment où les gendarmes viendraient le chercher.

Le mal de ventre, le sang dans la chiasse, les vomissements.

Mais ce moment n'arrivait pas. Depuis Mélodie, depuis Vlad.

Il espérait que tout se passerait comme toujours. Les jours fileraient sans que rien vienne interrompre le quotidien.

Il était retourné quelques fois en ville. Pour observer les gens et voir si on le soupçonnait.

Mais la Mélodie n'avait pas parlé à nouveau. Et depuis la visite du Vlad, et ce qui avait suivi, tout était comme avant.

Pourquoi avait-il fallu qu'il vienne le voir, ce vaurien? Le sale gosse qui s'en était pris à lui il y avait des années. Le Vlad... Avec les deux autres. Le fils de son ami... le bandit. Et celui qui l'avait poignardé. Le fils des braves gens. Ces trois maudits gamins qui l'avaient laissé pour mort pendant tous ces jours. Avec la douleur et le sang.

Il avait été violent le Vlad, ce soir-là, quand il avait débarqué comme un fou. Il l'avait menacé, battu. Yves ne se souvenait pas du reste.

Les fantômes ne mouraient jamais. La preuve, c'était son bourreau qu'il était sûr d'avoir reconnu au Bienvenue quelques jours plus tôt. Il avait pourtant disparu depuis des années. Ils étaient tous là pour le tourmenter. Tous.

Ses doigts raclaient ses cicatrices sous sa vielle polaire, les genoux joints, dans un lent mouvement de balancier.

La lumière de ce dimanche gris n'arrivait même pas à passer à travers ses carreaux recouverts de crasse.

Il gémit lentement.

La porte s'ouvrit.

Cédric.

Le Dalton cessa de respirer, commença à s'affoler, mains en avant.

Cédric s'assit sur le banc en face du sien. Il tenait une arme à la main.

— Pitié. Pardon.

Deux seuls mots, mains posées sur la table, visage piteux.

— Pourquoi, Yves ?… Pourquoi ?

— J'sais pas, Cédric, j'avions pas voulu y faire du mal…

— T'as pas idée de c'que t'as fait… Du bordel que ça a mis. De c'que j'ai été obligé d'faire.

Cédric laissait sa tête dodeliner de gauche à droite, comme le canon. Sombre berceuse.

— J'y sais bien…

Des larmes sur ses joues burinées s'engouffraient dans les sillons de sa peau.

— On t'tolérait, grand échalas. On t'laissait vivre ta misère. Si ça n'tenait qu'à moi, j'aurais crevé y a quinze ans. Mais Vlad voulait t'avoir à l'œil. T'contrôler. Savoir que tu f'rais plus d'mal. Et t'as déraillé.

Il dut se répéter et pointer l'arme vers lui pour se faire entendre, poser le canon sous son large menton.

— T'as touché à Mélodie. T'as fané ma fleur. T'as tué mon meilleur copain. J'vais aller t'enterrer quelque part. T'manqueras à personne. T'es rien. Comme mon vieux, t'es qu'un rapporté. T'as tout foutu en l'air. Le seul mec qui t'a aimé un peu, t'as sali sa mémoire.

Le Dalton ne pouvait soutenir le regard. Les mots claquaient comme des coups de chaînes de vélo. Il le supplia comme un gamin pris en faute et se dressa.

Cédric vit la vague arriver sur son visage. La peur viscérale. Prélude à la violence.

Il le frappa deux fois à la tempe avec la crosse. Trois fois, puis quatre.

Le Dalton s'ébranla, mains sur le visage, pleurant à voix haute. Du sang s'échappait entre ses doigts.

Cédric gardait un visage vide, ses yeux mi-clos.

Des bruits de pas, Romain apparut à la porte du taudis.

Aucun ne parut surpris de voir l'autre ici.

Cédric lui fit signe, cigarette coincée entre les dents.

Romain regarda l'ogre de son enfance sans ressentir aucune pitié, aucune gêne à voir le visage de l'homme qu'il avait poignardé ruisseler de sang. Il était là, alors, le responsable des malheurs, celui qu'il avait failli tuer ce jour d'été.

Son rythme cardiaque s'accéléra devant l'arme de Cédric.

Ce dernier le fixait, l'air mauvais et déterminé.

— Tu viens faire quoi, Romain ? Hein ?

Romain déglutit. La tête lui tournait : les relents de l'alcool descendu la veille comme une punition, les sanglots du Dalton, les yeux de Cédric.

— Et toi ? Tu vas faire quoi, Cédric ?

— Je vais venger mon meilleur pote. Ma femme…

Devant le visage du Dalton, malgré les années, il éprouva le même malaise : ce moment où la lame était entrée en lui. Ça avait été si facile. Dedans, dehors, dedans, dehors. Deux fois. Deux coups. Un lent hurlement libérateur duquel était née sa fuite.

Et il le voulait encore. Ressentir ce pouvoir de tenir la vie entre ses mains dans l'espoir que cela atténuerait sa haine et sa peine. Imaginer qu'après tout irait mieux.

Il était là, le coupable. À baver et pleurer, implorant l'œil noir de l'arme dans les mains de Cédric.

— Putain de malade…, dit Romain sans pouvoir desserrer les mâchoires.

— Regarde-le, regarde-moi ça… Faut en finir…

Romain avança. Il était venu sans savoir réellement ce qu'il allait faire.

Confronter sa rage à son visage. Laisser parler les pulsions pour ne pas avoir à réfléchir.

Mais là, devant ce géant voûté, pâle imitation d'un homme, il ne savait plus rien.

Plus de certitudes, que du chagrin.

Il pensa à son frère, à Julie… La violente altercation de la veille.

— T'es avec moi, Rom ?

— Je sais même pas ce que je fous là.

— On va s'venger. Point barre.

— Et après ?

Leur échange était vif, entrecoupé par les gémissements d'Yves, au-delà de la peur.

Romain avait chaud, sa respiration s'accélérait, si proche du moment où l'on cède à sa colère.

L'instant d'avant.

— L'a violé Mélodie. L'a tué Vlad. C'est lui. Pas nous.

Le Dalton ne ressemblait à rien. À peine une caricature de dignité détruite par l'inutilité de sa vie.

— Il manquera à personne.

Les mots de Cédric. C'était aussi les siens. Ces mêmes mots qu'il s'était si souvent répétés les premières nuits quand il ne savait pas s'ils avaient laissé un mort derrière eux. Quand il brûlait d'en parler à son frère, pour enfin le dire. Trouver une oreille capable de l'écouter.

Et à le voir, courbé sur lui-même, les lèvres retroussées, liquide rougeâtre sur une plaie dévoilant toute la folie de son regard, il voulait la ressentir à nouveau, la vague capable de tout emporter.

S'abandonner à la colère.

— Je voulais le voir… m'excuser… mais lui dire aussi à quel point je le hais. Hein, pauvre malade, dégénéré…

— Pour quoi faire? Il est ailleurs le Dalton. J'te dis, on aurait dû le faire y a quinze ans.

L'homme reniflait salement. Ces deux types chez lui, les deux gamins revenus finir le boulot.

— T'as quoi à dire, Yves, hein?

Des larmes comme seule réponse.

— Tu veux connaître l'ironie dans tout ça? C'est lui qui avait l'argent. Il l'a rendu à Mélodie… Ce fou nous a évité de foutre le feu chez nous.

— Elle m'avait rien dit…

Il tourna son arme sur le front du Dalton.

— On n'a pas le choix, Rom… Faut qu'on le fasse. Ensuite on part l'enterrer dans le Morvan. *Personne* le saura jamais.

Les mots s'emballaient. Romain parlait fort, bras ouverts.

— Ça fera pas revenir Vlad… Ça enlèvera pas ce qu'il a fait à Mélodie… Ça changera rien, ça sera pire.

— Alors quoi? Pourquoi t'es là? POURQUOI T'ES LÀ?!

Romain se sentit acculé.

— Pas comme ça. Pense à Mélodie, elle a besoin de toi.

— Va-t'en si tu veux m'en empêcher… Joue pas au brave…

Romain invoquait la colère pour céder, mais il s'accrocha au souvenir de Vlad, de son sourire invincible. De leur héritage : les rires, l'école buissonnière à fumer des clopes derrière la salle des fêtes, assis sur l'herbe. Occuper et dominer l'ennui, rire de tout, poings fermés l'un contre l'autre. *Pour toi, mon frère. On l'a, ce secret qui nous lie pour toujours. Et notre amitié ensevelit le reste. On est les rois du monde.*

— Allez, fais pas chier, Romain. Ou t'es avec moi, ou tu t'arraches. Ce fumier a violé Mélodie.

— JE SAIS! hurla Romain.

237

— Nan, tu sais pas… Julie s'était sauvée à temps. Mélo a pas eu sa chance. Et ça a tué Vlad. Je lâcherai rien.

Cédric assurait sa prise sur la crosse, ses doigts se convulsaient.

— Je vais l'buter. T'as eu la bonne éducation, Rom… Moi, j'suis un sauvageon. C'est œil pour œil.

Cédric ne changerait pas d'avis.

Il observa le Dalton. La fin de la chasse. Le regard animal.

Il attendait l'instant où le doigt appuierait sur la détente.

Romain lut dans ses yeux : il les implorait d'en finir. Las de la souffrance de sa vie.

— Je suis revenu ici pour rester…

— On va se revoir alors…

— Pas si tu le tues…

— T'es pas venu m'en empêcher. T'étais venu là pour voir si tu pouvais l'faire toi-même. On sait tous les deux qu'non. Tu veux qu'il crève. Autant que moi. Alors laisse-moi faire…

Il y eut un silence interminable, le canon s'incrustait dans les os du front, Cédric rassura sa main en apposant la seconde sur ses doigts agités.

— Il y a un dernier truc que je voulais te dire. T'as toujours été là pour Vlad, toutes ces années… Merci…

Romain leur tourna le dos et quitta la maison en ruine, il remonta le chemin pour retrouver le pick-up. Prêt à sursauter au moment du coup de feu.

Mais rien ne vint briser le silence.

Il s'installa au volant. Attendit. Aucun signe à l'intérieur de la maison.

Rien.

Il ressentit le besoin viscéral de retrouver les siens. Être ensemble. Unis comme un bloc. Un clan.

Toujours rien venant de la maison du Dalton.

Rien.

Il démarra.

*

Chris coupait du bois à la hache à côté de sa remise. Des petites bûchettes amoncelées dans une brouette. Il ne se ménageait pas, les gestes mécaniques, répétés, pour s'obliger à ne penser qu'à son rythme et à la force nécessaire à chaque coup.

Deux de ses chiens se défoulaient dans l'herbe humide.

Romain arriva mains dans les poches. Les chiens vinrent à sa rencontre et, après avoir interrogé leur maître du regard, reprirent leur course.

Chris essuya son front luisant d'un revers de manche. Le souffle court à cause des efforts. Romain resta droit, Chris posa le manche sur son établi. Ils se parlaient déjà.

— Julie est pas là ?

— Elle est allée voir Mélodie avec Laure. Il lui faut un suivi médical et psychologique.

— Je reviens de chez le Dalton. Y avait Cédric…

— Et ?

— Je suis allé là-bas… complètement perdu. J'y ai laissé Cédric avec une arme pointée sur le Dalton.

Chris regarda au loin.

— Y va faire ses choix… vivra avec.

— On fait quoi alors ? demanda Romain.

Chris attrapa trois morceaux de bois d'une seule main et les mit avec les autres.

— Je suis désolé, Chris.

— Comment tu nous vois sortir de tout ça ?

— J'ai passé ma jeunesse à accuser Cédric d'être la cause de tous nos problèmes. Je lui ai tout mis sur le dos : la glissade de Vlad, ce qu'on avait fait. Ce cas soce incapable de ressentir la moindre empathie. Et pourtant, le jour de l'enterrement de Vlad, j'ai ressenti toute

239

sa détresse. Et c'est bien moi qui ai planté ce couteau dans le ventre du Dalton.

Chris prit la brouette et marcha jusqu'à l'intérieur de la cabane pour commencer à y entasser le bois. Romain se mit à la manœuvre.

— Je n'arrive même pas à éprouver le moindre remords pour les trois dealers que les Parisiens ont embarqués. J'ai croisé J.R. ce matin. J'ai rien dit.

— J'en parlerai à personne. C'est pas mon problème. Personne les a obligés à sombrer là-dedans, à dealer, à te passer à tabac, à foutre le bordel. Personne n'a obligé Vlad à devenir un revendeur de came. Je vais le pleurer longtemps, mais la colère que j'ai envers lui va m'aider à avancer. Je suis vraiment plus du genre à trouver des excuses à tout. Je vois les zones d'ombre, et j'essaye de les éviter. T'as été mon modèle. Enfonce-toi ça dans le crâne. Quand j'étais paumé en plein chaos avec mon Famas dans les bras, quand j'avais la trouille à me chier dessus de tomber dans une embuscade, je revoyais nos après-midi à glander au bord de l'eau. Tes sourires, la façon dont tu nous faisais tous rigoler. Même après ton départ, ce qu'on a vécu toutes ces années, ça vibrait en moi. Et ça vibre encore. Nos discussions sans fin la nuit, à rendre dingue le père. Ta façon de calmer Vlad. T'étais le Général. *T'es* le Général, que tu le veuilles ou non. J'en ai marre des cachetons. Je vais écouter Julie. Toi aussi. Écoute-moi. On va réagir, on va avancer. Comme une famille…

Il agrippa son frère derrière le cou.

— Putain, on est frères. Souviens-toi. Ce foutu orgueil qu'on avait quand on débarquait quelque part avec le gang. Tous. Cette idée de se nourrir de l'autre pour devenir meilleur. L'énergie… Cette envie qu'on avait de grandir en se serrant les coudes. Même pendant ces après-midi passés à rien foutre sur un banc.

— On transformait ça en grands moments de vie.

— Ouais… On était ensemble. On n'a pas le droit de laisser mourir ça. Pour nos parents, pour Vlad.

Il posa ses poings sur les épaules de son frère.

— Ici, c'est chez nous, et je te jure qu'on va y arriver. On n'a plus que nous.

L'accolade fut intense.

Ils terminèrent de ranger le bois. Les chiens s'invitèrent dans leurs jambes, dehors une pluie fine semblait décidée à s'installer. Ils regagnèrent la maison.

Julie arriva quelques minutes plus tard.

Chris lui sourit.

— Tu es revenu. Je suis rassurée.

Romain la prit dans ses bras et embrassa le haut de sa tête.

— Je n'en peux plus…, déclara-t-elle. Je veux retrouver de la sérénité. J'en ai besoin. On en a tous besoin.

— On va arrêter de subir… Se retrouver. Je te le promets, Julie, dit Romain.

— Mélodie est en état de choc. Maintenant qu'elle s'est confiée, elle prend à nouveau tout en pleine figure. Elle est à l'hôpital, et a demandé Cédric…

Les deux frères restèrent silencieux.

— Je suis passée à la gendarmerie. J'ai vu J.R. Ils doivent être chez le Dalton à l'heure qu'il est. Je lui ai tout raconté. Y compris ce qu'il m'avait fait cet été-là. Je n'ai pas parlé de ce qui s'est passé ensuite.

— Venez, restons pas dans le froid, fit Chris.

Ils traversèrent le jardin sous la pluie pour s'installer dans le salon.

Chris apporta du café et mit une bûche dans le poêle.

Romain buvait doucement en regardant les photos de famille.

Les quatre à Fleury, son père et son épaisse moustache de l'époque, la tête de sa mère sur son épaule. À leurs pieds, souriants comme si c'était la première fois qu'on les prenait en photo, lui et Chris. Coupes de cheveux affreuses, joies édentées.

Une autre avec son père entre ses deux fils, un jour de comice agricole, trois sourires pour une même fierté de poser côte à côte devant le char fleuri de la commune préparé des week-ends durant par tout le village.

Et la fameuse, prise lors d'un méchoui de 14-Juillet : le gang autour du couple grisonnant.

Le père faisant tourner la broche sous un soleil radieux, la mère immortalisée les bras autour de Julie, double clin d'œil. Chris presque disparu dans un paquet de chips, et lui et Vlad, bras dessus bras dessous, torses gonflés. Jumeaux dans leurs démonstrations d'amitié fraternelle.

Photo qui datait de cet été-là. Quelques jours avant que Romain ne poignarde l'homme qui agresserait Julie.

Il rencontra le regard de Julie. Elle raconta :

— On devait avoir dix-neuf ans je crois… Ma mère venait encore de perdre son boulot. J'étais dans le même état de fureur et d'incompréhension que les jours qui avaient suivi l'agression du Dalton. En état de choc. J'étais invivable. Je galérais avec ma prépa d'école d'infirmière. Vlad passait ses journées à glander avec Cédric. Il n'avait plus d'horizon, mais ça n'avait pas l'air de l'effrayer. Vous étiez à l'internat. C'était cette période où on se voyait un peu moins, tous les quatre. Vlad en souffrait. Côté pile : il filait des coups de main à droite à gauche. Côté face : il enchaînait des allers-retours à Amsterdam. Je lui en faisais baver. Une façon de le secouer, de l'obliger à réagir. C'était l'enfer pour lui, mais il gardait ce même sourire insolent. C'est la seule fois où j'ai reparlé de l'agression. J'ai craqué, tout est remonté. Il m'a dit que pour lui, la colère était un don. Qu'il fallait pouvoir la dompter, ne pas la subir, et s'en servir pour avancer et dominer ce qui nous terrorise. Il avait cet air si sérieux que je ne lui connaissais pas. C'est l'image que j'ai envie de garder de lui.

Chris posa une main tremblante sur la sienne.

— Et si, plutôt que de parler de lui, on allait le voir ? demanda Romain en se levant.

Le calme habituel régnait sous la pluie et c'est serrés les uns contre les autres sous le parapluie de Chris qu'ils marchèrent vers leur ami.

Passé…

— Hey, Romain… C'est moi. T'es où ?

C'est la voix de Vlad.

Je suis assis contre le petit pont de pierre, au pied de la rivière. Protégé par le peu d'ombre que j'ai réussi à glaner.

L'été est bientôt fini, mais les journées sont encore chaudes.

— Ta mère m'a dit que t'étais là, et… Hey, ça va, Général ?

J'ai grossièrement essayé de camoufler mes yeux bouffis. Ça ne s'arrête plus. J'ai mal au ventre, dans la poitrine. Mon dos est si tendu que c'en est douloureux.

— Ouais… Ça va…

— Merde, Rom…

Il s'assoit à côté de moi, me tend une clope et s'en allume une avec son Zippo.

— J'y arrive plus, Vlad. Toutes les nuits, je me réveille en sueur… J'ai même pissé au lit… Je mange plus rien… Ma mère me regarde d'un mauvais œil. Je sais qu'elle en a causé au père. J'y arrive plus.

Il tire deux taffes.

— Moi non plus. Mais faut être fort. On n'a pas eu le choix. C'est arrivé comme ça. C'est un putain d'accident, c'est tout. C'est tragique, mais c'est comme ça.

— Mais…

— Faut que tu vives avec. Le Dalton a failli détruire notre Julie. Si c'était à refaire, je le referais.

— Faut que j'en parle. Bordel, on sait même pas s'il est encore vivant…

Je me prends la tête dans les mains. À nouveau les larmes. Vlad respecte ma détresse.

Il me tend le poing, notre code. Je peux pas.

— Romain… On va s'en sortir. C'était un accident. Faut qu'on garde ça en nous. Que tu le veuilles ou non, Cédric, toi et moi, on est liés. Pour la vie. Et nous deux, mon pote, tu le sais… y a rien qui pourra se mettre entre nous. Je le jure sur ma tête, je serai toujours là pour toi. Pour vous.

Il crache un gros glaviot dans les fougères, se lève et, cette fois, me tend sa main ouverte.

J'hésite mais, face à son insistance, je l'accepte. Je sais qu'il va si mal derrière son assurance.

— J'ai la trouille d'avoir à vivre avec ça. Je voulais pas. Ça va me poursuivre… Comment je pourrais oublier ça, putain ? J'ai peut-être tué un homme.

— Il est pas mort, j'en suis sûr.

— Je regrette tellement…

— Je sais. T'es pas quelqu'un de mauvais. Ça change rien. Je te jure, Général… On va vivre ce qu'on a à vivre, et on va le faire comme on l'a toujours fait. Ensemble. Parole. Le reste, on s'en fout. Rien ne pourra nous séparer.

Je frotte mes yeux. J'ai tellement envie de le croire. Il semble invincible, mais derrière je vois tout son mal-être. Alors je veux l'écouter. Oublier nos coups. Oublier le couteau. Ma faute.

— Et puis merde, dit-il. Viens, on va se foutre à l'eau… On se prend la rivière jusqu'à Tamnay, on file sur les rails et direction le bois de Dli. Faut qu'on profite, bientôt on sera à nouveau en cage. Tant qu'on est libres, faut qu'on vive.

Je le regarde, lui tends mon poing. Il sourit, colle le sien au mien. Et on y va.

Remerciements

Je tiens à remercier Aurélien «Riff Lord» Masson pour sa confiance, la façon dont il m'a fait avancer sur ce roman si cher à mes yeux. You rock.

Benoit Farcy et Christelle Mata, le gang de la Série Noire. Merci à vous pour avoir accompagné la naissance du roman.

Ces quelques mots ne pourront traduire toute l'amitié que j'ai pour Tibo Bérard, Alexandre Delaporte, et mes frangin et frangine de plume Nicolas Mathieu et Marion Brunet.

À ceux des grandes années cambrousse. Vous saurez vous reconnaître dans mes mots. Respect éternel.

Merci aux lecteurs. Rock'n'read.

DU MÊME AUTEUR

Aux Éditions Sarbacane

JE SUIS SA FILLE, coll. Exprim', 2013.
VICTOR TOMBE-DEDANS CHEZ LES TROIS MOUSQUETAIRES, coll. Pépix, 2014.
LES GÉANTS, coll. Exprim', 2014.

Dominique Manotti – DOA, *L'honorable société*

Nick Stone, *Voodoo Land*

Thierry Di Rollo, *Préparer l'enfer*

Marek Krajewski, *Fin du monde à Breslau*

Ken Bruen, *R&B – Calibre*

Gene Kerrigan, *L'impasse*

Jérôme Leroy, *Le Bloc*

Karim Madani, *Le jour du fléau*

Kjell Ola Dahl, *Faux-semblants*

Elsa Marpeau, *Black Blocs*

Matthew Stokoe, *La belle vie*

Paul Harper, *L'intrus*

Stefán Máni, *Noir Karma*

Marek Krajewski, *La mort à Breslau*

Eoin Colfer, *Prise directe*

Caryl Férey, *Mapuche*

Alix Deniger, *I cursini*

Ævar Örn Jósepsson, *Les anges noirs*

Ken Bruen, *Munitions*

S.G. Browne, *Heureux veinard*

Marek Krajewski, *La forteresse de Breslau*

Ingrid Astier, *Angle mort*

Frank Bill, *Chiennes de vies*

Nick Stone, *Cuba Libre*

Elsa Marpeau, *L'expatriée*

Noah Hawley, *Le bon père*

Frédéric Jaccaud, *La nuit*

Jo Nesbø, *Fantôme*

Dominique Manotti, *L'évasion*

Bill Guttentag, *Boulevard*

Neely Tucker, *La voie des morts*
Mons Kallentoft – Markus Lutteman, *Zack*
Patrick Delperdange, *Si tous les dieux nous abandonnent*
Marcus Sakey, *Les Brillants 2 – Un monde meilleur*
Benoît Minville, *Rural noir*

Composition : APS Chromostyle.
Achevé d'imprimer sur Roto-Page
par l'Imprimerie Floch à Mayenne,
le 2 février 2016.
Dépôt légal : février 2016.
Numéro d'imprimeur : 89236.

ISBN 978-2-07-014876-9 / Imprimé en France.

280924